Es geschah in Berlin 1922

Peter Brock

Das schöne Fräulein Li

Kappes siebenter Fall

Kriminalroman

Jaron Verlag

Peter Brock wurde 1966 in Pforzheim geboren, studierte in München Journalistik und lebt als Redakteur in Berlin. Er arbeitete unter anderem für die «Süddeutsche Zeitung» und den «Spiegel» und ist nun als stellvertretender Ressortleiter bei der «Berliner Zeitung» für Berlin und Brandenburg zuständig. Daneben veröffentlichte er Kurzgeschichten und gab einige Bände der Reihe «Berlin kompakt» beim Jaron Verlag heraus.

Originalausgabe
1. Auflage 2009

www.jaron-verlag.de
Umschlaggestaltung: Bauer + Möhring, Berlin
Satz: LVD GmbH, Berlin
Druck und Bindung: CPI – Clausen & Bosse, Leck

ISBN 978-3-89773-600-9

EINS

VIELLEICHT HÄNGT ES MIT DER LANDSCHAFT ZUSAMMEN, denkt Kweihwa Li. Vielleicht wachsen deshalb keine Haare.

Draußen vor der Stadt, rings um die Dörfer, dort, wo die Wasserbüffel leben, stehen ja auch keine Bäume. Dort ist der Boden braun und feucht. Er schwitzt so wie er.

Erneut beobachtet Kweihwa Li, wie sich unter seiner goldbeigen Haut die Muskeln des Unterarms zusammenziehen. Gleich wird er sie wieder entspannen, denkt sie, wenn er die Hände öffnet. Zwei-, drei-, vier-, vielleicht fünfmal wird es noch so gehen, bevor er den Teigklumpen seiner Mutter aufs dunkel-speckige Holzbrett klatscht. Auch das ist feucht. Dann kümmert er sich um die nächste Ladung, während seine Mutter die kleinen halbmondförmigen Taschen mit gehacktem Fleisch füllt. Das kennt Kweihwa Li, sie achtet nicht darauf. Sie schaut wieder auf die männlichen Unterarme im Teig. Kein Härchen. Kein einziges. Dabei könnten darauf Hunderte, ach was, Tausende wachsen.

Ihre Schwester Lienhwa Li hat ihr das geschrieben. Sicher hat sie auch mal irgendeinem Mann über den Arm gestreichelt, wer weiß. Kweihwa kichert leise bei dieser Vorstellung.

Dort in dieser Welt, in der alles anders ist, ist sicher auch so etwas möglich. Dort wachsen ja auch viele Bäume rings um die Stadt, wie Lienhwa schrieb. So wie eben auch Haare auf den Unterarmen von Männern.

Gut, auch hier in China gibt es große Wälder, aber weiter weg, vor allem oben im Norden. Und in Shanghai natürlich, da gibt es viele große Europäer, sicher auch mit bewaldeter Haut. Aber hier in

Qingtian in der südchinesischen Provinz Zhejiang, hier gibt es so etwas nicht.

Kweihwa Li wäre auch gerne einmal dort, wo Züge in der Erde unter Straßen und Häusern hindurchfahren, wo man allen Ernstes nur Kaltes zum Abendessen serviert bekommt und wo es Menschen gibt, die so groß sind wie der Kohleofen der Garküche, bei der Kweihwa Li gerade ansteht.

Berlin ist ein Abenteuer. Das steht fest. Und ihre Schwester darf es erleben.

Kweihwa Li ist nicht neidisch. Vielleicht, sofern sie nicht vorher heiratet, geht sie ja auch nach Shanghai wie ihre Schwester, die dort an der Tongji-Universität Medizin studierte und Deutsch lernte, bevor sie zum Studium anderer Wissensgebiete nach Deutschland zog. Ihr Onkel in Berlin hätte sicher auch für sie noch ein Zimmer.

Aber will sie das wirklich? Mit Messer und Gabel essen, mit großen blassen Frauen neben betrunkenen Männern stehen, sich bunte Bilder von fratzenhaften Krüppeln in Galerien ansehen und dann noch lächeln, so wie Lienhwa Li oft ihre Abende beschreibt, oder mit politisch engagierten Landsleuten über Kommunismus diskutieren, über den Versailler Vertrag, der Japan bevorzugt und ihm das ehemalige deutsche Pachtgebiet Qingdao zuspricht?

Ach, Kweihwa Li weiß es nicht. Eigentlich interessiert sie das alles nicht besonders. Aber sie ist ja auch nicht gefragt worden, ob sie in die große, weite Welt hinauswolle.

Wenn ihr Vater sie weiterhin nicht fragt, wird er anderes mit ihr vorhaben und jemanden für sie finden, jemanden, der gut passt – zu ihr und zu seinem Teegeschäft.

Dann wird sie eben hierbleiben und weiterhin für ihre Schwester einkaufen und Pakete packen. Getrocknete Pinggu-Pilze und kleine getrocknete Fischchen muss sie nachher noch einkaufen und zu Hause ihren Lieblingstee sowie ein bisschen von dem weißen Yin Zhen einpacken.

Die Blassen und Behaarten trinken ja, wenn überhaupt, ganz anderen Tee, hat ihre Schwester geschrieben, gar keinen grünen, sondern schwarzen, der aus Indien kommt. Manchmal sogar mit Milch.

Ein wenig Mitleid hat sie schon mit ihr. Deshalb wird Kweihwa Li, wenn sie nun endlich diese gefüllten Teigtäschchen fürs Abendessen in ihren Blechbüchsen verstaut hat, noch geschwind bei ihrem anderen Onkel vorbeigehen, dem Steinschnitzer, und eine schöne Kleinigkeit für Lienhwa aussuchen.

Sicher, alle ihre Landsleute verkaufen in Berlin Steinfiguren – davon lebt der Onkel dort ja auch ganz gut –, aber es ist etwas anderes, wenn solch eine Figur von der Schwester kommt und aus Jade gefertigt wurde statt aus billigem Speckstein. Die Deutschen, hat ihr Lienhwa Li einmal geschrieben, erkennen den Unterschied ebenso wenig wie den zwischen Chinesen und Japanern. Für die seien eben alle Asiaten und alle blassgrünen Steine Jade. Komische Menschen!

ZWEI

EIN ABGERISSENER KNOPF DES WINTERMANTELS wird es sein, denkt Hermann Kappe. So genau hat er auch gar nicht hinschauen wollen. Schließlich hat er an diesem Abend schon genug gequirltes Blut gesehen. Es gab Tote Oma. Allein das kann einen erschaudern lassen. Immer, wenn seine Oma in Wendisch-Rietz solche Topfwurst servierte, hat er den Kasper gespielt, damit er vom Tisch verwiesen wurde. Aber inzwischen ist er fast 34 Jahre alt und isst so etwas ganz gern.

Klara kocht Tote Oma fast so gut wie damals seine Oma. Inzwischen weiß er, dass solche Qualitäten kittend für eine Beziehung wirken können, besonders nach dem zweiten Kind. Er versucht in jüngster Zeit immer öfter, sich das vorzusagen: Sie kocht gut, sie kümmert sich bestens um Margarete und Hartmut, sie ist eine Ordentliche, eine Zuverlässige, eine Liebe. Und das genügt, das reicht, das ist alles, was man will, und alles, was man braucht. Kappe redet sich das krampfhaft ein, morgens beim Zähneputzen und abends beim Gutenachtkuss. Denn etwas in seinem Körper signalisiert ihm, dass es eben nicht mehr so ist. Dass das nicht reicht - nicht mehr.

Früher gab es eine Zeit, da genügte ein Blick, eine Umarmung, und er wusste, Klara, die, nach der sich andere Männer umschauten, ist die Richtige für ihn, der Hauptgewinn.

Aber diese Zeiten sind vorbei. Und wenn das Sich-selbst-gut-Zureden nicht mehr hilft, so helfen doch wenigstens noch immer zwei, drei Flaschen Bötzow - Kappes Lieblingsbier. Schließlich muss es irgendwie weitergehen mit ihm und Klara.

Doch an diesem Abend hat er nicht einmal die erste Flasche leeren können, da schellte es schon. Er musste mitkommen. Der Schutzpolizist hat ihm aufgeregt von dem Mord auf der Oberbaumbrücke berichtet. Der Einsatz dulde keinen Aufschub.

Es ist kalt, sehr kalt an diesem 4. Februar, und die Straßenbahn, mit der Kappe so gerne vom Mariannenplatz aus fährt, können sie nicht nehmen, weil sie stillsteht. Die städtischen Arbeiter streiken mal wieder für mehr Lohn. Immerhin verkehrt die Hochbahn noch. Und vom Görlitzer Bahnhof aus ist es ja nur eine Station.

Genau so hat er sich einen gemütlichen Samstagabend vorgestellt: in der Kälte stehen, in die aufgerissenen Augen eines zerbeulten Toten sehen, die Alkoholausdünstungen der umstehenden Zeugen und Schaulustigen einatmen und sich dann auch noch von seinem besserwisserischen Kollegen, diesem schlaksig-großen studierten Ingenieur Dr. Kniehase, das blutige Etwas, von dem er noch immer denkt, dass es ein Wintermantelknopf sei, unter die Nase halten lassen.

«Das könnte ein wichtiger Hinweis sein», mutmaßt Dr. Kniehase.

«Könnte», brummt Kappe. «Könnte aber auch nicht. Könnte auch bloß ein abgerissener Knopf sein.»

«Nein, es ist ein Anhänger aus Jade mit eingraviertem Namen. Sicher gehörte der Tote zu irgendeiner Geheimorganisation.»

«Na, dann lesen Sie mal vor!», entgegnet Kappe, während er Dr. Kniehase dabei beobachtet, wie dieser mit bloßen Fingern das Blut vom Anhänger wischt.

Aber Dr. Kniehase kann die Schrift nicht lesen. Es ist Chinesisch. Oder Japanisch. «Sicher lebte das Opfer im gelben Viertel und war auf dem Heimweg.»

Schlaues Kerlchen, dieser Kniehase, denkt Kappe. Wenn es zehn Uhr abends ist, die Brücke nach Friedrichshain zum Schlesischen Bahnhof führt, wo gut zweihundert chinesische Händler wohnen, und einer von ihnen darauf liegt, mausetot, dann könnte er tatsächlich recht haben. Dann wird der zu Tode Geprügelte seinen

Bierdeckel nicht bezahlt haben, dann wird er am Tresen etwas zu frech gewesen oder den weiblichen Rundungen einer Kellnerin zu nah gekommen sein. So etwas passiert eben. Dazu braucht man keine Geheimorganisation.

Aber Dr. Kniehase gibt nicht auf. «Sicher ein Mord zwischen rivalisierenden Chinesen-Banden. Da steckt so was wie die Mafia dahinter.»

Kappe wäre froh, wenn hinter Dr. Kniehases Äußerungen öfter mal etwas stecken würde. Wenn auch einfach nur ein klitzekleines Fünkchen Bescheidenheit. Kappe tritt ein paar Schritte zur Seite, steigt über den Bordstein und geht zu den vier Zeugen, die auf der Fahrbahn vor einem Audi frösteln, der von zwei Schutzpolizisten zwecks Tatortsicherung am Weiterfahren gehindert wird. Wie es sich wohl fährt in so einem neuen 14/50 PS Typ K mit 3,5-Liter-Motor, Vierradbremsen, Kugelschaltung und allem Pipapo, fragt sich Kappe. Viel lieber würde er jetzt mit dem Fahrer plaudern, als sich noch mal von den vier Angetrunkenen anhören zu müssen, was geschehen war. Sie sind nämlich die Einzigen, die gesehen haben wollen, was geschah.

«Aba nur von janz weit weg und nich genau», fährt einer von ihnen Kappe sofort in die Parade.

Der Wortführer, ein großer, dicklicher Mann mit der Gesichtsfarbe eines zu kurz gebackenen Eierkuchens und ebendieser Konsistenz, wiederholt, dass sie gerade aus Heinz' Schänke am Gröbenufer kamen, als sie sahen, wie ein Mann auf der Brücke auf den Chinesen erst einprügelte und dann, als dieser am Boden lag, auch noch auf ihn eintrat.

«Det dit so een Schlitzooge is, ham wa ja nich jewusst.»

Dann habe der Täter sein Opfer vom Pflaster aufgehoben und über die Brüstung in die Spree werfen wollen.

«Aba nich mit uns! Det war denn doch 'n bisschen zu ville», erzählt der Eierkuchen, und die drei nebenstehenden Schiebermützenjungs vom Typ Hungerhaken nicken. «Als er uns jesehn hat, hatta die Beene inne Hände jenommen und is jeloofen.»

Aber wie er aussah, der Täter, oder was er anhatte, das wüssten sie nicht mehr.

Kappe schreibt sich die Namen der vier auf, die gegenüber in einem Lagerhaus des Osthafens arbeiten.

Der Anführer heißt Brückmann.

«Klar, wenn der Mord auf ’ner Brücke passiert», murmelt Kappe in seinen wintergrauen Wollschal hinein. «Wir sehen uns morgen früh um zehn im Präsidium», sagt Kappe befehlsmäßig knapp. «Und bis dahin sollte Ihr Gedächtnis ausgeschlafen sein».

«Aber morjen is Sonntach! Da wollt ick mit meena Jrete ...», empört sich Brückmann.

Kappe lässt den jungen Stückgutträger, Kistenstapler oder was immer er sein mag, gar nicht erst ausreden. «Jawohl, Sonntag! Hier geht es um Mord und nicht um eine Landpartie!»

Kappe selbst ist am nächsten Morgen auch nicht ausgeschlafen. Er war nämlich auf dem Heimweg noch in seiner Stammkneipe «Zum Löwen» am Heinrichplatz eingekehrt, um sich dort mit seinem Freund Trampe zu treffen.

Dieser führt das Wort am Tresen und lässt sich selbst von Kappes Bierbestellung nur ungern unterbrechen. Er muss agitieren, «Massen bewegen», wie er gerne sagt, schließlich bekommt er sein Geld als Funktionär von den Sozialdemokraten, und da kommt ihm natürlich ein Urteil wie das des Berliner Landgerichts gerade recht, um über Kriegsgewinnler herzuziehen.

Da hat doch tatsächlich einer von diesen Gewinnlern, der erst mit Mehlsäcken, dann mit Korbflaschen, Heeresgerät und zu guter Letzt mit Bouillonwürfeln handelte, Millionen gemacht, sich eine Zwanzigzimmervilla für acht Millionen Reichsmark am Wannsee geleistet und sich sogar *die Türgriffe seines Benz-Automobils,* so schreibt es das *Tageblatt, vergolden lassen*. Und nun klagt er vor Gericht, weil ihm ein Geldverleiher, aufs Jahr hochgerechnet, 225 Prozent Zinsen für läppische 37 000 Mark berechnete, die er sich geliehen hatte.

«Geschieht ihm recht, so einem Volksschmarotzer!», erregt

sich Trampe. «Unsere Jugend wurde im Krieg verheizt. 2,7 Millionen sind als Krüppel zurückgekommen, beschädigt an Kopf und Körper. Und so einer verdient sich 'ne goldene Nase.»

Das Gericht hat, was Kappe kaum glauben kann, die Klage abgewiesen und die 225 Prozent Zinsen nicht als strafbaren Wucher angesehen. Schließlich sei das Opfer nicht in einer Notlage gewesen.

«Nassforsch», sagte sein Vater immer, wenn einer, von sich selbst überzeugt, ohne dass viel dahintersteckt, einem anderen großkotzig kommen will.

Nassforsch, das ist auch dieser Brückmann, denkt Kappe. Darum hat er ihn auch absichtlich warten lassen und als Letzten zu sich ins Bureau gerufen.

Die anderen drei haben nicht viel gesagt. Nicht einmal die schwarzen Wollhosen und das cremefarbene Oberhemd unterm abgewetzten braunen Sakko haben sie beschreiben können. Und wenn sie schon nicht wissen, wie der Tote aussah, der doch immerhin stundenlang zu ihren Füßen lag, wie sollen sie dann erst den Täter beschreiben können?

«Groß, kräftig, kantig», behauptet Brückmann. «Ein Deutscher, ganz klar!»

Die drei anderen waren sich da nicht so sicher.

Ansonsten nutzt Brückmann die Gelegenheit, um in der Amtsstube seiner Meinung über die schmarotzenden Ausländer, die Kriegsgefangenen aus dem Osten, die in der Stadt geblieben sind, und die marokkanischen Soldaten der französischen Armee freien Lauf zu lassen. «Die besetzen unsa Saarland und besudeln unsere Frauen.» Brückmann holt behäbig ein Stofftaschentuch aus der Hosentasche, spuckt abfällig hinein, steckt es wieder ein und fährt fort: «Schweine sind det – und det Versailles! Eene Schande!»

Kappe schaut ihn nicht einmal an, er ordnet seine Unterlagen. Er ist gern Deutscher – aber dieser Ausländerhass, dieser billige!

Kappe findet das widerwärtig. «Würden Sie ihn wiedererkennen?», fragt Kappe.

«Sicha! Aber ick würd ihn nich verraten, nicht ausliefern an diesen Memmenstaat. Er hatte sicha seine Jründe, so wat zu tun, auf dies Jesocks einzuprügeln, meine ich.»

«Es wäre aber strafbar, den Täter nicht zu nennen», entgegnet Kappe angewidert. «Und außerdem, das Opfer war kein Gesocks, es war ein Chinese. Ein Mensch wie Sie und ich.»

«So? Meinen Sie? Die kommen hierher, verdienen sich mit gefälschtem Nippes dumm und dämlich und machen die Mietpreise kaputt, weil se zu viel zahlen für die letzten Absteigen, so dass unsere Leute keene Unterkunft mehr finden. Und wenn se jut aussehn, poussieren se auch noch mit unsere Mädels. Nee, da hab ick keen Mitleid nich!»

«Das alles wissen Sie so genau?», fragt Kappe.

«Jawoll ja! Einem Kollegen isses so jegangen. Der hat seine Kammer verloren inner Krautstraße, weil die Wirtin von 'nem Chinesen mehr bekommen hat. Und als ihm dann die Hand ausjerutscht is und er dem Schlitzauge mal Bescheid jestoßen hat, issa auch noch vorm Kadi jelandet.»

«Und Sie rechtfertigen diese Körperverletzung auch noch?», fragt Kappe.

«Körperverletzung? Das war Notwehr! Nationale Notwehr sozusagen. Wir sind doch hier in Deutschland!»

Kappe merkt, dass das Gespräch mit Brückmann nur als Belastungsprobe für die Nerven taugt, und beschließt, dass dafür in seinem Leben Klara eine ausreichende Trainingspartnerin ist. Wer aus Brückmanns Umfeld wann in eine Chinesen-Schlägerei verwickelt war, das wird er mal gesondert prüfen, oder er wird es gar nicht prüfen. Denn dass Brückmann nicht der Täter sein kann, ist klar. So, wie das Opfer durch die Tritte zugerichtet wurde, hätte der Täter Blut an Schuhen und Hose haben müssen. Brückmann darf also gehen.

Und auch Kappe geht. Dorthin, wo das Opfer lebte.

In Berlin gibt es 38 Kabaretts und jeden Tag schönere, jüngere Nackttänzerinnen, die die neue Freiheit der Sitten nutzen. Näheres weiß Kappe freilich nur von seinem Freund Gottlieb Lubosch, auch Liepe genannt, dem Adlon-Kellner, der sich im Nachtleben auskennt.

Es gibt Menschen in der Stadt, die ordern in Revuetheatern den Champagner nur flaschenweise, die schicken ihren Chauffeur zum Kokainkauf in die Friedrichstraße, und manchmal bringt der dann auch gleich noch ein, zwei leichte Mädchen in Pelz und Hut auf dem Rücksitz der Duxschen Pullmann-Limousine mit. Wer kann und will, der lässt es sich gutgehen. Besser als je zuvor. Manche aber werden durch die viele Reklame, die nun auch an Laternenpfählen hängen darf, unzufrieden. Sie glauben, zu kurz gekommen zu sein, und wollen ein größeres Stück vom Kuchen abhaben. Natürlich ohne es sich leisten zu können.

Diese Diskrepanz kann, kriminalistisch gesehen, *zum verbotenen Eigentumserwerb unter Zuhilfenahme von unrechtmäßigen Handlungen* führen, erinnert sich Kappe an das einst auf der Polizeischule Gelernte, an das er gerade denken muss, als er am Schlesischen Bahnhof aussteigt. Kurz gesagt, mancher mordet, um an Geld zu kommen, andere, wie Klara, wollen einfach nur ein neues Kleid mit Fledermausärmeln. Auch das ist teuer. Man denke nur an die Stoffverschwendung dieser modischen Schnitte. Andererseits, nackt kann Kappe seine Klara auch nicht aus dem Haus gehen lassen, seit der zweiten Geburt sowieso nicht mehr. Dick ist sie geworden.

Er schämt sich für solche Gedanken, als er an Mietskasernen in den Farben Blassgrau, Hellgrau und Dunkelgrau vorbei zum gelben Viertel marschiert.

Das kennen nicht viele in Berlin. Nur selten liest man in der Zeitung davon. Zwar ist es, mit New York verglichen, nur ein klitzekleines Chinatown, aber immerhin wohnen hier viele Händler.

Auch Kappe hatte sich bislang nicht sonderlich um dieses Viertel gekümmert. Mit der Farbe Gelb, stellt er nun fest, hat es nur rudimentär zu tun. Schön wär's, wenn's so wäre, denkt er sich: sonnengelbe Vorderhäuser, zitronengelbe Seitenflügel und maisgelbe Hinterhäuser. Er verharrt noch für einen Moment in diesem Tagtraum. Dann ist er angekommen im Geviert der Markusstraße, der Langen Straße, der Kraut- und der Andreasstraße, wo die chinesischen Händler hausen.

Zu sagen, ihre Hautfarbe sei gelb, wäre vermessen. Sie ist eher ein ockerartiges Grau.

Die Häuser sind wie überall in den Armutsvierteln des neuen, seit 1921 dank der Eingemeindungen auf gut 3,8 Millionen Einwohner angewachsenen Groß-Berlin tristgrau. Und das ist weniger eine Farbe als vielmehr ein Zustand.

Notausgänge aus diesem Leben gibt es hier in dieser Gegend häufiger als sonst wo. In jedem zweiten, dritten Haus ist eine Budike oder ein Bouillonkeller untergebracht. Nichts glänzt wie in den großen Revuetheatern, allenfalls die Augen der Betrunkenen. Aber flüchten aus dem Alltagsdasein, das hier gleichbedeutend ist mit auf engstem Raum zur Untermiete Wohnen, oft ohne elektrisches Licht und Bad, das kann man in diesen Gaststätten. Dazu braucht man keine Glitzerwelt, nur Alkohol. Und den gibt es, viel und billig. Und wem das nicht genügt, der macht endgültig Schluss. Eine Flucht ohne Wiederkehr, ein Sprung aus dem vierten Stock oder ein Schuss mit einem der Revolver, die es ja an jeder Ecke zu kaufen gibt.

1200 Mal im Jahr gelingt so eine letzte, endgültige Flucht in Berlin. Diese Zahl aus der polizeilichen Statistik hat sich Kappe gemerkt. Also jede Woche 23 Selbstmörder.

Weiter kommt Kappe in seinen melancholischen Gedanken nicht. Das ist auch gut so. Er ist ja weder Reichsbedenkenträger noch Heilsarmee-Oberst. Und jetzt ist er erst einmal pitschepatschenass, stinkt und wird von drei kleinen Chinesen ausgelacht, von denen keiner älter ist als vier.

Sie tragen trotz des eisigen Windes Hosen mit einem Schlitz am Hintern. Das spart Windeln.

Aber Kappe ist nicht danach, sich über nackte Kinderpopos

zu amüsieren. Er klaubt sich erst einmal die Pilzreste aus den Haaren, die zusammen mit dem brackbraunen Wasser über ihn kamen.

Jemand hatte getrocknete Holzohrpilze eingelegt und das Wasser auf die Straße gekippt. Freilich ohne zuvor zu schauen. Wer schaut hier auch schon gerne aus dem Fenster, sieht man doch eh nur armselige deutsche Arbeitslose, schwer an ihren achteckigen Kollektionskoffern tragende Chinesen, Falschspieler und Betrüger, die am nahen Schlesischen Bahnhof Ankömmlingen aus der Provinz einen passenden Empfang bereiten wollen.

Wenn das Wasser wenigstens warm gewesen wäre, denkt Kappe, oder nach Rosenblüten geduftet hätte. Und nun kommt auch noch jemand, der versichert, ihn nicht hauen zu wollen. Na immerhin!

Die kleine Frau, nicht älter als dreißig, mit den tiefschwarzen Augen, den hochgesteckten rabenschwarzen Haaren und dem engen kohlenschwarzen Kleid verbeugt sich vor Kappe nun schon zum dritten Mal und sagt etwas, das wie «Nie hau!» klingt, und fügt dann noch so etwas wie «Hinn bau tschienn!» hinzu.

Dass sie ihn nicht hauen will, was ihr angesichts seiner körperlichen Überlegenheit auch schwergefallen wäre, freut Kappe, und dass sie erkennt, dass etwas «hin» ist, nämlich seine Unversehrtheit, das weiß er zu schätzen. Nur ob diese mit Hilfe eines Herrn Tschienn wiederaufzubauen wäre, daran zweifelt Kappe. Eines jedenfalls wird ihm schlagartig bewusst: Es wird schwer werden, den Mord an einem Chinesen aufzuklären, wenn man dessen Sprache nicht spricht. Aber Chinesisch lernen, das weiß Kappe, das geht gar nicht.

Dass die Frau zu ihm nur «Guten Tag!» und «Entschuldigen Sie!» sagte, das wird er eines Tages noch erfahren. Bis jetzt aber weiß Kappe nur, dass er wie ein begossener Pudel dasteht.

Die Chinesin versucht, ihn mit einem gräulichen Küchenhandtuch, das sicher eine Waschbrettallergie hat, trockenzureiben. Sie reicht mit ihren Armen kaum an seinen Kopf heran.

So gelingt es Kappe, die gutgemeinte Hilfe galant abzuwehren und den dreckigen Lappen von seinem Körper fernzuhalten.

Unterdessen ist er, beinahe unbemerkt, der Mittelpunkt einer kleinen Menschenansammlung geworden. Zu den drei Kindern, die Kappe mit Pilzwasser auf dem Kopf so lustig finden, sind weitere Chinesen und auch ein paar Deutsche gekommen.

Kappe gehört nicht hierher, das sieht man an seinem Straßenanzug. Er kauft seine Hemden und Hosen zwar meist auch nur bei C&A in der Königstraße, gleich in der Nähe des Polizeipräsidiums am Alexanderplatz, aber besseres Tuch als diese lichtscheuen Gestalten hier trägt er allemal.

«Da müssen Sie die Polizei rufen! Sofort!», rät ihm eine ältere Frau.

«Ach was, wer sich hier rumtreibt, ist selber schuld», sagt ein Handwerker, der seine Werkzeugtasche vorsichtshalber mit beiden Armen fest umschlossen hält.

Kappe nickt nur.

Und die Chinesen? Die lachen einfach. Auch die älteren.

Kappe stimmt in dieses Knabenchorlachen als Bass mit ein. Bloß jetzt den Dienstausweis nicht zücken, denkt er. Er versucht es lieber mit einem Scherz und meint, auch der Regen sei schon mal sauberer gewesen. Dann bahnt er sich einen Weg durch die Schaulustigen.

Die chinesische Stifterin all dieses Unheils schaut Kappe hinterher.

Beim Zurückblicken sieht er, dass sie ihm zuwinkt wie ein kleines Mädchen.

Als Kappe seinen Slalom um spielende Kinder, Bettler, Fahrräder, stehengelassene Ascheimer und Holzkisten mit chinesischen Schriftzeichen fortsetzt, muss er sich eingestehen, dass er eigentlich gar nicht weiß, wo er hinwill.

«Willste mitkommen?», wird er von einem Mädchen gefragt, das seine Tochter sein könnte. «Ick mach et uns jemütlich.»

Kappe schüttelt nur den Kopf. Eigentlich hätte er seinen Ausweis ziehen und sie fragen müssen, wie alt sie sei, wie ihr Lude heißt und in welcher Kalenderwoche des Vorjahres sie sich das letzte Mal gewaschen habe. Aber er lässt es. Vielleicht ist es wieder diese nie so ganz zweifelsfrei diagnostizierte Stoffwechselkrankheit, die ihn seit seiner Jugend plagt und die ihm ab und an eine Extraportion bleierne Müdigkeit beschert. Aber da sieht er auch schon das rettende Schild an der Ecke Kraut- und Lange Straße: *Schultheiss*. Jetzt ein Bier. Es ist zwar nicht erlaubt im Dienst, und es wird seine Müdigkeit sogar noch verschlimmern, aber der hopfigherbe Geschmack auf der Zunge hat ihm schon oft beim Nachdenken über knifflige Fälle geholfen. Und nachdenken, das muss er nun wahrlich.

Denn klar ist bislang nur, dass der Tote allem Anschein nach als Händler arbeitete und wie viele seiner Landsleute von Tür zu Tür ging, um Specksteinschnitzereien, Porzellanvasen oder Lackschächtelchen zu verkaufen. Ein paar geschnitzte Drachen, die man als Staubfänger auf die Kommode stellen kann, sowie einen nicht unbeträchtlichen Geldbetrag fand man in den Manteltaschen des Toten. Aber einen Ausweis hatte er nicht bei sich. Oder wurde er ihm gestohlen? Aber warum sollte der Räuber dann das Geld zurücklassen?

Kappe steuert weiter auf die Kneipe zu. Er geht so zielstrebig über die Kreuzung, dass er fast von einem abbiegenden NAG-Sportwagen C4b über den Haufen gefahren wird. Kappe kann gerade noch rechtzeitig einen Sprung zurück machen.

Der am Steuer in dem offenen Wagen sitzende Chinese hupt und schreit.

Kappe versteht kein Wort. In Gedanken ist er bei dem Autotyp, einem NAG, einem bordeauxroten, gebaut von der Neuen Automobil-Gesellschaft in Oberschöneweide, der Fabrik, die von dem Manne gegründet wurde, dessen Sohn, Walther Rathenau, vor wenigen Tagen erst zum deutschen Außenminister ernannt worden war. Und ein derartiges Auto wird gefahren von einem Chinesen! Was für eine verkehrte Welt!

Dieser Geruch! Der ist es. Kappe braucht einen Moment, um zu merken, was an dieser Kneipe anders ist.

Gut, da sitzen zwei Dutzend Chinesen im Gastraum und nur fünf, sechs Deutsche. Aber sonst? Alles wie immer und überall: blankgescheuerte Holztische, ungepolsterte Stühle, deren Schrammen davon zeugen, dass sie schon manchen Flug durchs Lokal überlebt haben, und hinterm Tresen ein Wirt des Typs «Eckkneipe»: unschätzbares Alter zwischen vierzig und sechzig, Bierbauch, Blick eines gutmütigen Dackels, der genau weiß, wo der Hase lang läuft, Lederschürze überm altersgrauen weißen Hemd, aus dessen zu weit geöffnetem Kragen gelbliches Feinripp und graue Brusthaare lugen, die Ärmel hochgekrempelt, die Hände im Spülwasser, der Blick bei den Gästen.

Klar, so jemand sieht einem wie Kappe sofort an, dass er nicht aus freien Stücken hier ist, um sich mal billig einen auf die Lampe zu gießen. Außerdem weiß der Wirt längst, obwohl es noch in keiner Zeitung hat stehen können, dass einer seiner Gäste tot ist. Deshalb überlegt er bei Kappes Anblick gar nicht erst, ob es sich bei ihm um eine Amtsperson handelt, die zwecks Kontrolle von Küche und Toilette vorbeikommt, oder um einen Polizisten, der illegal hier lebende Chinesen oder solche ohne Genehmigung zum Haustürverkauf sucht. Der Wirt weiß gleich, der kann nur wegen des Mordes da sein.

Kappe steht derweil noch staunend vor den mit chinesischen Schriftzeichen versehenen Blättern, die an die holzvertäfelten Wände geheftet sind.

«Tach! Det sind Bekanntmachungen des Konsulats für unsre China-Männer», sagt der Wirt, der hinter Kappe getreten ist.

«Schön! Und ich bin Kappe, Hermann Kappe.»

«Und Sie kommen von der Polizei wegen des Toten.»

Kappe ist solch eine Direktheit nicht unangenehm. Gern lässt er sich vom Wirt auf ein Bier einladen und stellt sich zu ihm an den Tresen.

Von den Chinesen achten nur wenige auf ihn. Nichts zeugt

von Unruhe, Ängstlichkeit oder schlechtem Gewissen, registriert Kappe enttäuscht. Die meisten haben irgendwelche Dominosteine vor sich aufgebaut, sitzen zu je vier Mann am Tisch und spielen.

Dass es sich dabei um Mahjong handelt, bekommt Kappe vom Wirt erklärt. Ein Spiel, das man freilich auch mit Karten spielen könnte, aber Schiffer auf dem Jangtse haben es erfunden, und damit die Karten nicht ins Wasser geweht wurden, nutzten sie Steine zum Spielen. Er erklärt ihm auch, dass der Getötete Herr Keung geheißen habe, noch bevor Kappe danach fragt. Er sagt ihm zudem, dass er den Vornamen nicht kenne, weil sich die Chinesen ohnehin kaum mit Vornamen anreden würden. *Keung* jedenfalls bedeute Kraft, das sei ihm gesagt worden, und kräftig sei der Tote ja tatsächlich gewesen. «Der hat für den Wong geschuftet, diesen Schuft!», fährt der Wirt fort, und ohne auf eine Nachfrage zu warten, fügt er hinzu: «Des is een übler Jeselle, kann ick Ihnen sagen. Der führt een härteres Rejiment als der Li, und ganz koscher is der ooch nich.»

Manchmal, denkt Kappe, genügt die Zeit, die man für zwei Schluck Bier braucht, und schon erhellt sich die mondlose Finsternis, die am Anfang jeden Mord umgibt. Beim zweiten Bier weiß er bereits, dass es sozusagen zwei Chefs der chinesischen Händler gibt oder vielleicht auch zwei Paten: Wong und Li.

Während Wong noch ganz in der Nähe seines Lagers in der Krautstraße wohnt und erst vor zwei Jahren den Großhandel für die an Haustüren feilgebotenen Waren von einem Onkel übernahm, hat sich Li, der mit seiner Familie schon 1908 aus der südchinesischen Küstenprovinz Zhejiang mit der Transsibirischen Eisenbahn über Moskau nach Berlin kam, längst im Handel mit Lackwaren, Porzellan und Steinschnitzereien etabliert, und zwar so gut, dass er nur noch sein Lager im gelben Viertel hat. Er selbst, der Chef, lebt mit seiner Familie dort, wo auch Klara gerne mit Kappe hinziehen würde: in der Kantstraße in Charlottenburg.

Als der Wirt unaufgefordert das dritte Bier hinstellt, überlegt Kappe kurz, bevor er trinkt, dann aber setzt er an zu einem so großen Schluck, dass er durch das sich schnell leerende Pilsglas hindurch leicht verzerrt sieht, wie sich eine Tür zum Nebenraum öffnet, der Geruch, den er noch immer nicht bestimmen kann, intensiver wird und ein Chinese mit einem vollen Tablett in den Gastraum trippelt. Kappe beobachtet, wie er behende Schüsselchen und Schälchen auf den Tischen verteilt. Unter dem heißen Dampf, so erkennt Kappe, ist die Hälfte der Schüsseln mit Reis gefüllt, die übrigen mit einem undefinierbaren, gulaschähnlichen, rostbraunen Etwas.

Früher wurde er von seinem Vater immer gerügt, wenn er heiße Suppe schlürfte, beim Essen schmatzte oder gar, was dann postwendend mit einer Ohrfeige quittiert wurde, am Tisch rülpste. Hier hätte sein Vater, der Fischer, sämtliche Kollegen mitbringen können, und alle wären damit beschäftigt gewesen, reihum die Gäste zu bestrafen.

Kappe schaut interessiert von einem zum anderen der sich mit Stäbchen den Reis und das Soßenfleischgemisch in den Mund schaufelnden Gäste, als wäre er mit Margarete und Hartmut im Zoo bei der Raubtierfütterung.

«Det Essen machen die schon selba, die ham von mir 'n Nebenzimmer bekommen, und was die da machen, is nich mein Bier, die zahlen ja ooch dafür», erklärt der Wirt.

Tatsächlich, am Ursprungsort des Geruches, den der Wirt dem neugierigen Kappe nun zeigt, stehen vier kleine kichernde Chinesinnen vor großen Blechtöpfen, in denen es noch immer brodelt und vollkommen ungewohnt riecht.

Wonach, will Kappe wissen, das kann doch nicht nur vom Maggi kommen, das neben den Töpfen steht und eifrig als Sojasoßenersatz benutzt wird.

Der Wirt zuckt mit den Schultern. «Chinesisch eben!» Und fragen kann er die Köchinnen nicht. «Die können nich sprechen, ick meene, nich richtich, also nich unsere Sprache.» Er erzählt Kappe, dass die anderen meist auch nicht viel besser sprechen. «Die können grade mal mit Händen und Füßen handeln und 'n paar Zahlen. Die können ‹Bier› und ‹Bitte› sagen, ‹Danke› und ‹Scheene Frau›. Dat war's dann aber ooch schon.»

Das sind ja allerbeste Aussichten für erfolgreiche Vernehmungen, denkt Kappe.

Als könne er Gedanken lesen, meint der Wirt, es gebe einen, der für schmales Geld zuverlässige Dolmetscherdienste leiste, der werde sogar von der Ausländerpolizei in Anspruch genommen und manchmal auch vom Gericht. Mit einem Kopfnicken deutet der Wirt auf einen Tisch in der hinteren Ecke, wo zwei junge Männer gerade die letzten Reiskörner aus der mit der linken Hand angehobenen Schüssel mit Stäbchen in den Mund schieben.

Nach einer weiteren Kopfbewegung des Wirtes steht einer der beiden vor Kappe. «Ich bin Herr Tam. Guten Tag, mein Herr! Ich studierte Deutsch in Shanghai und bin Ihnen gern zu Diensten.»

«Na ja, nu mal nich so förmlich, mein Junge!», meint Kappe und klopft ihm auf die Schulter.

Damit ist Tam engagiert.

Tam ist klein und drahtig. Er hat die Figur derjenigen Akrobaten, die bei Menschenpyramiden immer ganz oben stehen. Nachdem er vor vier Jahren seine Tante in Berlin besuchte, blieb der in Shanghai Geborene in Berlin hängen. Er schlage sich so durch, sagt er. Das gehe schon. Er habe auch ein offizielles Papier, das ihm bescheinigt, als Dolmetscher arbeiten zu dürfen. Und er interessiere sich für Politik, dafür sei Berlin gut.

Es gebe hier einige der in der Kommunistischen Partei aktive junge Chinesen, erzählt er Kappe auf dem Weg durchs gelbe Viertel, während Kappe versucht, dem acht Jahre Jüngeren nach drei großen Bieren und einem Korn körperlich und geistig zu folgen.

«Bei uns in Shanghai ist alles noch schlimmer. Voller. Menschen wie Ameisen», sagt Tam und lacht. Er lacht so wie die Chinesen, die Kappe auslachten, als er die Dusche abbekam: laut, hoch und schrill.

Kappe schwitzt, als sie endlich am Ende der Andreasstraße vor einem armseligen, aber recht ordentlichen Mietshaus ankommen.

Neben der Einfahrt ist rechts und links je ein Torpfosten in hellem Grün gestrichen. Darauf hat jemand kunstvoll rote chinesische Zeichen gepinselt. Darunter steht klein und auf Deutsch: *Wong, 2. Hinterhof.*

Er wohne im Vorderhaus, erklärt Tam, aber sein Lager sei im Hof, und dort sei er sicher noch zu finden.

Kappe folgt Tam durch die Toreinfahrt.

Es ist inzwischen dunkel geworden. Tam zieht ihn am Ärmel und bedeutet ihm aufzupassen.

Und tatsächlich wuseln schon im ersten Hof kleine Chinesen mit Karren und Kisten, mit Säcken auf den Schultern und Kindern im Arm so flink umher, dass Kappe aufpassen muss, mit keinem zusammenzustoßen. Während der Deutsche am Sonntage ruht, der Chinese flink seine Pflichten tut, dichtet er in Gedanken.

Am Eingang zum zweiten Hof kommt es zu einem kurzen, heftigen, lautstarken Disput zwischen Tam und zwei stämmigen kleinen Chinesen, die einem Ringverein angehören könnten und augenscheinlich nicht vorhaben, ihren Landsmann und Kappe durchzulassen.

Zunächst hält Kappe sich aus dem Streit heraus, schaut sich im Hof um und sieht, dass neben den Kisten ein NAG parkt. Einer vom Typ C4b. Bordeauxrot. So wie der, der ihn fast umgefahren hätte.

Tam bittet Kappe, seinen Polizeiausweis vorzuzeigen.

Die beiden Türsteher begutachten ihn im Schein der Petroleumlampe und bedeuten den Besuchern zu warten.

Es dauert. Fünf Minuten bestimmt, bis ein in hellgrünem Baumwollkittel und hellgrünen weiten Hosen gewandeter Chinese kommt.

Ein schöner Schlafanzug, schießt es Kappe durch den Kopf.

Der Diener lässt Tam übersetzen, dass Herr Wong bereit sei, den Kommissar zu empfangen.

Der Gang, durch den sie sich schlängeln, ist nicht für Gegenverkehr ausgelegt. Links und rechts ist er von sich stapelnden Holzkisten mit chinesischer Aufschrift begrenzt.

Als Kappe in einem Seitengang Kartons sieht, auf denen in deutscher Sprache geschrieben steht *Vorsicht, zerbrechlich!*, bleibt er stehen und will sie sich näher ansehen, doch Tam drängt zur Eile, und auch der Hellgrüne stößt bereits Laute aus, wie es sonst nur Galeerenantreiber tun. Kappe bleibt nichts anderes übrig, als zu folgen.

Schließlich, auf einer Empore des Lagerraums, sieben eiserne Stufen über dem Boden, residiert Herr Wong an einem alten eichenen Schreibtisch. Er erhebt sich, als Kappe und Tam kommen, wechselt erst ein paar Worte auf Chinesisch, bevor er, sich zu Kappe wendend, sagt: «Willkommen, mein Herr! Schauen Sie sich ruhig um! Hier arbeiten ehrliche kleine Leute. Einer von ihnen musste heute gehen. Für immer.»

«Ja, das tut mir leid! Deshalb bin ich hier. Wir werden den Mörder finden!», entgegnet Kappe.

«Das hoffe ich. Wir suchen auch.»

«Wer ist wir?», fragt Kappe.

Wong spricht auf einmal in Chinesisch weiter.

Tam übersetzt, dass er sich nicht so gut in der deutschen Sprache ausdrücken könne.

Wong redet und redet, er wird laut und leise, seine Stimme wird schrill und tief, mehrmals fasst er Tam am Arm.

Selbst wenn Kappe ganz nüchtern wäre, so einem Redeschwall könnte er auch auf Deutsch nicht folgen.

Kurz hält Wong inne, dreht sich zur Seite, spuckt auf den Boden, dann fährt er in unverminderter Geschwindigkeit und Lautstärke fort.

Kappe hat Gelegenheit, den Chinesen zu mustern. Obwohl er gepflegter ist als die anderen, die er in der Gaststätte sah, erscheint Wong grobschlächtig, nicht nur wegen der weit außen liegenden Backenknochen und der flachgedrückten Nase, auch wegen seiner brutal wirkenden Art zu sprechen. Wie eine knurrende Bulldogge bellt er die Worte seinem Gegenüber ins Gesicht. Kein Sympath. Mit lautem Husten und erneutem Auf-den-Boden-Spucken versiegt seine Rede. Er schaut Kappe an, als erwarte er eine Antwort. Dann lacht er, so wie die anderen Chinesen auch. Nicht tief, wie es zu seinem massigen Körper passen würde, nein, hoch, schrill und laut.

«Der Herr lacht, weil er dachte, Sie würden verstehen und könnten antworten. Aber ich muss ja übersetzen», erklärt Tam. «Der Herr sagt, dass er sehr traurig über den Tod von Herrn Keung ist und auch wütend auf die Täter. Aber er hat keinen Verdacht und auch keine Ahnung, wer es getan haben könnte. Herr Keung sei ein guter Händler gewesen, er habe keine Feinde gehabt, keinen Ärger, er stammte aus demselben Heimatort wie er, aus Wenzhou.» Etwas leiser fügt Tam hinzu: «Das ist nur etwa einhundert Kilometer entfernt von Qingtian, woher Herr Li, sein Konkurrent stammt.»

Als Wong den Namen Li hört, stimmt er einen kurzen lauten Schimpfakkord an.

Tam aber fährt ungeachtet dessen mit seiner Übersetzung fort: «Herr Keung habe hier im zweiten Stock gelebt, und der Herr werde nun den Angehörigen Geld für die Trauerfeier schicken. Aber mehr kann er nicht sagen.»

Kappe will wissen, ob Keung bei Wong angestellt gewesen war und ob man die Unterkunft des Toten sehen könne.

Nach erneutem Hin- und Zurückübersetzen erklärt Tam, dass Herr Keung, wie die anderen Händler auch, selbständig gewesen sei. Aber er habe von Wong die Waren bezogen, teilweise auch auf Kredit. Dafür durfte er nur Wong-Waren verkaufen und auch nur in dem Revier, das ihm Wong vorgab.

Kappe merkt, dass Tam nun Dinge erklärt, die Wong gar nicht gesagt hat.

Nervös drückt Wong mehrmals einen Steinstempel in bröckelige rote Farbe, bevor er damit irgendwelche Papiere markiert. Dann drückt er ihn wieder in das bröckelige Rot.

Der Jade-Stein, der als Stempel dient, und die arterienblutrote Masse, die von Wong immer wieder mit dem Stein traktiert wird, lässt Kappe an den Toten denken, an dessen Anhänger, der ihm mehrmals ins blutige Brustbein getreten worden war.

«Der Herr weiß nicht mehr. Aber wir können uns das Zimmer des Toten ansehen», sagt Tam schließlich.

Als sie gehen wollen, dreht sich Kappe nochmals um und bittet Tam zu fragen, ob der schicke Flitzer im Hof Herrn Wong gehöre.

«Der Herr sagt ja, das ist sein Auto, ein deutsches Auto, ein gutes Auto. Er ist stolz auf diese Technik», übersetzt Tam.

«Nicht billig!», meint Kappe.

«Billig ist nicht gut! Teuer ist deutsch und gut! Wir arbeiten gut und viel und hart und verdienen Geld für gutes Auto», sagt nun wieder Wong, ohne dass Tam übersetzen muss. «Wenn Sie wollen, ich zeige Ihnen.»

«Nein danke! Sehr liebenswürdig!» Kaum hat Kappe das gesagt, ärgert er sich. Einmal in so einen Wagen zu schauen wäre ja noch keine Bestechlichkeit gewesen.

Im Gänseschritt marschieren Tam und Kappe hinter dem hellgrün gekleideten Diener in den zweiten Stock des linken Seitenflügels, vorbei an immer noch emsig stapelnden und auspackenden Chinesen.

Keung wohnte gemeinsam mit drei anderen Chinesen in zwei Zimmern, jedes etwas größer als Kappes Küche. Die Bewohner teilen sich mit den zwei gegenüberliegenden Zimmern eine Kochecke und ein Klo eine halbe Treppe tiefer. Von den Mitbewohnern sind nur zwei da, die kaum Deutsch sprechen.

«Gute Ware!» und «Billiger Preis!». Mit diesen Worten begrüßen sie Kappe. Allzu sehr scheinen sie nicht um Keung zu trauern. Erst als Tam erklärt, es gehe nicht ums Kaufen und Feilschen, und er nach Keung fragt, sagen sie, jeder hätte sein Revier gehabt. Keung sei seit Jahren im Kreuzberger Wrangelkiez unterwegs gewesen. Sie verkaufen in Wedding am Sparrplatz und in Moabit.

«Sie sagen, sie hätten sich nur mal zum Mahjong oder zum Essen getroffen und nicht viel gesprochen. Herr Keung sei ein liebenswerter Mensch gewesen. Er habe auch nicht geschnarcht.»

Ein nachvollziehbares Mordmotiv ist also auszuschließen, denkt sich Kappe. Mehr aus Routine als aus Wissbegierde lässt er

Tam fragen, wo die beiden anderen Mitbewohner zur Tatzeit am gestrigen Abend gewesen seien.

«Beide sagen, sie seien hier gewesen», übersetzt Tam, «zu Hause! Hätten gekocht mit den Bewohnern von gegenüber. Diese könnten das bestätigen.»

Kappe verzichtet darauf. Ein solches Alibi ist es nicht einmal wert, verifiziert zu werden. Er hat genug. Genug gehört und genug gesehen in den heruntergekommenen Kammern, wo es für die Kleider nur Truhen gibt und wo zwischen den großen Kollektionskoffern, dem Bett und den drei Stühlen kaum noch Platz auf dem Boden ist. Aber selbst dieser Platz wird genutzt: als Ablage für verschmutzte Wäsche, für halbvolle Teetassen und volle Aschenbecher. Es riecht ein bisschen nach Gewürzen wie in der Eckkneipe. Allerdings vermischt sich hier dieser Geruch mit körperlichen Ausdünstungen ungewaschener Männer. Kappe will weg. Schleunigst.

Vor der Tür verabschiedet er sich von Tam. Er sagt ihm, er möge morgen Vormittag aufs Polizeipräsidium kommen, damit man einen Vertrag fürs Dolmetschen machen könne, und er möge seine Papiere mitbringen.

Auf dem Weg zum Schlesischen Bahnhof sieht Kappe, wie junge Chinesen mit deutschen Mädchen flachsen, ein älterer Deutscher mit drei jungen Chinesinnen plaudert und ein deutsch-chinesisches Paar Arm in Arm flaniert, als seien das hier die Linden.

Watteweichwarm. So fühlt er sich. Das Federbett, das seine Klara vor der Hochzeit noch günstig im Kaufhaus Rudolph Hertzog erstanden hatte, liegt leicht über Kappes nacktem behaartem Oberkörper.

War doch recht spät geworden gestern Abend. Auf dem Heimweg hätte er besser nicht noch mal einkehren und noch ein Bier trinken sollen. Klara hatte schon geschlafen, und er hat sich nicht mehr komplett ausgezogen.

Nun schmiegt er seinen Kopf in den Zufluchtsraum aller Männer, die nicht denken, nicht reden und am liebsten im Boden versinken wollen: zwischen die Unterseite des Kinns der geliebten Frau – oder wenigstens derjenigen, mit der man das Bett teilt – und dem Beginn der Brustebene oberhalb des Busens. Wer Glück hat, und Kappe kann in dieser Beziehung nicht klagen, spürt mit seinem unrasierten Kinn noch die oberen Ausläufer warmer, weicher weiblicher Rundungen.

Bei Klara gibt es für Kappe stets etwas zu spüren, sie ist üppig gebaut. Nur leider nachts immer brav in dicke, baumwollene Nachthemden eingepackt.

Trotzdem! Kappe kuschelt sich an diesem Morgen ganz besonders gern in diesen vom weiblichen Körper geformten Zufluchtsraum, der einen Augenkontakt unmöglich macht. Auch dann, wenn es die Frau darauf anlegt – so wie jetzt Klara, die, nachdem der Wecker bereits heftig klingelte, ohne bei Kappe auch nur die geringste Reaktion hervorzurufen, wissen will, wo er denn so lange gewesen sei. Sie kneift ihn dorthin, wo er sich früher sportlich durchtrainiert anfühlte.

«Morgen», brummt Kappe, ohne mit seinem Kopf den sicheren Raum zu verlassen.

«Und?», fragt Klara.

Bei so einem spitzen «Und?» ist es taktisch sinnvoll, schnell und umfassend zu antworten, hat Kappe gelernt. «War noch ermitteln ... im Chinesen-Viertel ... Dieser Mord, du weißt schon ... Alles knifflig ... Von Canow will schnell Ergebnisse haben.»

«Aber nicht Sonntagnacht!»

«Doch!», entgegnet Kappe.

«Und die Vernehmungen finden dann bei Bier und Buletten statt – oder wie? Du hast geduftet wie 'ne ganze Eckkneipe, als du kamst.»

«Ach, warst du noch wach? Wusst ich nicht. Ja, ich musste dahin.»

«War ich, ja, aber du hast ja nichts mitbekommen.»

Kappe versucht, Klara einen Kuss auf den Mund zu geben. Aber er trifft nur ihre Wange.

Zu schnell hat sie sich weggedreht.

Gut, er hat auch immer Kinder gewollt. Nun ja, eigentlich hat er sich nie so richtig Gedanken darüber gemacht. Es gehört einfach dazu, welche zu haben. Aber dieses frühmorgendliche Gequäke, dieses frühe Wach- und Fröhlichsein, das kann Kappe noch immer nicht verknusen. Nun aber freut er sich ausnahmsweise, als er das Rütteln an der Schlafzimmertür und die hohen Stimmen von Margarete und Hartmut hört. «Die Kinder!», sagt er. Eine effiziente Methode, um jedes Gespräch abzuwürgen.

«Ich geh schon! Die sollen dich nicht so sehen. Komm erst mal zu dir!» Mit diesen Worten springt Klara aus dem Bett, schlüpft in ihren Bademantel und ist auch schon zur Tür hinaus.

Gleich wird Klara wieder vor ihm stehen, denkt er, und ihm eine Predigt halten, dass er aufstehen müsse. Er wird dann sagen, er wolle nur noch einen kleinen Moment «nachdenken». So nennt er das immer, wenn er noch im Bett bleiben will. Klara wird, wenn sie gut gelaunt ist, darauf eingehen und sagen, er solle im Präsidium weiterdenken, denn dort werde er dafür bezahlt, oder sie wird einfach nur sagen: «Raus jetzt!»

Was sie an diesem Morgen sagt, bekommt er nicht so genau mit. Er weiß nur, dass sämtliche Informationen, die in seinem Kopf ankommen, langsamer verarbeitet werden als sonst. Deshalb braucht er auch am Küchentisch einen Moment länger, um die Tragweite des Satzes von Klara zu verstehen, die sagt: «Am Freitag beginnt im Graphischen Kabinett Neumann eine Ausstellung von Max Beckmann. Die könnten wir uns doch ansehen, und dann könnten wir uns gleich mal nach 'ner besseren Wohnung umsehen, dort im Westen. Du hast es mir ja versprochen.»

Eigentlich wollte er seit dem Eheversprechen kein weiteres Versprechen leichtfertig abgeben, aber er erinnert sich dunkel daran, mal gesagt zu haben, man könne über einen Umzug reden. Mehr aber nicht. Nur weil da diese Angeber wohnen, will Klara da auch hin. Ausgerechnet sie, eine ehemalige Verkäuferin aus dem Kaufhaus. Sie weiß, dass George Grosz mit seiner Frau Eva Peters an den Hohenzollerndamm 201 gezogen ist. Sie weiß, dass es vor zwei Jahren die erste internationale Dada-Messe in Berlin gab. Diese Reichswehr-Beleidiger, diese Klassenhass-Aufstachler mussten ja zahlen dafür: Verleger Herzfelde sechshundert und Grosz dreihundert Mark, wenn sich Kappe recht erinnert. Und ausgerechnet seine Frau muss solche hässlichen Gestalten auf Bildern gut finden, solche ätzenden Karikaturen kahlköpfiger Kriegsgewinnler und verstümmelter Kriegsheimkehrer, die blind und amputiert Streichhölzer feilbieten. Hätte sie nur vor zwei Jahren Hartmut nicht im Urban bekommen! Sie hätte Ruth, die andere Mutter im Krankenzimmer, nie kennengelernt, diese Kunst-Amsel, die im Malik-Verlag arbeitet. Na ja, nun war es eben so.

Bevor er weiterdenken und an einer Antwort tüfteln kann, kommt der nächste Satz von Klara, kaum dass sie ihren Marmeladenbrotbissen hinuntergeschluckt hat: «Vielleicht ist ja auch *Die Nacht* von ihm zu sehen, ein schreckliches Bild, aber so authentisch. Findest du nicht auch? Oder was Neues. Ach, ich bin ja so gespannt!»

Kappe mag Max Beckmann eigentlich gar nicht. Verdrehte und abgetrennte Gliedmaßen kennt er aus der Gerichtsmedizin, hässliche Fratzen aus dem Vernehmungszimmer. «Ja, vielleicht ...»

In diesem Moment wirft Hartmut die Tasse Milch vom Tisch.

«Hartmut, pass doch auf! Ich hab zigmal gesagt, du sollst nichts an den Rand stellen.» Klara ist sauer. Sie räumt den Schlamassel weg. Als sie vor Kappe auf den Knien die Milch aufwischt, sagt sie trotzig: «Ich mag aber Beckmann, und ich will da hingehen!»

«Gut, wir reden noch mal drüber. Und versprochen, ich schau mich heute schon mal in deinem Kiez der Schönen und Reichen um. Vielleicht wird ja bald 'ne Wohnung frei, wenn ich den chinesischen Großhändler Li des Mordes überführen kann.»

«Mach dich nur lustig!», entgegnet sie.

«Nein, im Ernst! Der wohnt da, Kantstraße, und da muss ich wirklich hin, und vielleicht buchten wir ihn ja ein.» Mit diesen

Worten und einem Klara auf die Stirn gehauchten Kuss ist Kappe weg.

Wenig später steht er verärgert an der Tramhaltestelle, als ihm einfällt, dass die Straßenbahnen noch immer nicht fahren. Nun muss er zum Alexanderplatz laufen.

«Na, zurück von der Reise ins Land der Schlitzaugen?» Mit diesen Worten begrüßt ihn Galgenberg.

Kappe erzählt vom Wochenende und erhofft sich ein wenig Anerkennung von dem älteren Kollegen.

Doch Galgenberg meint nur, solange man bloß zwei Kinder und nicht wie er fünf habe, könne man doch locker mal einen Sonntag dem Dienst opfern.

«Ja, einen Sonntag schon, aber nicht auch noch die Ehe.» Kaum hat er das gesagt, merkt Kappe auch schon, dass er zu viel preisgab von seinen Problemen, obwohl Galgenberg manches Mal schon als väterlicher Berater, auch in Liebesdingen, fungiert hat. So schnell und so direkt hat er ihm eigentlich nicht sagen wollen, dass bei ihm der Haussegen schiefhängt. Schnell versucht Kappe, das Thema zu umgehen, und erzählt seinem Kollegen von seinem Besuch bei Wong und davon, dass bald der Dolmetscher Tam erscheinen müsse.

Galgenberg bemerkt diesen abrupten Themenwechsel sehr wohl und sagt nur: «Ach, Klara wird sich schon wieder einkriegen. Du darfst den Chinesen-Fall auch nicht zu ernst nehmen.»

Anders als die Kriegsheimkehrer auf den Grosz-Bildern hat Galgenberg, zumindest äußerlich, nichts an der Front verloren, weder einen Fuß noch einen Arm oder ein Bein. Und seine Schussverletzung ist auch verheilt.

Dennoch, stellt Kappe immer wieder fest, ist er durch den Krieg ein anderer geworden. Er ist zynisch geworden. Manchmal kommt er Kappe geradezu defätistisch vor. Es scheint, als habe Galgenberg seine schützende Soldatenuniform, die sicher auch seine Seele umschloss, nicht mehr abgelegt. Sie ist festgewachsen, hat sich eingebrannt oder ist sonst wie dageblieben. Jedenfalls geht Galgenberg offenbar nichts mehr wirklich nahe. Das Mitgefühl mit Opfern, der Eifer, einen Fall zu klären, die Erschrockenheit über eine blutige Tat – alles weg. Früher hätte Galgenberg niemals gesagt, dass es doch genug Chinesen gebe drüben in Asien und dass es daher nicht so schlimm sei, wenn es einer weniger wäre, zumal die hier sowieso nur mit der deutschen Industrie konkurrieren. Nun aber tut er es, und Kappe schaut entsetzt von Kaffee und *Lokal-Anzeiger* auf. Außerdem versteht er den Seitenhieb auf die Industriekonkurrenz nicht.

Galgenberg merkt das. «Aber mein Junge, was würde unsere chemische Industrie machen, wenn sie kein Kokain mehr verkaufen könnte? Was, wenn hier in der Friedrichstraße, am Potsdamer Platz, im Femina, an der Goldelse plötzlich alle dem aufputschenden Kokain abschwören und zum Opium der Chinesen greifen würden? Wär doch schade um die schönen Nackttänzerinnen, die schnellen Radrennfahrer und die einfallsreichen Künstler, wenn ihnen allen der Kokain-Kick fehlen würde.» Galgenbergs schwerer Körper bebt vor Lachen.

Kappe findet das nicht lustig. Natürlich weiß er, dass es Opiumhändler aus Asien gibt und dass ohne Kokain, das offiziell nur auf Rezept in kleinen Mengen abgegeben werden darf, vieles anders wäre im Nachtleben Berlins. Aber es gibt nun einmal Apotheker und Ärzte, die es mit den Rezepten nicht so genau nehmen, und Kollegen bei den Behörden, auch bei der Polizei, die eben nicht alle Kraft darauf verwenden, die illegale Nutzung zu unterbinden. «Klar, wer will, soll sein Kokain schnupfen. Is mir schnuppe! Aber unser Fall hat nichts mit Rauschgift zu tun. Ich hab das ärmliche Zimmer gesehen. Der hat Nippes an alte Mütterchen verscherbelt. Und außerdem, Mord ist Mord. Der muss aufgeklärt werden!», sagt Kappe aus Überzeugung.

«Nu mal janz langsam! Ich hab hier noch so viele Akten, fahr du mal zu dem Konkurrenten des Chinesen, für den das Opfer arbeitete.»

Kappe ist froh, herauszukommen aus dem Präsidium. Mit der Hochbahn fährt er bis zum Savignyplatz und geht dann zur Kantstraße, in der Li wohnt.

Es sind hier schon feinere Herren und vornehmere Damen unterwegs als in seinem Kreuzberg.

Kappe genießt den kleinen Spaziergang, kauft sich unterwegs eine heiße Wurst und freut sich, dass er hier auf der Straße auch mal einen Mercedes oder gar einen Maybach sieht und nicht nur knattrige AGAs, also Wagen der Aktiengesellschaft für Automobilbau.

Herr Li ist das Gegenteil von Herrn Wong. Er ist klein, feingliedrig, schlank. Er wohnt nicht, nein, er residiert in der Beletage. Mit Stuck an den gut vier Meter hohen Decken, mit alten, ausgesuchten Möbeln auf dem Eichenparkett, mit Hausangestellten, die in anthrazitfarbene Uniformen westlichen Schnitts gekleidet sind und sich in vornehmer Zurückhaltung üben. Und das alles umgeben von einem exotischen Duft. Unaufdringlich, etwas süßlich, aber nicht zu schwer, leicht zedernhaft oder besser zitronenhaft, aber nicht sauer.

Herr Li, der tatsächlich, wie ihm Tam gesagt hatte, ausgezeichnet Deutsch spricht, bemerkt, dass sich Kappe umschaut und zu ergründen versucht, was in der Luft liegt. «Das ist unser Tee, grüner Tee! Ich bekomme ihn direkt von meinem Bruder aus China. Er ist rein, und so duftet er auch. Darf ich Ihnen eine Tasse anbieten?»

«Gerne! Man muss Neuem aufgeschlossen sein.» Kappe ist stolz, statt «Ja, danke!» so einen dem Umfeld entsprechenden Satz zustande gebracht zu haben. Schließlich sitzt er Herrn Li in einem von vier mit schwarzem Kalbsleder überzogenen Sesseln gegenüber.

Eine junge Chinesin, deren dünne Arme Modell hätten stehen können für die feingliedrigen Henkel der Teetassen, schenkt ihm die heiße blassgrüne Flüssigkeit ein. Etwas, das Kappe noch nie getrunken hat.

Nun, er ist sowieso kein begeisterter Teetrinker. Aber wenn, dachte er immer, dann trinkt man doch Kräutertee oder schwarzen Tee. Aber grünen? Kräftig sieht er jedenfalls nicht aus, findet Kappe. Und der Geschmack?

Herr Li, den Kappe auf Ende fünfzig schätzt, schaut mit seinen jugendlich-leuchtenden Augen interessiert durch seine Hornbrille, als sei es ein wissenschaftliches Experiment, einen untersetzten Berliner Kommissar grünen Tee trinken zu sehen.

Bitter, mein Gott, wie bitter, und das sieht man gar nicht, denkt Kappe, als er den ersten Schluck genommen hat. Aber er lässt sich nichts anmerken, lobt den Geschmack, trinkt – eigentlich nur, um die junge Chinesin noch zweimal ganz aus der Nähe sehen zu können – insgesamt drei Tassen und spürt hinterher, dass nicht nur Kaffee, sondern auch grüner Tee eine nicht zu unterschätzende aufputschende Wirkung hat.

Schließlich kommt Kappe zum Thema. Ob er oder jemand aus seiner Firma hinter dem Mord an Keung stehen könnte?

Absurd! Herr Li lacht darüber.

Er ist der erste Chinese, den Kappe kennenlernt, der anders lacht. Nicht so schrill, nicht so hoch und nicht so laut. Gesitteter, denkt Kappe. Er spuckt auch nicht auf den Boden. Schließlich liegen da teure Perserteppiche.

Li bemerkt Kappes Blick. «Das hier hat sich meine Familie alles erarbeitet. Wir sind die älteste hier ansässige Familie.»

«Sie verkaufen Tee?», will Kappe wissen.

«Nein, wir haben einen Großhandel für Steinschnitzereien, Porzellan und Lack.»

«Keinen Tee?», erkundigt sich Kappe erneut.

«Nein, denn anders als Ihnen schmeckt den meisten Deutschen unser gesunder grüner Tee offenbar nicht. Zudem ist es schwer, eine Genehmigung für den Lebensmittelverkauf von Haustür zu Haustür zu bekommen.»

«Und Sie vertreiben Ihre Waren über Händler?»

«Ja. Wie hier bei allen Großhändlern üblich, kümmern sich

selbständige Händler um den Vertrieb.» Herr Li streicht sich durch die zurückgekämmten, pomadisierten Haare. «Aber nicht alle bieten wirklich chinesische Waren an. Manche verkaufen deutsches Porzellan, manche geben billige Steine als Jade aus, und wieder andere handeln gar mit Illegalem. Ich will dazu nicht mehr sagen. Ich sage Ihnen nur, wir sind eine honorige Familie.»

Der Satz klingt wie die Regierungserklärung eines Deutschnationalen, denkt Kappe. «Und wie ist Ihr Verhältnis zu Herrn Wong? Er ist doch der direkte Konkurrent von Ihnen.»

«Ach, Berlin ist groß. Da ist genug Platz für viele. Das Verhältnis ist gut. Was soll ich sagen?»

«Mit Wongs Vorgänger, hab ich gehört, haben Sie besser zusammengearbeitet. Er war noch ein Händler alten Stils. So wie Sie.» Kappe nutzt nun Informationen, die er von Tam erhalten hat. Aber wie er feststellt, nützen ihm diese bei einem so aalglatten Gesprächspartner wie Li nicht sonderlich viel.

«Ich kann Ihnen nicht folgen», entgegnet dieser.

«Na ja, früher war es ein Miteinander, wurde mir gesagt, zwischen Ihnen und dem anderen Großhandelshaus. Seit Wong es übernommen hat, wirbt er Ihnen Händler ab und macht Ihnen Gebiete streitig.»

«Nein, Herr Kommissar, so ist es nicht! Wenn Sie so was gehört haben, kann es sich nur um dummes Geschwätz handeln», wiegelt Li ab.

Nichts ist aus ihm herauszubringen, das spürt Kappe.

Während er überlegt, wie er es anstellen soll, die 08/15-Frage, wo Li sich zur Tatzeit aufgehalten habe, zu stellen, wobei sich Kappe nicht vorstellen kann, dass dieser feine Herr des Nachts in Kreuzberg auf offener Straße einen Mann tottritt, sagt Li in die Gesprächspause mit einem offenen Lächeln: «Wenn Sie wissen wollen, und das wollen Sie sicher, wo ich zur Tatzeit war, kann ich Ihnen sagen, nachdem ich die Tatzeit aus der Zeitung erfahren habe, dass ich die Stunden des Abends mit einer reizenden jungen Dame verbrachte.»

Li macht eine Pause und genießt den fragenden Blick im bärtigen Gesicht des durch den Tee etwas nervös gewordenen Kommissars Kappe. Dann sagt er jedoch: «Mit meiner Nichte.» Li greift zu einem kleinen silbernen Glöckchen und bittet die Chinesin mit den Teetassenarmen, seine Nichte zu holen.

Das hätte er nicht tun sollen. Herr Li hätte sie nicht rufen sollen, seine Nichte. Er, Kappe, hätte ihm das Alibi auch so geglaubt. Und hätte er Fräulein Li nicht gesehen, nie kennengelernt, sein Leben wäre ein anderes, ein ruhigeres gewesen.

Aber das kann er in dem Moment, in dem ein Flügel der großen, weiß lackierten Tür aufgeht, nicht ahnen. In diesem Moment spürt er nur, dass es ihn in der Magengegend zwickt. Ist es der Tee, ist es sein Herz, das tiefer rutscht, fragt er sich. Oder das Würstchen, dessen Zutaten vielleicht nicht ganz frisch waren oder womöglich nicht einmal von Tieren stammten? Aber der Frauenmörder und Fleischer Karl Großmann, die »Bestie vom Schlesischen Bahnhof«, sitzt ja schon in Untersuchungshaft, beruhigt sich Kappe. Verrückt, was ihm in diesem Moment alles durch den Kopf schießt. So viel, dass er sich nicht rechtzeitig erheben und vorstellen kann.

«Das ist Lienhwa Li, meine Nichte», sagt Herr Li. «Sie studiert hier an der Hochschule für Politik gemeinsam mit meinem Sohn.» Und dann zu seiner Nichte geneigt: «Und dies, liebe Lienhwa, ist Kommissar Hermann Kappe.»

Erst als er diesen Satz wiederholt bekommt, steht Kappe auf und gibt Fräulein Li artig und unsicher wie ein kleines Kind die Hand und verharrt mit auf sie gerichteten Augen.

Herr Li rettet die Situation, indem er seine Nichte bittet, sich zu ihnen zu setzen. Dann klingelt er erneut, damit die Teetassenarm-Chinesin auch der Nichte grünes heißes Wasser eingießen kann.

Aber Kappe achtet nicht darauf. Seine Augen und Gedanken haben ein neues Ziel gefunden. Die kleine Dienerin, an die denkt er längst nicht mehr, die Sorgen mit Klara, der Mord, all das scheint auf einmal weit weg zu sein. Kappe staunt nur noch. Über diese wunderschöne Erscheinung in weiblicher Gestalt und über sich, dass er sich als erfahrener Kommissar und Ehemann noch dermaßen aus den gutgeschnürten Schuhen hauen lässt.

Freilich, vollkommen unverständlich ist es auch für einen Außenstehenden nicht. Fräulein Li ist hübsch, hübscher als alle Chinesinnen, die Kappe jemals gesehen hat. Aber mehr noch, und das macht es erst richtig problematisch, sie ist attraktiver als alle Frauen, denen Kappe jemals begegnet ist. Diese Grübchen beim Lächeln links und rechts der kleinen Stupsnase, diese kleinen Fältchen neben den mandelförmigen Augen, diese schon aus der Ferne pfirsichzart wirkende Haut, dieser jugendliche, schlanke Körper, den man unter dem ausgesucht eleganten, hellgrauen, schlichten Kleid gut erahnen kann.

Kappe stottert seine Fragen mehr, als dass er sie preußischbeamtenhaft vorträgt. Natürlich bestätigt Fräulein Li das Alibi ihres Onkels, aber Kappe hört es nicht. Er hört nur den Klang ihrer Stimme, der so jung und zart ist.

Ihr in chinesischer Sprache geschulter Singsang nimmt den deutschen Worten jegliche Härte und betont die Vokale anders, manchmal falsch, aber auf jeden Fall reizend. Sicher kommt sie auch aus Südchina, wie die meisten in Berlin lebenden Chinesen, spricht Kantonesisch und hat für jeden Vokal neun verschiedene Tonhöhen, während Hochchinesisch ja nur vier verschiedene Tonlagen kennt.

Tam hat ihm das erklärt.

Dass er ausgerechnet jetzt daran denken muss! Was hat sie gesagt? Kappe ist verwirrt.

Lienhwa Li schließt den Mund mit einem stillen, reinen Lächeln. Einen Moment lang schaut sie Kappe an, dann senken sich ihre Augen auf die über dem Schoß gefalteten Hände.

«Wenn Sie keine Fragen mehr haben, lassen wir Lienhwa wieder ans Studieren gehen, nicht wahr?»

Obwohl Kappe die Frage von Herrn Li hört, öffnet er den Mund nicht für eine Antwort. Er fürchtet, dass sich sonst seine Gedanken, denen er nachhängt, unbewusst einen Weg zur Zunge bahnen und als Worte für jeden hörbar werden könnten. Und nichts wäre peinlicher als das. Kappe nickt deshalb nur.

Fräulein Li verabschiedet sich.

DREI

VIELLEICHT IST IHR VATER JA PERVERS. Und ihr Großvater auch. Denn wenn die Töne, die sie so schön finden, Ausdruck tiefster, dunkelster Verzweiflung sind – und vieles spricht dafür –, wenn diese Klänge Einsamkeit, Trauer und Todesangst widerspiegeln, wäre es doch pervers, sich daran zu erfreuen. Aber sie tun es. Seit Kweihwa Li ein Kind war, tun sie es. So wie viele Männer. Eigentlich wie alle älteren Männer, die sie kennt. Erst jetzt merkt sie, dass sie sich noch nie überlegt hat, wie sich die Grillen dabei fühlen. Nun singen sie wieder. Laut und schrill. Kweihwa Li tritt aus der Schlange, in die sie sich vor der kleinen Post in Qingtian eingereiht hat, und beugt ihren schlanken Körper ein wenig zu dem alten Mann hinunter, der auf der Straße hockt und vor sich zwei Dutzend Tontöpfe mit lebendem Inhalt aufgestellt hat.

In sechs darüber gestapelten kleinen Korbkäfigen, durch deren enges Geflecht man die Insekten mehr erahnen als sehen kann, zirpen Tiere vor sich hin. Sie symbolisieren das Frühjahr.

Das ist nun da. Ihr Großvater freut sich seit Jahren, wenn er diesen Klang der sprießenden Natur, der wärmer strahlenden Sonne über den Winter retten kann, wenn seine Grille überlebt. Aber sie muss ihre Tage in einem kleinen, engen, dunklen Gefängnis fristen. Und vielleicht ändert sich deshalb im Laufe der Zeit ihr Klang, vielleicht sind es bald nicht mehr die Töne des Frühjahrs, die sie zum Besten gibt, sondern die der Einsamkeit und der Todesangst.

Kweihwa Li hat sich noch nie Gedanken gemacht über Grillen, seit sie vor neunzehn Jahren auf die Welt gekommen ist. Aber nun steht sie da auf der staubigen Straße hinter den Müttern, die Post von ihren Söhnen erwarten, und den Männern, die sich Geschäftsbriefe erhoffen mit neuen Bestellungen für Schnitzereien.

Und Kweihwa Li? Sie hofft auf einen Brief ihrer Schwester. Sicher wird Lienhwa wieder von ihrem politischen Kampf gegen die Ungerechtigkeit schreiben, denkt sie, von ihren Diskussionen mit kommunistischen Studenten in Berlin und ihrem Streben danach, allen Frauen Zugang zur Bildung zu verschaffen. Sie schreibt das immer so ernst, als wolle sie eine Rede halten.

Kweihwa Li hat nie verstanden, warum sie ihr das schreibt, hat das doch mit ihrem Leben hier nichts zu tun, denkt sie. Die Kommunisten kämpfen in Peking oder Shanghai. Und Freiheit, Gleichberechtigung? Ihr Vater wird schon wissen, was gut für sie ist. Wenn man sich um etwas kümmern könnte, dann vielleicht um die Freiheit der Grillen.

Aber bald hat sie auch diese vergessen. Mit kleinen schnellen Schritten tippelt sie auf ihrem Rückweg aus der Post an den Tierchen vorbei, den Brief in den Händen. Sie will ihn erst zu Hause öffnen und alleine auf der Bank hinterm Haus lesen.

Liebe Kweihwa,
meinen Dank will ich Dir zuerst übermitteln für den schönen Anhänger und den feinen Tee. Das bringt mir ein Stück Heimat in der Ferne. Das ist lieb. Ich denke oft an Dich und hoffe, dass es Dir gutgeht, Mama und Papa auch. Ich schreibe ihnen ja gleich noch einen eigenen Brief. Oft denke ich, wie schön es doch wäre, wenn Du mich hier besuchen könntest. Und wir könnten in Revuen gehen und in Clubs. Da wird getanzt. Manche Frauen, Du wirst es nicht glauben, tanzen hier ganz nackt. Ausdruckstanz nennen sie das. Aber es gibt auch Ausdruckstanz, bei dem die Frauen angezogen sind. Sicher, die Nackten, das ist eher was für Männer. Und manche der Frauen verkaufen sich auch. Eine hat mir mal erzählt, wenn man genug Kokain nimmt (das wird hier genommen und nicht so häufig Opium wie bei uns), dann mache es einem gar nichts mehr aus, mit verschiedenen Männern … Dann mache das sogar Spaß. Du siehst, man kommt hier sogar mit solchen

Menschen in Kontakt. Aber nein, liebe Kweihwa, hab keine Angst! Deine Schwester macht so etwas nicht.

Aber ich muss zugeben, es ist hier schon offener. Also man küsst sich schneller als bei uns, und dass man einen Freund hat, bevor man heiratet, das ist auch normal. Ach, erst neulich traf ich einen sehr netten schüchternen Mann, einen älteren, bärtigen. Zugegeben, er ist verheiratet, und er ist wohl auch nichts für mich, aber es ist schön, dass es Männer gibt, die so ganz anders sind als unsere. Nicht so dem Patriarchat verhaftet. Ach, welch Wort verwende ich hier, Schwester – ich meine, einfach nicht so lautsprecherisch. Ganz im Gegenteil, er ist so zurückhaltend, so ... Na ja, ich glaube jedenfalls, ich habe ihn sogar verlegen gemacht. Stell Dir das mal vor, ich mache einen ausgewachsenen deutschen Mann verlegen! Und dabei ist er sogar Polizist. Ach ja, das hab ich Dir noch gar nicht geschrieben: Ein Händler von Onkels Konkurrent wurde erschlagen. Schlimm! Ein Mord! Wir als Konkurrenz sind verdächtigt worden. Wie absurd! Noch hat die Polizei keinen Täter. Der Bärtige sucht nach ihm. Ein bisschen hab ich ja Angst, dass es ein Ausländerfeind gewesen sein könnte, der den Mann totschlug. Neuerdings liest man hier nämlich in Zeitungen nicht nur Nettes über Menschen aus fremden Ländern. Eine Zeitung, der «Lokal-Anzeiger», nennt Ausländer gelegentlich «Parasiten am deutschen Volkskörper». Er gibt ihnen die Schuld dafür, dass die Preise hier steigen. Dabei sind die wirklich niedrig. Viele studieren hier, weil es billiger ist als in Paris. Nur ein Drittel so teuer wie dort ist es hier.

Also, wie gesagt, ich fände es schön, wenn Du mich besuchen könntest. Es ist nur so, das las ich neulich, dass man es Ausländern schwerer machen will, nach Deutschland zu kommen. Man bekommt nur noch für vierzehn Tage einen Sichtvermerk und auch nur, wenn es einen zwingenden Grund dafür gibt. Aber ich denke, Onkel könnte da schon etwas machen. Ich werde mal bei der chinesischen Gesandtschaft nachfragen. Die ist ja nicht weit von hier entfernt, am Kudamm. Du brauchst auch keine Angst haben. Im Westen, wo wir wohnen, ist alles sicherer als im Osten, wo die Händler leben und die Arbeiter. Es leben zwar sehr viele Russen in der Gegend, aber das sind feine Leute. Auch die meisten meiner Mitstudenten wohnen hier. Dir wird es hier gefallen. Wir werden einkaufen gehen, ins Theater und, wenn Du magst, auch mal in Piscators proletarisches Theater.

Nun, liebe Kweihwa, nachdem ich so wirr und so viel geschrieben habe, muss ich los. Wir wollen uns heute Abend im Verein der Chinesischen Studenten treffen. Wenn wir weiter so wachsen, haben wir bald dreihundert Mitglieder.

Du fehlst mir, Schwester!

Bis dahin alles Liebe,

Deine an Dich denkende und Dich nicht vergessende Lienhwa

VIER

«ALLES GEHT! Man muss sich nur zusammenreißen, und man muss wollen.»

Sein Vater hatte Kappe diesen Spruch mitgegeben. Schon als Kind musste er sich das anhören. Und nun tut er das, was er sich als Junge nie hätte vorstellen können: Er sagt sich diesen Spruch selbst oft vor. Gerade in den vergangenen Wochen. Er hat sich zusammengerissen, er hat versucht, nicht an Fräulein Li zu denken. Er hat sich all das vor Augen gehalten, was er einst so an Klara liebte. Er wollte von ganzem Herzen seine Gefühle für sie als die einzig Richtige wieder mobilisieren. Er wollte die Chinesin vergessen, die er doch nur einmal sah, aber an die er immer wieder denken musste, als er in Klaras Armen lag. Und beinahe wäre es gelungen.

Klara hat, nachdem er signalisierte, sich wieder mehr für sie zu interessieren, nicht mehr darauf beharrt, schnellstmöglich wegzuziehen. Sie, die zunächst immer verschlossener wurde, ist fast wieder der lachende und offene Mensch von früher geworden.

Und im Dienst kümmerten sie sich in letzter Zeit um einen Raubmord aus Weißensee und um eine Eifersuchtstat aus Tempelhof. Fälle, die einfach zu klären waren.

Von Canow selbst hatte ja angeordnet, den Chinesen-Mord erst einmal liegenzulassen und als das bedauerliche Ergebnis einer üblichen Kneipenschlägerei zu betrachten, bis sich etwas Neues ergäbe.

Alles ist also gut, als Kappe mit Klara und den Kindern am Frühstückstisch sitzt. China ist weit weg. Fräulein Li auch. Denkt

Kappe zumindest, bis er den *Lokal-Anzeiger* aufschlägt und die kleine *Telegraphische Meldung* zu lesen beginnt, die gerade mal acht Zeilen lang ist:

Peking. Bei Morgenanbruch begann bei Chang-siut-ien ein Gefecht. Das Feuer der schweren Artillerie war in Entfernung von zwölf Meilen hörbar. Nach Berichten aus Kanton ...

Kappe liest nicht weiter. Die Namen der Städte, der Provinzen, all das sagt ihm nichts. Und was interessieren ihn die Gefechte? Dass die Meldung von China handelt, genügt, um seine Gedanken an den blutigen Toten auf der Brücke, vor allem aber an die Schöne von der Kantstraße in Gang zu bringen. Sie ist nicht einmal zwölf Meilen von ihm entfernt. Ob dort auch hörbar ist, was er denkt und wovon er in so vielen Nächten träumt?

Kappe denkt noch immer darüber nach, als er auf dem Weg zur Arbeit die Verkäuferinnen in der Straßenbahn mustert, als er den auf dem Trottoir gehenden Frauen nachschaut. So viele Frauen gibt es, denkt er, und letztendlich sollte man doch froh sein, eine treue, eine eigene zu haben. So wie er. Er müsste eigentlich glücklich sein. Er will sich Fräulein Li aus dem Kopf schlagen.

Im Bureau meint Galgenberg, der neue Papst Pius XI wolle wohl die Arbeiterschaft strafen und lasse es deshalb am Tag der Arbeit regnen, was das Zeug hält.

Das wäre ja nicht so schlimm, denkt Kappe, wenn der 1. Mai wenigstens noch gesetzlicher Feiertag wäre. Dann hätte er es sich mit Klara und den Kleinen bei dem Wetter zu Hause gemütlich gemacht. So aber muss er, weil es die Kollegen ja auch tun, Interesse an dem Aufruf der drei sozialistischen Parteien heucheln, diesem folgen und quasi dienstlich in den Lustgarten marschieren. Dort darf er sich nass regnen lassen und Schilder lesen, auf denen *Nieder mit der Kapitalistenbande in Genua!* steht.

In Genua war die Weltwirtschaftskonferenz gescheitert. Rathenau hatte dem mit Sowjetrussland geschlossenen Vertrag von Rapallo zugestimmt. Beide Staaten verzichteten seither gegenseitig auf den Ersatz von Kriegskosten.

Kappe hat das nicht so sehr interessiert. Klar, er empfindet die Reparationszahlungen auch als ungerecht. Und sicherlich hätte er es gern gesehen, wenn Rathenau die Anbindung an die Westmächte gelungen wäre. Er mag Rathenau. Nicht nur, weil er ein unabhängiger Geist ist, sondern auch, weil dessen Vater die AEG gegründet hat und die NAG, die Nationale Automobil-Gesellschaft, deren Fabrikate Kappe gefallen.

«Lange wird das eh nicht gehen. Die werden abbrechen müssen bei dem Wetter», sagt Galgenberg neben ihm.

Und er behält recht. Ein Sprecher gibt bekannt, dass die Kundgebung angesichts der Witterungsverhältnisse verkürzt werden müsse.

Noch bevor sie nach gut fünfzehn Minuten vorbei ist und die 200 000 Menschen zu den Straßenbahnen drängen, stürzt ein Schutzpolizist auf Galgenberg und Kappe zu. «Ein Mord, ein Mord! Sie müssen gleich kommen! Sofort!»

«Wo?», fragt Kappe.

«In der Akazienstraße in Schöneberg!», sagt der Polizist.

Leicht fällt es Kappe und Galgenberg wahrlich nicht, der Aufforderung ihres Kollegen zu folgen und sofort dorthin zu eilen angesichts der Massen, die nun wegströmen aus dem unwirtlich nassen Lustgarten. Und eines der wenigen Autos der Kriminalpolizei hat der Schupo nicht mitgebracht.

Auf der Akazienstraße blockiert eine Menschenansammlung die halbe Fahrbahn.

«Das geschieht ihm recht! Der hat sich sicher an unsere Hausfrauen ranmachen wollen», hört Kappe eine Stimme aus der Menge.

«Ach was, die richten sich doch selbst, diese Typen! Alles eine Verbrecherbande!»

Kappe weiß noch immer nicht, dass es sich bei dem Toten um einen Chinesen handelt. Aber er hat, nach diesen Worten der Umstehenden, schon ein ungutes Gefühl, als er sich seinen Weg durch die Schaulustigen bahnt. Ein einfach zu lösendes Eifersuchtsdrama oder einen der üblichen Raubmorde, dagegen hätte er nichts einzuwenden. «Bloß nicht noch ein Chinese!», sagt er schließlich zu Galgenberg.

Dieser nickt. Der Schweiß läuft ihm über Stirn und Wange und versickert in den Falten seines Doppelkinns.

Schon steht Dr. Kniehase mit vorwurfsvoller Miene vor ihnen. «Noch ein Chinese! Erstochen. Auf dem zweiten Treppenabsatz im Seitenflügel. Keine Zeugen, keine Tatwaffe, keine Hinweise. Keiner hat was gesehen oder gehört.»

«Dann haben Sie also schon alles ausermittelt. Prima!», erwidert Kappe.

«Zeit genug hatte ich ja», entgegnet Dr. Kniehase spöttisch.

Es ist immer angenehm, in einer entspannten Atmosphäre zu arbeiten, denkt Kappe, vor allem, wenn man sich dazu im Beruf noch an schönen Dingen erfreuen kann. Inzwischen blickt er in die weit aufgerissenen Augen des Chinesen.

Der ist viel kleiner als das erste Opfer. Dennoch litt er offenbar nicht an Blutarmut.

«Das krieg ich nie und nimmer aus dem Holz! Was sag ich nur Herrn Vetter? Der hat doch erst letztes Jahr die Stiegen neu machen lassen», jammert die Hauswartsfrau, die von zwei Schutzleuten im ersten Stock zurückgehalten wird.

Tatsächlich ist auch Kappe über den Aderlass einigermaßen erstaunt.

«Im Orient tötet man Tiere bei lebendigem Leibe und lässt sie ausbluten. Das gibt gutes Fleisch», sagt Galgenberg.

Wieder muss Kappe an den Serienmörder und Wurstverkäufer Karl Großmann denken. «Aber rausgeschnitten wurde ihm ja nichts, und sein Hab und Gut ist auch noch da.» Er deutet auf einen achteckigen Lederkoffer, der offensichtlich fünf Stufen die Treppe hinuntergekullert und dann aufgeplatzt war. Lackdöschen, Papierblumen, ein paar Fächer und drei kaputte Teetassen liegen verstreut auf der Treppe. «Also wieder ein Handelsvertreter», stellt Kappe fest.

Weder in der Tasche noch in dem mit Blut verklebten Anzug des Toten finden sich irgendwelche Ausweispapiere. Die Helfer der Rechtsmedizin wollen die Leiche schon mitnehmen, doch da bedeutet ihnen Kappe, noch einen Moment zu warten. Er beugt sich über den Toten, wedelt die Fliegen, die sich an der Wunde laben, beiseite und stochert mit einem der Fächer, den er sich genommen hat, im Blut herum, das sich rund um die aufgeschlitzte Kehle gesammelt und die Kleidung aufgeweicht hat. Das erste Opfer, da erinnert er sich genau, hatte doch so einen Jade-Anhänger. Dieses hier aber offenbar nicht. Kappe findet allerdings ein auseinandergerissenes Lederband, das er mit spitzen Fingern aus dem Blut fischt. «Vielleicht war da ja ein Jade-Anhänger dran, und der Täter hat ihn mitgenommen.»

«Das Band wird durch den Stich zerteilt worden sein, und der Anhänger ist runtergefallen. Der hat sonst ooch nischt mitgenommen. Selbst det Jeld ist noch inner Tasche», meint Galgenberg. Aber finden kann er auf dem Boden keinen Jade-Anhänger. «Und wenn schon! Wenn er fehlt, ist doch ejal! Oder wollste ihn für Klara mitnehmen?»

Dass sie aussteigen würde, konnte er nicht ahnen. Hätte er es geahnt, hätte er auf dem Absatz kehrtgemacht und Tam alleine stehengelassen. Nun war es zu spät.

Es ist selbstverständlich, dass Kappe und sein Dolmetscher stehengeblieben sind. Wann hält schon mal ein Maybach Phaeton auf der Krautstraße im gelben Viertel? Da muss man einfach schauen, wer aussteigt.

Erst der Chauffeur, ein großgewachsener Mann mit Schnauzbart und Mütze.

Als der die Tür des Fonds öffnet, sich ein kleiner Kopf herausreckt und kleine Füßchen sich aufs Trittbrett tasten, weiß Kappe sofort, wer es ist.

Als sie aufschaut und ihn erblickt, sind sie wieder da – ihre Grübchen und Kappes Herzklopfen. Mit leichtem Akzent in ihrer sanften Stimme begrüßt Fräulein Li Kappe und wechselt dann ein paar Worte auf Chinesisch mit Tam.

«Sie hier?», fragt Kappe nach der höflichen Begrüßung.

«Aber warum denn auch nicht?»

«Na ja, so standesgemäß ist es hier ja nicht gerade für eine Dame wie Sie.»

«Ich bin Studentin, ich bin Chinesin, ich liebe meine Landsleute. Und wo sonst sollte ich das einkaufen, was ich zum Kochen brauche?» Die Sätze, die sie Kappe an den Kopf wirft, wirken selbstbewusst, fast arrogant und überheblich.

Kappe ist das egal. Er strahlt sie an, und erst als Tam auf Deutsch fragt, ob sie etwas von dem Mord wisse, scheint sich auch Kappe daran zu erinnern, weshalb sie hier sind.

«Ja, schrecklich!», sagt Fräulein Li, die offiziell noch gar nichts von dem Toten hat wissen können. «Hak Gam hat schon lange für uns gearbeitet. Er war immer so fleißig und ehrlich.»

«Woher wissen Sie denn, wer der Tote ist?», will Kappe wissen.

«Wissen? Ich weiß es nicht. Aber ich habe es gehört. Und man erzählt sich bei uns keine Lügenmärchen wie in der deutschen Politik.»

«Könnten Sie ihn identifizieren? Im Leichenschauhaus, meine ich?»

«Das wird mein Onkel gerne übernehmen. Wenn Sie mich bitte entschuldigen würden?»

Als Fräulein Li weg ist, wendet sich Tam an Kappe. «Wenn der Tote wirklich Herr Gam ist, dann kannte ich den natürlich auch. Den kannte ja fast jeder hier. Der war ein alter Hase im Geschäft. Früher hat er für Herrn Lau, Wongs Vorgänger, gearbeitet, und dann, als Herr Wong kam, ist er zu Herrn Li übergelaufen. Er war wohl eher der alten Schule zugeneigt. Ein Gentleman, ganz korrekt.»

Viel Neues wird ihm Wong also nicht erzählen können, denkt Kappe. Trotzdem, er will schnell zu ihm, er will es hinter sich bringen, das Gespräch mit diesem unangenehmen Menschen.

Und kaum ist er bei ihm, kommt er auch sofort auf den Punkt: «Es war ein sehr lukratives Gebiet, das Herr Gam betreute. Viel Geld kann man da verdienen in diesem Schöneberger Kiez. Geld, das nun Li bekommt. Haben Sie nicht versucht, ihn zurückzugewinnen?» Kappe lässt Tam sofort diese Kernfrage stellen. Er will Wong signalisieren, dass er alles weiß.

Wong antwortet gelassen, zieht zwischendurch an seiner Zigarette und nippt an einem Glas, dessen Inhalt wie Apfelsaft aussieht, aber wohl doch Whisky ist.

«Sicherlich, mein Herr», übersetzt Tam. «Das Gebiet ist gut. Es gehörte früher zu unserem Hause. Nun aber eben nicht mehr. Es ist wie beim Mahjong: Auch wenn man eine gute Strategie verfolgt und letztendlich gewinnt, manches Gefecht verliert man. Bei Ihnen sagt man, glaube ich, man kann eine Schlacht verlieren, aber Hauptsache, man gewinnt den Krieg.»

«Aber wollten Sie Gam nicht zurückhaben?», fragt Kappe.

«Nein. Reisende soll man nicht aufhalten.»

Diese zur Schau getragene Gelassenheit kann Kappe nur schwer aushalten. Er fährt unbeirrt fort: «Wo waren Sie heute zwischen neun und elf Uhr?»

«Hier. Ich habe gearbeitet. Papiere für den Zoll, für die Behörden. Sie glauben gar nicht, wie schwer es hier für Ausländer ist. Sie wollen sicher Zeugen. Sieben, acht Mitarbeiter sind immer da. Soll ich sie rufen? Sollen sie für mich schwören?» Wong lächelt. Es ist ein Siegerlächeln. Eines, das sagt: «Ihr könnt mir gar nichts. Ihr wisst zwar, ich spiele ein falsches Spiel, aber ihr könnt mir überhaupt nichts.»

Kappe kann das nicht ausstehen. Es ist das Lächeln des Radrennfahrers, der als Einziger kokst, gewinnt und auf dem Siegertreppchen alle Ehrlichen auslacht.

Als Kappe und Tam wieder auf die Straße treten, schleicht

ihnen ein kleiner Chinese hinterher. Er spricht Tam auf Chinesisch an.

Dieser scheint sichtlich interessiert. Aber bevor er es Kappe übersetzt, ist der Chinese in dem Passantengewusel auch schon wieder verschwunden.

Er habe gesagt, erzählt Tam Kappe, dass Wong versucht habe, Gam zurückzugewinnen, erst mit Geld, dann mit Drohungen. Er wisse es genau, weil er zusammen mit Gam in der Andreasstraße gewohnt habe.

«Dann wissen wir wenigstens, wo wir als Nächstes hingehen», beschließt Kappe. «Und dort nehmen wir uns das Bürschlein noch mal vor. Das soll er uns mal schön zu Protokoll geben.»

«Nein, er wird nicht da sein. Das hat er schon gesagt», erklärt Tam. «Die Wirtin wird uns das Zimmer zeigen, ihn aber werden wir erst heute Abend sprechen können. Er hat Angst, ins Polizeipräsidium zu kommen, denn das werde von chinesischen Spitzeln beschattet. Er will uns um neun im sogenannten Café Zwecklos in der Friedrichstraße treffen.»

«Aber das ist doch das Café der Filmleute», sagt Kappe ein wenig verwundert.

«Eben! Keiner vermutet dort einen kleinen, illegal hier lebenden Chinesen.»

«Illegal?», fragt Kappe.

«Ach, seien Sie nicht strenger als der Polizeipräsident! Wenn der Chinese uns hilft, dann ist das Illegal doch sehr egal.»

Bei der Inspektion des Zimmers von Hak Gam merkt Kappe sehr schnell, dass er sich die auch hätte sparen können.

Gam hat gehaust wie das erste Opfer – armselig.

Ein paar Briefe beschlagnahmt Kappe, doch schon beim ersten Drüberlesen sagt ihm Tam, dass es sich um Briefe von Bruder und Schwester handele, nichts Aufregendes also.

Ansonsten findet sich nichts Verdächtiges oder Interessantes. Lediglich unter der Matratze liegen zweitausend Reichsmark. Die hatte Gam wohl angespart.

Dass es sich bei dem Toten auch tatsächlich um Hak Gam handelt, bestätigt Tam schließlich bei einem Besuch in der Rechtsmedizin.

Nun also sitzt Kappe mit Tam an einem kleinen Marmortischchen im Café Zwecklos, dessen Name darauf anspielt, dass dort, leider oft vergeblich, Schauspieler, Bühnenbildner, Drehbuchautoren und Regisseure auf Aufträge von der in der südlichen Friedrichstraße konzentrierten Filmindustrie hoffen. Für später am Abend hat er sich noch mit seinem Freund Lubosch verabredet, der bis zehn im Adlon arbeitet. Aber jetzt erst einmal das Dienstliche. Am Nachbartisch erkennt Kappe Fritz Lang, den Regisseur. In die Filmpaläste geht er gerne. Und technikbegeistert, wie er ist, hofft Kappe, dass die Erfindergemeinschaft Tri-Ergon, die nun erstmals im Alhambra am Kudamm einen experimentellen Tonfilm zeigt, Erfolg haben wird und sich durchsetzt. «Wäre das nicht toll? Frauen hört man dann singen, Männer schimpfen, Kinder schreien. Wie im richtigen Leben!», sagt Kappe enthusiastisch.

«Aber das haben wir doch jeden Tag zu Hause. Will man das auch noch im Kino hören? Und sicherlich schädigt so was das Gehör», meint Tam.

Weiter können sie nicht diskutieren. Der kleine Chinese, Herr Lei, dessen schäbige Kleidung sich deutlich abhebt von der Garderobe der anderen Gäste an den Tischen, betritt das Café.

Kappe und Tam haben extra einen Tisch am Rand gewählt, wo es nicht ganz so viel Trubel gibt.

Der junge Chinese fragt, ob die beiden ihn einladen würden und er sich etwas zu essen bestellen dürfe.

Kappe nickt.

In der folgenden halben Stunde, in der sich der Chinese regelmäßig nervös umdreht, erzählt er Tam, wenn er nicht gerade hastig Gulaschsuppe löffelt und sein dunkles Bier dazu trinkt, was er über Gam weiß.

Dieser habe ihm gesagt, er sei gut ausgekommen mit Herrn

Lau, doch als Wong das Geschäft übernommen habe, sei alles anders geworden. Wong habe kaum noch Waren auf Kommission herausgerückt und die Gewinnmargen gekürzt. Zudem habe er angeboten, den Händlern billiges deutsches Porzellan mitzugeben, weil die Hausfrauen das ohnehin nicht merken würden.

Nun erinnert sich Kappe an die Kisten mit den deutschen Aufschriften in Wongs Lager. Aber er will Tam nicht unterbrechen.

Dieser übersetzt weiter und sagt, dass Herr Gam anfangs die geringeren Margen akzeptiert habe, aber deutsches Porzellan nicht verkaufen wollte. Er habe seinen Stolz gehabt. Schließlich warf er alles hin und ging zu Li. Das lukrative Schöneberger Viertel nahm er als Vertriebsgebiet mit. Er war dort beliebt. Manchen Frauen verkaufte er sogar grünen Tee, und das, obwohl er dafür keine Genehmigung hatte. Fortan handelte er nun also mit Waren von Li. Wong bot ihm zunächst wieder höhere Margen, dann aber drohte er ihm, ihn wegen des Teehandels anzuschwärzen. Schließlich schickte Wong eigene Händler in das Gebiet, aber die meisten Kunden dort wollten nur bei Gam kaufen. Deshalb habe Gam ihm, also Herrn Lei, anvertraut, dass er bedroht werde. Nicht Wong persönlich, aber einer seiner Leute, er wisse nicht wer, habe Gam gesagt, er solle sich in Acht nehmen. Das Leben könne kürzer sein, als man denkt. Vor vier Wochen dann sei Gam zusammengeschlagen worden, aber er habe das nicht angezeigt.

Kaum ist Tam mit der Übersetzung fertig, da spuckt Herr Lei unter den entsetzten Blicken der ringsherum Sitzenden auch schon auf den Boden, springt auf und sagt, er müsse los, weil er heute Abend noch in der Garküche zu arbeiten habe.

Kappe ist es nicht unrecht, dass er nun auch gehen kann. Er wird gerade noch rechtzeitig zum Adlon kommen. Immer, wenn Kappe Zeit hat und Liepe treffen will, wartet er gegenüber vom Adlon, vor der französischen Botschaft. So haben es die beiden grundsätzlich vereinbart.

Und immer, bevor Liepe sich auf den Heimweg macht, schaut er dort vorbei, um zu sehen, ob Kappe da ist.

Und so ist es auch an diesem Abend des 1. Mai.

Gemeinsam gehen sie Unter den Linden entlang. Kappe erzählt Liepe von dem neuesten Chinesen-Mord.

«Dann musst du recherchieren, wo sich die wichtigsten, die schönsten und reichsten Chinesen treffen», sagt Liepe.

«So?»

«In der Kantstraße hat ein neues Lokal aufgemacht. Ich sag dir, unsere Gäste sind begeistert. Deutsche Kellner, orientalische Küche. Und das Beste, da isst man mit Stäbchen, so richtig echt. Das ist der Renner. Alle unsere Gäste wollen dahin. Aber die meisten kommen wieder zurück, weil denen dort das Essen zu fett ist. Zu scharf und zu viel Maggi. Los, da gehen wir hin!»

Kurz darauf stehen sie tatsächlich in der Kantstraße vor besagtem Lokal. Von der Straße aus sehen sie die Tische mit schneeweißen Tischdecken, beladen mit Schälchen und Geschirr, Kellner mit Fliegen eilen umher, Gäste stehen zwischen den Stühlen. Sie sind wohl zu spät.

In diesem Moment, als sie noch überlegen, ob es sich überhaupt lohnt hineinzugehen, wird die Tür von einem livrierten Pagen aufgehalten, aber nicht für sie, sondern für Gäste, die herauskommen.

Die kleinen Füße, die mit kurzen Schritten auf Kappe zu tippeln, hat er schon einmal gesehen - heute Mittag, als Fräulein Li aus dem Maybach stieg. Und nun also kommt sie ihm hier entgegen. Sie ist in Begleitung von sechs jungen Chinesen, sicher Studenten, denkt Kappe.

Fräulein Li, eine von zwei Frauen in der Gruppe, dreht sich zu Kappe um und winkt mit ihrer kleinen Hand.

Kappe hört nicht, was sie sagt. Er steht etwas abseits und ist so überrascht, das schöne Fräulein wiederzusehen, dass er keinen Ton herausbringt. Unbeholfen winkt er zurück.

«Was is 'n los mit dir? Kennste die?», fragt Liepe.

«Ach, die ... Fräulein Li, das ist ... die ist ...»

«Ne klasse Frau! Das seh ich auch. Moment ...»

Die Gruppe ist schon weitergegangen, als Liepe ihr hinterherspurtet.

Kappe sieht, wie er Fräulein Li anspricht und daraufhin die ganze Gruppe stehenbleibt und sich ihm zuwendet.

Liepe wechselt ein paar Sätze mit der jungen Chinesin.

Sie scheint das Gespräch zu genießen. Sie lacht.

Nun schauen beide zu Kappe, der glaubt, rot zu werden. Womöglich wird er das auch. Nur gut, dass es dunkel ist und die anderen es nicht sehen können, denkt er. Gleichzeitig ist er auch etwas neidisch und sogar ein wenig eifersüchtig auf Liepe, dass der einfach so mir nichts, dir nichts sein Fräulein Li anspricht.

«Die is ja 'ne Nette!», sagt Liepe, als er zurückkehrt.

«Was hast du mit ihr gesprochen?», will Kappe wissen.

«Wärst wohl gern dabei gewesen, wa?»

«Komm, sag schon!»

«Ich dachte, du kennst sie. Ich habe ja nicht gewusst, dass du so schüchtern bist. Ich hab ihr gesagt, dass wir beide gern mal was von ihr lernen würden ... den richtigen Umgang mit Stäbchen.»

«Und?», fragt Kappe neugierig.

«Sie hat eingewilligt. Sie meint, du wüsstest, wie wir sie erreichen.»

«Das is ja was! Darauf muss ich einen trinken!», erwidert Kappe.

«Lass uns in die ‹Weiße Maus› gehen!», schlägt Liepe vor.

Also zurück nach Mitte. Die «Weiße Maus» in der Jägerstraße ist Liepes «Lieblingsabsturzschuppen», wie er es formuliert.

Kappe hat nichts dagegen, auf andere Gedanken zu kommen. Der zweite Chinesen-Mord und das gleich doppelte Wiedersehen mit Fräulein Li sind ein bisschen viel für ihn.

«Bevor du die nackt siehst, kannst du dir ja mal ein paar andere anschauen.» Liepe lacht. Er hat gleich gemerkt, was mit Kappe los ist und dass Fräulein Li daran nicht unschuldig ist. Er zieht ihn damit auf, als sie in der «Weißen Maus» sitzen, Kappe vor sich ein Schultheiss, Liepe einen Whisky. Die Ventilatoren verteilen den

Zigarrenrauch gleichmäßig über das zumeist männliche, in guten Anzügen gekleidete Publikum, das sich mal etwas gönnen will. Offiziell gönnt man sich hier Champagner oder auch schon mal gerne etwas intensivere Blicke auf splitterfasernackte Frauen Anfang zwanzig. Eine davon räkelt sich gerade vor Kappe und Liepe.

Kappe ist in Gedanken bei Fräulein Li und starrt so lange die im Takt der Musik wippenden Brüste der Nackttänzerin an, dass Liepe ihm mit dem Ellenbogen in die Seite stößt.

Sie sind nicht groß, aber sie scheinen schwer und nicht allzu fest zu sein.

Fräulein Li hat sicher kleinere, festere Brüste, denkt Kappe.

«Starr doch nicht so!», sagt Liepe.

«Ich? Ich schau doch nur. Ich war in Gedanken.»

«Ach komm, vergiss die Chinesin! Heute kriegst du die eh nicht mehr. Aber die da!» Liepe zeigt auf die Nackttänzerin. «Für 150 Reichsmark kannste mit ihr nach oben gehen.»

«Wie?», fragt Kappe verwirrt.

«Na ja, ich seh doch, wie du schmachtest. Du brauchst wohl mal 'ne Abwechslung von Klara, was?»

«Blödsinn! Was soll das denn? *Du* hast mich hierher geschleppt.» Kappe will nicht zugeben, wie gerne er sich andere Frauen anschaut. Allerdings, für den Gegenwert einer Damenbluse mit dem jungen Ding irgendwohin zu verschwinden, das kann er sich nicht vorstellen. Besser gesagt, vorstellen kann er sich das schon, womöglich würde er es sogar wollen, wenn er ganz ehrlich zu sich wäre. Dass er ablehnt, liegt vielmehr an der Mischung aus befürchtetem schlechtem Gewissen, anerzogener Moralvorstellung, mangelndem Mut und der Tatsache, dass er so etwas noch nie gemacht hat: sich Liebe zu kaufen. Er lässt sich lieber von Liepe nach dem Bier zu einem Whisky einladen und gesteht ihm, dass es mit Klara nicht mehr so gut läuft.

Liepe rät ihm, sich eine Geliebte zu suchen. «Hattest du nicht auch schon mal was mit dieser Rieke vor ein paar Jahren? Dieser Zeugin?», fragt er.

«Da war ich aber noch nicht verheiratet», rechtfertigt sich Kappe.

«Na ja, dann hast ja jetzt noch einen Grund mehr.»

«Nein, ich will das nicht! Ich hab Klara, die Kinder ...» Kappe fällt das Sprechen zunehmend schwer, dennoch verteidigt er eisern seinen Willen, Klara treu zu bleiben.

«Wenn die det hier ooch weiterhin so machen wie in ihre Heimat, sind wir sie ja vielleicht bald janz los.» Galgenberg schaut von der Zeitung auf.

Kappe, dessen Kopf und Magen noch mit den Folgen des gestrigen Abends beschäftigt sind, versteht nicht ganz.

«Na ja», fährt Galgenberg fort, «hier steht es doch: *Bürgerkrieg in China*. Da wollte irgend so ein General Peking einnehmen, was aber scheiterte. Gleichzeitig versuchte jemand, ein Attentat auf den General zu verüben. Auch das ging schief. Dann haben die den Verdächtigen gleich hingerichtet. Wenn die das hier auch machen würden, hätten wir weniger zu tun.» Dann bemerkt er Kappes geistige Abwesenheit. «Du bist ja gar nicht bei der Sache. Wo warste überhaupt jestern Abend? Wir hatten nach dir geschickt.»

Nun erinnert sich Kappe wieder daran, dass Klara heute Morgen sagte, ein Schutzpolizist habe gestern Nacht nach ihm gesucht. Aber Kappe war nicht näher darauf eingegangen. Er war genug damit beschäftigt, Klaras Fragen ausweichend zu beantworten. «Ja, ich war mit 'nem Freund unterwegs», erwidert er seinem Kollegen. «Is was passiert?»

«Allerdings! Wir sind dem Chinesen-Mörder auf der Spur», erklärt Galgenberg.

«Das sagst du so beiläufig? Was gibt's denn Neues?», will Kappe wissen.

Galgenberg berichtet, dass am späten Abend eine polnische Prostituierte vor dem KaDeWe angefallen worden sei. Was der Mann genau von ihr gewollt habe, wisse man nicht. Jedenfalls habe der Täter ein Messer dabeigehabt. Gegen die wendige Prostituierte habe er aber nichts ausrichten können. Diese habe ihm das Messer aus der Hand gedreht, woraufhin er geflüchtet sei.

«Und es war ein Chinese?», fragt Kappe weiter.

«Nein, aber am Messer klebte Blut, und es kann ja nicht das Blut der Prostituierten sein. Dr. Kniehase sagt, der Größe nach zu urteilen, könne das Messer auch dasjenige sein, mit dem der Chinese in der Akazienstraße erstochen wurde.»

«Logisch – es gibt ja auch nur ein oder zwei Brotmesser in dieser Stadt, die gleich groß sind», sagt Kappe sarkastisch.

«Warten wir's ab! Dr. Kniehase ist schon in der Rechtsmedizin, um das Blut auf dem Messer mit dem des Chinesen vergleichen zu lassen. Mal schauen, ob es sich um dieselbe Blutgruppe handelt.»

Das hat ihm gerade noch gefehlt: die Rechtsmedizin. Kappe kämpft auch so schon, also ohne süßlichen Leichengeruch, der durch die gekachelten Flure weht, und Formaldehyd-Dämpfe, die aus den Laboren kommen, mit seinem Magen. Er ist froh, dass Dr. Kniehase und Dr. Franz Schmidt, ein junger ehrgeiziger, aber dennoch sympathischer und vor allem humorvoller Rechtsmediziner, nicht mehr im Sektionssaal, sondern im Besprechungszimmer sitzen. Die Totenköpfe, die dort auf der Anrichte stehen und an deren zerdellten Schädeldecken man die tödliche Kraft von Beilhieben oder Schlägen ablesen kann, kennt Kappe schon. Die können sein Unwohlsein nicht mehr verstärken. Wohl aber könnte dies Dr. Kniehases Arroganz. Wobei sich diese heute, wie Kappe feststellt, in Grenzen hält.

Zu sehr ist der offensichtlich beeindruckt von den Ergebnissen, die Dr. Schmidt vorträgt.

Der erste Satz, den Kappe hört, ist gleichzeitig auch der zentrale: «Somit kann festgestellt werden, dass an dem Messer, das dem Tatverdächtigen vom Opfer abgenommen wurde, Blut derjenigen Blutgruppe klebt, die auch der zuvor ermordete Chinese hatte. Dies besagt freilich nicht, dass es sein Blut ist. Es besagt lediglich, dass es eine gewisse Wahrscheinlichkeit gibt, nach der mit diesem Messer auch der Chinese erstochen wurde.»

Dr. Schmidt und Dr. Kniehase drehen sich zu Kappe um. Letzterer sagt: «Da kommen Sie ja! Wir haben eine Spur!»

«Ja, weiß ich schon. Hört sich gut an», meint Kappe.

«Es könnte besser sein, aber noch ist unsere Wissenschaft nicht so weit», sagt Dr. Schmidt.

«Wie weit? Wie meinen Sie das?», fragt Kappe etwas irritiert.

«Ich denke, eines Tages, nicht in den nächsten zwanzig Jahren, aber eines Tages, da bin ich mir sicher, werden wir jedem Menschen sein ganz individuelles Blut zuordnen können, so, wie wir dies heute schon mit Fingerabdrücken machen. Dann könnten wir genau sagen, ob die Zellen, die an dem Messer kleben, von dem toten Chinesen stammen.»

«Klingt ja sehr nach Phantasterei», meint Dr. Kniehase.

«Nein, ganz sicher!», beharrt Dr. Schmidt.

Auf dem Weg zurück zum Alexanderplatz reden Dr. Kniehase und Kappe nicht viel. Jeder scheint in Gedanken versunken.

«Wenn stimmt, was Dr. Schmidt sagt, und man jedem Menschen das Blut bald wird zuordnen können, dann könnte man ja gleich nach der Geburt eine Datei mit Blutdaten anlegen, und man wüsste bei einem Verbrechen sofort, wer es war», sagt Kappe plötzlich.

«Na prima! Und dann sind wir arbeitslos», entgegnet Dr. Kniehase.

«Einige Einsatzgebiete wird es für uns auf jeden Fall noch geben», erwidert Kappe und zeigt aus der Straßenbahn in Richtung Rotes Rathaus.

Kurz darauf müssen sie aussteigen. Auf der Königstraße geht nichts mehr. Die Bahn wird blockiert von Hunderten von Arbeitern, die mit roten Fahnen demonstrieren.

«Im Stadtparlament wird über die Lohnerhöhung für die städtischen Arbeiter debattiert», erklärt Dr. Kniehase.

«Wenn die protestieren, statt zu arbeiten, würd ich denen auch nicht mehr zahlen», sagt Kappe. Er will sich das näher ansehen.

Die Kollegen von der Schutzpolizei stehen dicht an dicht, um das Rathaus zu schützen. Die Rufe «Stürmt rein, stürmt rein! Holt raus, holt raus das Geld!» werden immer lauter.

«Wir müssen denen helfen!», sagt Kappe.

Dr. Kniehase zögert.

Dann ist es auch schon zu spät. Die Masse stürmt. An zwei Stellen gelingt es Arbeitern, die Polizeikette zu durchbrechen. Die Polizisten ziehen ihre Säbel. Arbeiter schreien. Demonstranten gehen blutend zu Boden.

Kappe und Dr. Kniehase schauen sich an. Beide sind nicht erpicht darauf mitzumischen. Als sie Samariterwagen herannahen sehen, gehen sie zu Fuß weiter in Richtung Präsidium.

Am nächsten Morgen liest Kappe in der Zeitung, dass drei Arbeiter vor dem Rathaus von Polizeisäbeln schwer verletzt wurden. Aber eigentlich interessiert ihn das nicht sonderlich. Langsam macht er sich Gedanken darüber, wohin das noch führen wird bei ihm, diese Teilnahmslosigkeit, dieses Desinteresse. Er ist schon wieder müde und schaut aus dem Fenster in den hellblauen Frühlingshimmel.

Galgenberg stört ihn nicht dabei, er ist auf der Suche nach der Prostituierten, die sie für ein Phantombild des Täters brauchen. Als er am Nachmittag zurückkehrt und sagt, er habe die Dame nicht finden können, beschließen beide, früh Feierabend zu machen.

Fast hätte es auch geklappt. Aber als Kappe fast aus der Tür ist, da klingelt das Telefon.

Pflichtbewusst hebt er ab und bereut es sofort. Minuten später sitzt er neben Galgenberg in einem Einsatzwagen der Polizei.

Elegant umschifft der Fahrer Pferdefuhrwerke, Straßenbahnen und Damen mit großen Hüten. Als sie in der Tauentzienstraße ankommen, sind die Samariter schon da, und die Schutzpolizisten haben ganze Arbeit geleistet.

Galgenberg glaubt, die Prostituierte wiederzuerkennen, die er gesucht hat.

Die Frau kauert vor einem Schaufenster des KaDeWe, in dem Jumper-Kleider für 695 Reichsmark ausgestellt sind.

Als Galgenberg näher an sie herantritt, sieht er, dass es eine andere ist und nicht die, die er gesucht hatte.

Weil ihre Bluse von einem Messer zerfetzt wurde, versucht sie nun, sich mit einer Decke vor allzu unsittlichen Blicken der Männer zu schützen. Mit einer Hand hält sie die Decke fest, mit der anderen streicht sie einem Mann, der neben ihr liegt, über die schweißperlige Stirn.

Dieser atmet schwer und unregelmäßig.

Ein Sanitäter kniet neben ihm.

Das rotgefärbte weiße Hemd ist hochgeschoben. Galgenberg sieht, dass darunter das Blut bordeauxrot-schwärzlich wird.

Der Sanitäter drückt immer neue Mullpackungen in die Wunde.

Kappe wendet sich dem zweiten Mann zu, der mit aufs Straßenpflaster gedrehtem Kopf und auf den Rücken gefesselten Händen vor zwei Polizisten liegt.

«Das isser! Der hat das Mädchen attackiert.» Der Polizist zeigt auf den bereits Festgenommenen und Gefesselten. «Dann ging der Lude dort dazwischen», fährt er fort und deutet mit einer Kopfbewegung auf den Mann mit der Stichverletzung.

Kappe geht zu dem Festgenommenen. «Umdrehen!», befiehlt er. Er schaut nun dem am Boden Liegenden ins Gesicht.

Es ist ein fahlgraues, unrasiertes Gesicht. Eines, dessen Haare vor den matten, leeren Augen flüchten zu wollen scheinen. Streng sind sie aus der Stirn nach hinten gekämmt und mit Pomade fixiert. Rings um die Nase herum haben sich Blutkrusten gebildet.

«Noch ein Spruch, Nasenbruch», murmelt Kappe. Er erinnert sich an solche Verse, die sie sich als Kind gegenseitig an den Kopf warfen. Für einen Moment ist Kappe in Wendisch-Rietz, dann kehrt er mit seinen Gedanken zurück. «Was wollten Sie von der Frau?», fährt er den Verdächtigen an.

Der sagt nichts.

«Los, aufstehen!», sagt Kappe in schroffem Ton.

Die beiden Polizisten reißen den Gefesselten hoch.

Er wiegt höchstens die Hälfte von Kappes derzeitigem Wohlfühlgewicht. Ein schmächtiger Kerl also.

«Wie heißen Sie? Was wollten Sie mit dem Messer von der Frau?», will Kappe wissen.

Wieder gibt der Mann keine Antwort. Er schaut auch nicht auf.

Ein Schutzpolizist greift an seinen Gürtel, umfasst den Knüppel, der dort hängt, holt aus und trifft den Verdächtigen unerwartet und heftig in die Nieren.

Sein Kollege, der weiß, was beim zweiten Schlag passiert, positioniert sich schon so, dass er den vor Schmerzen zusammensinkenden Mann auffangen kann.

Kappe wendet sich ab. Als der Gefesselte wieder steht oder, besser gesagt, gehalten wird, fragt er erneut: «Wie heißen Sie? Wo wohnen Sie?»

«Lutz Liemann, Metzer Straße!», kommt es nun wie aus der Pistole geschossen.

«Ihr Beruf?», fragt Kappe weiter.

«Ich bin Heizer bei Borsig in Wilhelmsruh.»

«Na geht doch! Und was wollten Sie hier?»

«Nichts!», erwidert der Gefesselte.

Kappe kann gerade noch den erneut ausholenden Polizisten davon abhalten, erneut zuzuschlagen. Seine Nase berührt jetzt fast die kaputte Liemanns.. «Raus mit der Sprache! Wir kriegen Sie eh dran wegen versuchten Mordes!», herrscht Kappe ihn an.

«Nein, ich wollte sie nicht umbringen!», erklärt der Gefesselte nun mit aufgeregter Stimme.

«Sondern?», hakt Kappe nach. «Ein Lüstling also! Sich befriedigen und dann nicht zahlen wollen!»

«Nein, nein! Diese Weiber! Heimgezahlt gehört es ihnen!», versucht der andere, sich zu rechtfertigen.

«Verheiratet?», fragt Kappe.

«Nein, nicht mehr.»

«Gut», sagt Kappe ruhig, dessen Gefühl ihm sagt, hier keinen Lustmörder und auch keinen Chinesen-Mörder vor sich zu haben. «Das ist einer, der durchdreht und seinen Hass auf Frauen ausleben will. Den Rest morgen früh im Präsidium!»

Als er sich abwendet und gehen will, sieht er, wie sich Galgenberg, recht behende für seine Statur, an Schupos vorbei mitten in die Menge der Schaulustigen schiebt.

Dort hat er es auf eine junge attraktive Frau abgesehen – die gesuchte Prostituierte.

«Die Ausrede ist alt!», sagt Galgenberg und gießt sich nebenbei Kaffee ein.

«Aber sie stimmt! Ich fand keine bessere unterwegs. Und es wird ja wirklich gestreikt wegen dieser Zusammenstöße vor dem Rathaus. Wieder keine Straßenbahn.»

Kappe legt seine Aktentasche auf den Tisch und holt seine Stulle heraus, damit sie nicht durchs Papier in die Tasche fettet. Klara hat sie geschmiert. Mit Leberwurst, die er so gern mag. Sie macht es noch immer, so als wären sie frisch verliebt. Von seiner Liebsten, ja sogar von seiner Ehefrau, denkt Kappe, kann man sich irgendwie wohl schon trennen, nicht jedoch von seinen Gewohnheiten. So wie sie das Stulleschmieren gewohnt ist, so ist er an Klara gewöhnt. Auch sie ist zur Gewohnheit geworden. Eigentlich eine schöne Gewohnheit, denkt er sich.

«Auch Kaffee?» Galgenberg hält ihm die Kanne hin.

«Wir müssen uns beeilen. Gleich ist die Gegenüberstellung», entgegnet Kappe.

Der zuerst überfallenen Prostituierte soll der festgenommene Liemann vorgeführt werden. Er trägt ein Pappschild mit einer daraufgemalten *5* in den Händen. Die vier neben ihm stehenden Schutzpolizisten in Zivil halten hinter dem einseitigen Spiegel Schilder mit den Zahlen *1* bis *4* in die Höhe.

Galgenberg bittet die Prostituierte ins Gegenüberstellungszimmer.

Trotz des warmen Wetters trägt sie ein knappsitzendes altrosafarbenes Kostüm mit Pelzkragen. Artig gibt sie nach Galgenberg auch Dr. Kniehase und Kappe die Hand.

«Erkennen Sie einen der fünf Männer wieder?», fragt Kappe.

«Nee!», erwidert die Prostituierte.

«Schauen Sie sich die Herren in Ruhe an! Die können Sie nicht sehen», versichert er ihr.

«Nee, eenen kenn ick nich, drei kenn ick.»

«Wie?», fragt Kappe verwundert.

«Na, die Eeens, die hatte mich schon mal am Wickel. Die hat mich mal kontrolliert, aber da war nix. Ich bin ja sauber», erklärt sie den Ermittlern.

«Ja, ach so! Ja, wir suchen aber den Mann, der Sie überfallen hat, dem Sie das Messer entwenden konnten», erklärt Kappe erneut.

«Ach so! Det is der mit der Fünf, denn die Vier isses nich. Der zahlt ja immer jut, war aber leida schon 'ne Weile nich mehr bei mir.»

«Gut, gut!» Kappe versucht, das Gespräch wieder in die richtige Bahn zu lenken. «Sie sind sich also sicher, dass die Nummer fünf derjenige ist, der Sie überfallen hat?»

«Aber ja doch! Sag ick doch! Ick bin doch nich blöde! Den erkenn ick wieder an dem Knutschfleck am Hals.»

Tatsächlich, wie Kappe nun feststellt, als er näher an die Scheibe herantritt, hat Lutz Liemann eine Hautrötung an der linken Halshälfte.

«Aber das hab ich schon als Kind jehabt. Det is een Muttermal oder vom Storch», sagt Liemann hinterher beim Verhör. «Jut, wenn se mich erkannt hat, ich jeb es ja zu. Ick war es auch beim letzten Mal.» Er räumt ein, einen Hass auf Frauen zu haben, seit er von seiner Ehefrau verlassen worden ist. «Da hab ich mir diese Mädels jesucht. Die haben es ja verdient, also so 'ne Strafe, meine ich.»

Kappe hat sich angewöhnt, selbst bei den absonderlichsten

Begründungen und Motiven von Tätern so verbindlich zu bleiben wie ein Dorfpfarrer. «Und den Chinesen, den mochten Sie auch nicht?», fragt er trocken.

«Welchen Chinesen?»

«Na, den, den Sie in der Akazienstraße niedergestochen haben.»

«Icke? 'Nen Chinesen abjestochen? Nee, nee, det können Se mir nich in die Schuhe schieben!», wehrt sich Liemann beharrlich.

«Aber an Ihrem Messer klebte Blut seiner Blutgruppe.»

«Det kann sein. Ick hab det Messer am Kleistpark liegen sehen und dann mitjenommen. Ich hatte ja och eens, aber ick dachte mir, zwee sin besser.»

«So, so! Und das sollen wir Ihnen jetzt glauben? Wann wollen Sie das Messer denn gefunden haben?», will Kappe wissen.

«Ick will nich, ick hab! Am Abend aufm Weg zum Kudamm, so um sieben», entgegnet Liemann.

«Und tagsüber? Wo waren Sie da?», hakt Kappe nach.

«Na heizen, bei Borsig.»

Kappe glaubt Liemann, dass er nichts mit dem Chinesen-Mord zu tun hat. Trotzdem wird er Galgenberg bitten, das Alibi bei Borsig zu überprüfen. Er wird mit Liemanns Bild nochmals in die Akazienstraße gehen. Vielleicht hat ihn ja doch jemand gesehen. Aber auch dieses Klingelknopfpolieren erweist sich als erfolglos.

«Am Samstag musstest du arbeiten, und nu sagst du auch noch, du willst dich ausruhen. Na, 'ne Rolle im Frauenparadies kriegste damit aber sicher nicht!» Klara ist, trotz Kappes häufiger geistiger und körperlicher Abwesenheit, beim familiären Sonntagsfrühstück ausnahmsweise gut gelaunt.

«Frauenparadies? Was soll das denn sein?», entgegnet Kappe. «Ohne mich geht so was doch gar nicht!»

Klara gibt ihm einen Kuss auf die Wange. «*Paradies der Frauen*. So heißt ein Film, der gerade gedreht wird», sagt sie, während sie das Brot mit Quittenmarmelade geschwind für Margarete in kleine

Stücke teilt und für Hartmut den hölzernen Schlüssel holt, mit dem er so gerne spielt.

Eigentlich war Kappe recht ausgelassen heute Morgen, doch das ändert sich, als er in dem Teil der Zeitung, die er in Händen hält, eine Seite weiterblättert und die Schlagzeile sieht: *Chinesen-Morde – Die Polizei ist machtlos.*

Ein Reporter hat den Mord auf der Oberbaumbrücke mit dem in der Akazienstraße in Zusammenhang gebracht:

Offenbar regiert auf den Straßen dieser Stadt im Verborgenen eine Verbrecherbande, von der wir bisher nichts wussten und nichts ahnten. Doch die Agenten dieser fremden Macht sind zu allem bereit, wie nun diese beiden Morde beweisen. Und die Polizei hat nichts in der Hand. Womöglich werden ihr auch die Hände gebunden, von welcher einflussreichen Stelle auch immer.

«Schmierfinken, dreckige!», brummt Kappe.

«Die beruhigen sich auch wieder. Morgen treiben sie 'ne neue Sau durchs Dorf», meint Galgenberg.

Selbstverständlich ist der Artikel über die Chinesen-Morde am Montagmorgen auch Frühstücksgespräch im Bureau.

«Chinesische Verbrecherbande – so was Blödes! Die paar Tassenverkäufer!», kommt es von Galgenberg.

«Aber seien wir doch mal ehrlich, wir haben wirklich nichts in der Hand», sagt Kappe. «Ein verwirrter Frauenhasser, der es sicher nicht war, und bei dem Mord auf der Oberbaumbrücke haben wir ja einfach die Hände in den Schoß gelegt.»

«Na, na, Herr Kollege! So ja nu auch nicht!», sagt von Canow, der gerade das Zimmer betritt und noch die letzten paar Satzfetzen mitbekam. «Erst einmal guten Morgen! Sie kennen die Lage, die Vorwürfe der Presse. Wir werden uns nicht verunsichern lassen dadurch. Einfach ignorieren, sag ich immer. Aber trotzdem, den Fall des Erstochenen sollten Sie zum Abschluss bringen und dem Staatsanwalt diesen Heizer liefern, diesen ...»

«Liemann», ergänzt Kappe. «Aber der war es wohl nicht. Ich war am Samstag in der Akazienstraße mit seinem Photo unterwegs, und niemand will ihn gesehen haben.»

«Wie auch immer. Hauptsache, Sie bringen nun diesen Liemann in den Bau! Dann haben wir Ruhe. Den Schreiberlingen werden wir es zeigen. Guten Tag!», sagt von Canow und geht.

Galgenberg beschließt, noch einmal mit Liemann unter vier Augen in der Zelle zu reden. Vielleicht bringe das ja was. Aber als er wenig später von dort zurückkehrt, hat er nichts Positives zu berichten. «Nichts, gar nichts! Der bleibt dabei, dass er Chinesen nur aus Bilderbüchern kenne», sagt Galgenberg. «Und ich glaub ihm das. Er ist nicht der Typ. Er hasst Frauen und ist vollkommen durch den Wind, aber er ist kein kaltblütiger Mörder.»

Kappe nickt und schluckt dabei einen großen Bissen seiner Leberwurststulle hinunter.

Das Telefonklingeln unterbricht ihn beim Kauen.

«Kommissar Kappe!», meldet er sich mit halbvollem Mund.

«Hermann, du, Hermann, du musst mir helfen!», ertönt es am anderen Ende der Leitung.

«Onkel Richard? Bist du das? Ich bin hier gerade im Dienst. Beschäftigt!»

«Dienst, na klar! Deshalb ruf ich ja an. Komm bitte schnell!»

«Was ist denn los?», fragt Kappe. Er ist nicht besonders angetan von dem Anruf seines Onkels, den er noch nie mochte. Womöglich braucht der nur wieder jemanden, der ihm hilft, neue Regale in seinem Krämerladen in der Bergmannstraße aufzustellen. Seine dämliche Tochter Hertha wollte seine Tante ja immer an ihn, an Kappe, verkuppeln.

«Da rennen so lichtscheue Gestalten rum, im Haus, meine ich. Ich hab Angst um Hertha! Die ist heute oben. Die schreien sich an. Ich versteh kein Wort.»

Kappe hört nicht wirklich zu, sondern beißt nochmals ein großes Stück von seiner Stulle ab.

«Die reden, glaub ich, Chinesisch oder so», ergänzt sein Onkel.

Jetzt hört Kappe plötzlich auf zu kauen. «Wie reden die?», will er wissen. «Wie sehen sie aus?»

«So Gelbmänner! Schlitzaugen! Der eine ist dem anderen hinterher die Treppe rauf.»

«Wann?», fragt Kappe energisch.

Der Onkel antwortet nicht mehr.

Kappe weiß auch so Bescheid. Dass die drei knallenden Töne nicht von Herthas Zimmertür stammen, die sie früher vehement zuschlug, wenn sie mal wieder von einem Verlag eine Absage bekam für ihre ersten Fingerübungen als Romanautorin, das hört er sofort. Im Telefonhörer vernimmt er nun, wie ein dreistimmiges Geschrei beginnt, das schlimmer ist als jede Oper, und Kappe hasst Opern: erst eine Frauenstimme, sicher seine hysterische Tante, denkt er, dann eine zweite, tiefere Frauenstimme, vermutlich die alte dicke Verkäuferin, und schließlich sein Onkel Richard Börnicke höchstpersönlich als Bass.

Nach wenigen Sekunden ertönt dessen Stimme erneut: «Hiiiilfe! Ein Mord ... Er ist tot ... Ein Toter!»

Mehr zu sich selbst als zu Galgenberg sagt Kappe nun: «Wir kommen!» Dann legt er auf.

«Nun haben wir den Schlamassel!», sagt Galgenberg, während er neben Kappe auf dem Rücksitz des Polizeiwagens sitzt. «Wenn es tatsächlich wieder einen Chinesen getroffen hat, können wir uns schon mal warm anziehen.»

Kappe wischt sich den Schweiß von der Stirn. Für den 8. Mai ist es ganz schön warm in Berlin, denkt er sich. Er, der Ohrenzeuge des Mordes, kann es gar nicht erwarten, am Tatort zu sein. Diese Ungeduld hat Kappe in all den Jahren seines Dienstes nicht abgelegt.

Schutzpolizisten haben bereits eine Dreiteilung der Situation vorgenommen: die aufgebrachte Familie Börnicke im Laden, die Schaulustigen auf der Straße und der Tote auf dem Flur im Erdgeschoss zwischen Börnickes Lager und dem Ausgang zum Hof.

Kappe und der nach Luft japsende Galgenberg grüßen knapp und verschwinden im Laden.

Schwarzwälder Schinken ist im Angebot, Harzer Käse und Kassler.

Hätte er damals länger in die schmachtenden Augen Herthas geblickt, denkt Kappe, dann könnte jetzt all das ihm gehören. Er könnte sich nach Feierabend das Bötzow Caramel Bier oder eine Flasche Pfälzer Scheurebe aus dem Regal nehmen und es sich gemütlich machen. Er müsste keine Toten mehr sehen und auch kein Gesindel.

«Ja, da schaust du, was! Ein Mord! Hier bei uns! Da musst du was machen! Ist ja fürchterlich! Schlimm, die Chinesen!» Börnicke ist außer sich.

«Aber schön, dass du da bist», säuselt Hertha.

«Das ist mein Kollege Gustav Galgenberg», sagt Kappe trocken. «Also, wer hat was gesehen?»

«Ich war in meinem Zimmer und habe geschrieben», sagt Hertha.

Kappe muss über die Naivität seiner Cousine schmunzeln. Vielleicht schreibt sie ja Liebesromane. Wer weiß, Karl May hat ja, als er schrieb, auch nur wenig von Amerika gewusst.

«Und ich war in der Waschküche. Ich hab nichts gesehen. Aber Richard», fügt Kappes Tante, Frieda Börnicke, hinzu.

«Ja, ich hab die gesehen! Die zwei rannten hintereinander die Treppe rauf. Da rief ich dich an. Dann liefen sie wieder runter. Und dann ... Du hast es ja gehört.»

«Wie sahen sie denn aus? Kannst du sie beschreiben?», will Kappe wissen.

«Na ja, den einen kannst du dir ja ansehen. Der andere sah genauso aus. Ein Chinese eben!»

«War er größer? Kleiner? Dicker? Dünner?», hakt Kappe nach.

«Nee, genauso! Sag ich doch. Jetzt mach doch was! Das ist ja alles fürchterlich und gar nicht gut fürs Geschäft.»

Während Kappe mit seiner Verwandtschaft parliert, hat sich

Galgenberg bereits den Toten angesehen. «Wieder so ein Verkäufer. Da drüben ist der Koffer. Mindestens zwei Schüsse. Der war gleich hinüber.»

«Ach, die Herren haben also schon alles geklärt!» Nun drückt sich Dr. Kniehase, vorbei an einem beleibten Schutzpolizisten, durch die Haustür. Sofort kniet er sich neben den Toten und zieht ein Lederbändchen in die Höhe. «Wieder ein Bändchen und wieder kein Anhänger. Ich sag es ja: Geheimbund, Verbrecherbande. Was ganz Großes!»

Kappe hört seinen Onkel laut rufen: «Das ist nichts für dich!»

Schon steht Hertha neben ihm. «Dass wir uns so wiedersehen müssen, nach so langer Zeit. Magst du 'nen Kaffee?»

«Ja, gern! Bitte mit Zucker!», antwortet Dr. Kniehase an Kappes Stelle, ohne von dem Toten, dessen Jacke er nun aufknöpft, aufzublicken.

«Für mich bitte auch!», sagt Kappe.

«Dann bring ich mal Kaffee für alle», sagt Hertha und macht sich auf den Weg.

Im zweiten Stockwerk findet Galgenberg einen abgerissenen Knopf. Er ähnelt den Knöpfen am Anzug des Chinesen, aber er stammt nicht von diesem, denn dort sind noch alle vorhanden. «Könnte vom Mörder sein», sagt Galgenberg, «oder von 'nem Hausbewohner.»

Mehr Spuren finden sie nicht. Keine Tatwaffe und auch keine Fußabdrücke im lehmigen Hofboden.

«Der Mörder ist vermutlich durch die vordere Tür geflohen. Da muss ihn doch irgendjemand gesehen haben», meint Kappe, während er von Hertha den Kaffee entgegennimmt.

«Ja, aber dass es ein Chinese war, wissen wir, und weitergehende Beschreibungen werden wir ohnehin nicht bekommen», sagt Dr. Kniehase skeptisch.

«Trotzdem! Ich nehm erst mal den Knopf und gehe von Tür zu Tür. Vielleicht hat ihn ja hier jemand verloren.» Galgenberg, der sich nichts aus der Kaffeestunde neben der mit einer geblümten Tischdecke zugedeckten Leiche macht, schleppt sich die Treppe hoch.

«Ich werde mich draußen mal umsehen», sagt Kappe, der damit Dr. Kniehase mit Hertha alleine lässt.

«Ich schreib an einem Roman», erzählt diese Dr. Kniehase, «aber kein solcher!» Sie weist mit ihrem Blick auf die zugedeckte Leiche. «Keiner mit Toten.»

Dr. Kniehase scheint davon ähnlich beeindruckt zu sein wie von Kappes häufigen Erzählungen über die neuesten Erfindungen der Luftfahrt. «Ah ja!» ist alles, was er erwidert.

Was soll das schon bringen, denkt sich Kappe, irgendwelche herumstehenden Leute zu fragen, ob sie etwas gesehen haben. Er kennt ja bereits ihre Antworten. Einen wegrennenden Chinesen werden sie gesehen haben, wenn überhaupt. Trotzdem spricht er einige an. Jedoch nur mit dem Ergebnis, dass diese von ihm wissen wollen, was passiert sei, denn gesehen haben will keiner etwas. Als er gerade wieder ins Haus will, wird er aufgeschreckt von einer lauten, zweitonigen Hupe. Er stellt sich auf eine Obstkiste vor Börnickes Laden und sieht, wie weiter vorne an der Einmündung der Nostizstraße ein Maybach hält, aus dem ein junger chinesischer Mann steigt. Und eine junge hübsche Frau – Fräulein Li. Ohne Rücksicht auf Ellbogen und Einkaufskörbe eilt Kappe dorthin.

Fräulein Li und der Chinese schauen sich unschlüssig um.

«Das ist ja ’ne Überraschung! Was machen Sie denn hier? Wieder Gewürze einkaufen?» Kappe ist offiziell im Dienst. Das gibt ihm Mut, die Frau im beigefarbenen Sommerkostüm frech anzusprechen.

«Nein, ich will hier nur für meinen Onkel etwas erledigen», antwortet das schöne Fräulein Li.

«Und was?», will Kappe wissen.

«Wie? Sie wollen wissen, was ich hier mache? Fragen Sie mich jetzt als Polizist?», fragt Fräulein Li ein wenig misstrauisch.

«Ja, hier ist ein Mord geschehen, und wir ermitteln.»

«Ein Mord? Wer ist es denn? Also wer ist tot?»

«Wieder ein Chinese! Dort drüben im Haus des Ladens», erklärt Kappe kurz.

«Ein Händler?», erkundigt sich Fräulein Li.

Kappe nickt.

Fräulein Li hält sich an der Tür des Maybachs fest.

Der Chinese, der mit ihr ausgestiegen ist, versteht offenbar kein Deutsch. Aber dass etwas Schlimmes passiert sein muss, sieht er an Fräulein Lis Gesicht.

«Wie heißt er?», will sie wissen.

«Das wissen wir noch nicht. Papiere haben wir keine gefunden. Aber was wollen Sie nun hier?», fragt Kappe erneut.

«Ich sollte unserem Händler Herrn Leung geschwind einige neue Schnitzereien vorbeibringen. Er hatte nicht mehr viele. Wir wollten uns hier an der Ecke treffen.»

«Ist das Ihre Aufgabe als Studentin?»

«Ich bin nur mitgefahren. Ich mag es, durch die Stadt zu fahren, mir die Häuser anzusehen und die Menschen hier. Das ist für mich alles fremd und aufregend.»

«Ihr Händler ist aber nicht aufgetaucht, oder?»

«Nein, noch nicht», bestätigt Fräulein Li.

«Wären Sie vielleicht bereit mitzukommen, um sich den Toten anzusehen?», fragt Kappe.

Bevor sie dies bejaht, spricht sie noch einige Sätze mit dem Chinesen und erklärt ihm, was sie erfahren hat.

Sofort verschwindet das Lachen aus dessen kauzartigem Gesicht.

Auf einmal waren sie da, seine Hände. Er hat gar nicht nachgedacht, hat einfach hingefasst. Es macht ihm ja auch keiner einen Vorwurf, nur jetzt, da er eine Hände langsam löst, spürt er, wie gut sie sich anfühlte, die Hüfte von Fräulein Li.

Ihr war offenbar schwindelig geworden beim Anblick des Toten.

Kein Wunder. Als Dr. Kniehase die Tischdecke wegzog, konnte man der jungen Chinesin den Anblick des durchschossenen Schädels, des austretenden Hirns auf dem schwarz-weiß gefliesten Boden nicht ersparen. Sie sollte, sie wollte ihn ja identifizieren.

Dann ging alles schnell. Sie ruderte einen Augenblick lang mit den Armen in der Luft, und dann war es Kappe, der am nächsten stand und am schnellsten zugriff, sonst wäre sie vornübergefallen. Mit ihrer hübschen kleinen Nase auf die zerschossene des Toten.

Nun, da sie ihr Gleichgewicht wiedergefunden zu haben scheint, nimmt Kappe seine Hände zurück. Aber seine Gefühle sind noch immer bei dem schlanken, festen Körper einer jungen Frau, die sich anfühlt wie eine Heranwachsende. Damals, als er in Wendisch-Rietz zum ersten Mal mit einem Mädchen auf der Wiese lag, als er sich traute, es vorsichtig zu umfassen, da fühlte es sich ähnlich an.

«Stehenbleiben! Sofort!», ertönt die Stimme Galgenbergs. Sie dringt von der Straße her in den Flur, in dem nun Fräulein Li auf einem Stuhl sitzt, den ihr Hertha brachte. «Polizei! Stehenbleiben!», erschallt Galgenbergs Stimme erneut.

Kappe und Dr. Kniehase stürzen hinaus. Sie sehen, wie Galgenberg in der Menge der Schaulustigen mit einem kleinen Mann ringt und diesen schließlich zu Boden drückt.

Einige umherstehende Leute helfen ihm.

Erst als Kappe näher kommt, sieht er, dass es der chinesische Begleiter von Fräulein Li ist. «Was soll denn das?», fragt Kappe. «Was hat er gemacht?»

«Er hat ’nen Revolver unter der Jacke», sagt Galgenberg, während er dem am Boden Liegenden in den Hosenbund greift und von dort tatsächlich einen Revolver hervorzieht. «Was wollten wir denn damit, he?», will Galgenberg wissen.

Der Chinese antwortet nicht – oder vielmehr, er antwortet schon, aber nur Unverständliches.

«Nehmen Sie den mit aufs Präsidium, und lassen Sie Tam kommen!», sagt Galgenberg zu Dr. Kniehase.

Kappe ist so verduzt, dass er gar nichts sagen kann und langsam zu Fräulein Li zurückgeht. «Kannten Sie den Toten?», will er von ihr wissen.

«Ja», sagt sie und schluchzt, «es war Herr Leung, der Händler.»

«Und wer ist Ihr Begleiter, der mit Ihnen gekommen ist?», erkundigt er sich.

«Er? Das ist Herr Lo, ein Angestellter meines Onkels. Warum? Wo ist er?»

«Meine Kollegen haben ihn mitgenommen. Er hatte einen Revolver bei sich. Wussten Sie davon?», fragt Kappe.

«Wovon?»

«Na, von dem Revolver.»

«Ich? Ach, ich bin so durcheinander. Er, einen Revolver? Ich weiß nicht», stammelt Fräulein Li vor sich hin.

Kappe genügt das. Er weiß, dass sie es wusste, aber er will nicht weiterfragen. «Soll ich Sie nach Hause bringen?», fragt er stattdessen.

«Nein danke!», sagt sie. «Ich gehe zum Wagen. Er wartet ja noch, und der Chauffeur ist ja noch da.» Bevor sie einsteigt, dreht sie sich noch einmal um und lächelt in Kappes Richtung.

Durch die Scheibe des Vernehmungszimmers sieht Kappe, wie Galgenberg Lo vernimmt.

Tam sitzt mit am Tisch, auf dem die Waffe des Chinesen liegt.

Kappe tritt ein.

«Er sagt, Sie sollen ihm glauben, er habe die Pistole ...», übersetzt Tam.

«Revolver!», unterbricht ihn Galgenberg.

«Ja, den Revolver!», fährt Tam fort. «Er habe also den *Revolver* am Schlesischen Bahnhof für einhundert Reichsmark gekauft, um sich zu schützen. Erst vor zwei Wochen habe er ihn gekauft.»

«Und der Tote? Kannte er ihn?», will Galgenberg wissen.

«Ja, er war ein Bekannter. Er verkaufte schon lange für seinen Chef. Nie gab es irgendwelchen Ärger.»

«Sagen Sie ihm, wir werden seine Waffe überprüfen und mit dem Kaliber vergleichen, mit dem der Händler erschossen wurde. So lange muss er hierbleiben. Hier in der Zelle», ordnet Galgenberg an.

Nachdem Tam das übersetzt hat, hört Kappe zum ersten Mal, dass Chinesen so laut und schrill, wie sie lachen, auch schimpfen können.

Tam jedoch übersetzt diesen für die Ermittler unverständlichen Ausbruch lediglich mit: «Ja, gut, er ist damit einverstanden. Aber er bittet darum, Herrn Li zu benachrichtigen.»

«Das Letzte, was das Opfer gesehen hat, war mit Sicherheit das Gesicht des Täters. Dieser muss sehr dicht vor ihm gestanden haben. Drei Einschüsse haben wir registriert, zwei in die Stirn und einen in die Nase. Der Mann hatte keine Chance. Er war sofort tot. Sonst gibt es noch keine weiteren Erkenntnisse», erklärt Dr. Schmidt tags darauf in der Rechtsmedizin.

«Und Sie haben keinen Jade-Anhänger gefunden?», will Dr. Kniehase wissen.

«Den Mageninhalt haben wir noch nicht untersucht, aber sonst ... nein!», antwortet Dr. Schmidt.

«Und das Kaliber? Kann man dazu was sagen?», fragt Kappe.

«Das können Sie auch mich fragen!», raunzt Dr. Kniehase ihn an. «Ich hab gestern zwei Projektile am Tatort sichergestellt. Das dritte blieb im Kopf des Toten stecken.»

«Und? Was für Projektile sind das? Passen die zu dem Revolver von Lo?», erkundigt sich Kappe.

«Nein», sagt Dr. Kniehase, «eindeutig nicht!»

Nachdem Kappe, Galgenberg und Dr. Kniehase die Rechtsmedizin verlassen haben und sich auf den Weg zu einer Besprechung mit von Canow machen, veranlasst Kappe, im Zellentrakt Bescheid zu sagen, dass man den Chinesen laufenlassen könne.

«Na, das haben Sie wohl auf Ihre Kappe genommen, Kappe!

Ihn einfach gehen zu lassen! Gewagt, gewagt! Was, wenn er nun noch eine zweite Waffe hat oder Dr. Kniehase sich täuscht?» Von Canow ist nicht gut aufgelegt.

«Das verbitte ich mir! Ich werde ja wohl Pistolen- von Revolvermunition unterscheiden können», sagt Dr. Kniehase.

«Wir haben nichts gegen ihn in der Hand. Warum sollten wir ihn nicht laufenlassen?», meint Kappe.

«Weil wir endlich was brauchen. Ermittlungsergebnisse. Verdächtige. Täter. Verstehen Sie?» Von Canow wirft die *Tägliche Rundschau*, die er viel lieber liest als den *Lokal-Anzeiger*, auf den Tisch. «Ich will mit Ihnen nun nicht darüber diskutieren, dass sich der Berliner Stadthaushalt im Vergleich zum Vorjahr verdoppelt hat, wie hier geschrieben steht, und auch nicht darüber, dass der Kämmerer die Privatisierung von städtischen Betrieben fordert, obwohl ... vielleicht wäre eine private Polizei ja schneller in der Lage, diese Chinesen-Sache zu erledigen. Also jedenfalls ... Schauen Sie sich die Titelzeile an!»

Kappe, Dr. Kniehase und auch Galgenberg blicken betreten auf die Zeile: *Chinesen-Bande schlägt wieder zu. Dritter Toter.*

Im Text heißt es dann:

Noch am Tatort hat die Polizei einen mit einem Revolver bewaffneten Chinesen niedergerungen und ins Präsidium verbracht. Ob es aber der Täter war, dazu wollte die Kriminalpolizei keine Stellungnahme abgeben. Es bleibt zu hoffen, dass diese Klärung nun schneller stattfindet, als die bisherige Arbeit der Beamten an diesem Fall erwarten lässt.

«So etwas, meine Herren, müssen wir uns nicht gefallen lassen. Ich will Ergebnisse, keine Freilassungen!» Mit diesen Worten verabschiedet sich von Canow und verlässt den Raum.

Die Dienerin mit den Teetassenarmen wird aufmachen, denkt Kappe, als er bei Herrn Li klingelt.

Doch dann öffnet sich die Tür, und dahinter steht Fräulein

Li. In Hausschuhen, in hellrosafarbenen, sonst aber tipptopp gekleidet in einem Kostüm und die Haare hochgesteckt zu einem Dutt. Das lässt sie etwas älter erscheinen, aber keineswegs unattraktiver.

Nachdem Kappe dies erkannt hat, muss er unwillkürlich auf ihre Hüften schauen, dorthin, wo er sie gestern anfasste.

Sie scheint seinen Blick zu verstehen. Sie lächelt ihn offener an als sonst. Oder bildet sich Kappe das nur ein?

«Ich würde gerne mit Ihrem Onkel sprechen», sagt er schließlich förmlich.

«Gewiss doch, treten Sie näher!», bittet Fräulein Li ihn herein. «Ich darf Ihnen doch sicher derweil einen Tee bereiten lassen?»

Kappe nickt.

«Es ist bereits mein zweiter Händler, der zu Tode kam. Das ist bedauerlich, sogar mehr als das», eröffnet Herr Li schließlich das Gespräch.

«Ja, es tut mir leid. Wir tun unser Möglichstes, um den Mörder zu finden. Aber wir hoffen dabei natürlich auf Ihre Hilfe.»

«Natürlich!», versichert Li.

«Hatte Leung denn Feinde oder Schwierigkeiten in der Firma? Probleme mit Kollegen?», erkundigt sich Kappe.

«Nein, nichts dergleichen. Er war bei allen beliebt.»

«Arbeitete er schon lange für Sie?», fragt Kappe.

«Ja, ja, lange. Ich kann mich schon gar nicht mehr erinnern, wie lange.»

«Und mit Herrn Wong gab es gar keine Schwierigkeiten?», will Kappe wissen.

«Nein, weshalb auch? Also nicht mehr als die üblichen Probleme. Zumindest gab es keinen Grund für einen Mord», erwidert Herr Li.

«Und die üblichen Schwierigkeiten, wie sehen die aus?», hakt Kappe nach.

«Nicht der Rede wert», wiegelt Li ab.

Kappe merkt, dass er in diesem Punkt, wie schon beim ersten Gespräch, nicht weiterkommt. Was Herr Li sagen will, das sagt er, was nicht, das nicht. «Dann sagen Sie mir doch bitte, wer Nachfolger von Herrn Leung wird!»

«Tja, wenn ich das wüsste. Das kommt ja nun überraschend», antwortet Li.

«Ist es denn sicher, dass es jemand von Ihren Leuten wird? Dass das Gebiet also in Ihren Händen bleibt?», fragt Kappe.

«Aber natürlich!», sagt Herr Li. «Greifen Sie doch zu! Noch hat der Tee die richtige Temperatur», versucht er, vom Thema abzulenken.

Kappe weiß um die Wirkung des Tees noch vom letzten Mal und bemüht sich, weniger zu trinken. Aber viel gibt es ja auch ohnehin nicht mehr zu sagen.

Beim Abschied reicht Fräulein Li ihm den leichten Sommermantel und steht, als er diesen angezogen hat, an der Tür, ohne jedoch Anstalten zu machen, diese zu öffnen. «Hat Ihnen der Tee gemundet?», fragt sie stattdessen.

Kappe muss lächeln. Kaum jemand sagt heute noch *gemundet*, aber er will sie nicht verbessern. «Ausgezeichnet!», antwortet er, während er feststellt, dass Fräulein Li ihre Kostümjacke ausgezogen hat und nun in eine pastellblaue Seidenbluse gekleidet vor ihm steht. Dort, wo der Stoff auf Körperkonturen fällt, zeichnet er diese exakt nach. Kappe merkt, wie er sich beherrschen muss, um nicht zu lange dorthin zu schauen. Seine Hände schwitzen.

Sie lächelt.

Er hofft, nicht rot zu werden. Aber so heftig, wie Kappe nun daran denkt, nicht rot zu werden, so schnell wird er es auch.

«Sie haben einen netten Freund», sagt Fräulein Li schließlich, ohne auf seine Gesichtsfarbe einzugehen oder die Tür freizugeben.

«Sie meinen Liepe, also Herrn Lubosch? Ja, da haben Sie recht. Er ist, er ist ... nett», antwortet er.

«Er hat mich gefragt, ob ich mit ihm essen gehen will», sagt sie.

«Hat er das?», fragt Kappe verwundert. «Das ist ja was! Na ja, das ist natürlich dreist. Wenn er Ihnen zu nahe getreten ist, werde ich ihm gerne sagen, er möge so etwas in Zukunft unterlassen.»

«Nein, nein, die Sache ist nur … ich würde eigentlich … wenn ich offen sein darf …»

«Aber bitte! Sie können mir alles anvertrauen. Ich bin ja Kriminalbeamter», erwidert Kappe.

«Also ich würde ja lieber mit Ihnen essen gehen», bricht es plötzlich aus Fräulein Li heraus.

Das, was er insgeheim am meisten erhoffte, doch womit er realistischerweise am wenigsten gerechnet hatte, war nun eingetreten. O Gott, was sollte er nun tun? Noch röter werden konnte er nicht, und noch mehr Schweiß konnte sein Hemdkragen auch nicht aufsaugen. Und einfach flüchten? Das ging nicht. «Ach, das ist aber …», stammelt Kappe schließlich verlegen.

«Wollen Sie nicht?», fragt Fräulein Li mit einem Hauch von Enttäuschung in ihrer Stimme. «Ich dachte, Sie würden sich freuen.»

Diese Offenheit vonseiten einer Frau, dazu noch von einer, die gut und gerne acht, neun Jahre jünger ist als er, damit kann Kappe nicht umgehen. «Doch, doch!», sagt Kappe, statt einfach offen zuzugeben, dass es genau das ist, was er immer wollte und wovon er immer träumte, seit er sie kennenlernte. Kappe möchte Fräulein Li am liebsten küssen dafür. Stattdessen fügt er nüchtern und beamtenhaft hinzu: «Selbstverständlich sehe ich das angesichts der Ermittlungen als dienstliches Gespräch an.»

«Also gut, morgen Abend?», fragt Fräulein Li schließlich. «Unser Fahrer holt Sie gerne ab.»

«Oh … also … äh …» Kappe gerät erneut ins Stocken. «Also vielleicht am Rosenthaler Platz.» Kappe fällt nichts Besseres ein. Zu Hause geht ja wohl nicht und vor dem Präsidium auch nicht, denkt er. «Dort habe ich noch zu tun.»

«Also um acht?», fragt Fräulein Li.

«Gerne!», erwidert Kappe nun mit fester Stimme.

Nun endlich öffnet Fräulein Li, die während des gesamten für

Kappe hochnotpeinlichen Gesprächs verbindlich lächelte und nicht den Anflug von Nervosität erkennen ließ, die Tür und wünscht ihm einen guten Weg.

Kappe weiß nicht, wo ihm der Kopf steht. Er muss sich erst einmal beruhigen. Obwohl er erst am morgigen Samstag mit Dr. Kniehase und Tam zur Recherche im gelben Viertel verabredet ist, beschließt er, schon jetzt mal dorthin zu fahren. Sein Gemüt ist spürbar überhitzt. Kühler wird es für ihn zunächst auch nicht werden. Denn schon kurz darauf steht er in der Hitze lodernder Flammen. In der Büschingstraße ist ein Baumwoll- und Wolllager in Brand geraten. Als Kappe gerade am Alexanderplatz in die Straßenbahn umsteigen will, bemerkt er die riesige Rauchsäule und eilt hin.

Die Feuerwehr ist mit gut vierzig Wagen vor Ort, und die Straße ist blockiert von Schaulustigen, Schreienden und Schluchzenden. Die Feuerwehrleute breiten Sprungtücher aus, und soweit es Kappe mitbekommt, sind sie gut im Auffangen. Samariter kümmern sich um die Verletzten. Auch um Axel Radunske, den Inhaber des Lagers. Ein Schutzpolizist hat ihn Kappe gezeigt. Er sitzt verwirrt auf der Straße.

Trotz der Brandwunden im Gesicht glaubt Kappe, ihn schon einmal gesehen zu haben. Irgendwie hat er etwas mit dem Chinesen-Fall zu tun, denkt Kappe. Es ist eher so ein Bauchgefühl, und in der Regel kann er sich auf solche Gefühle verlassen. Tatsächlich, nun fällt es ihm ein, er hat ihn gesehen, abends, als ihm auffiel, wie viele Chinesen junge deutsche Frauen ausführen. Da war auch einer, etwas älter, gut gekleidet, der mit jungen Chinesinnen schäkerte. Das war dieser Radunske.

Trotz seines desolaten Zustandes sieht man an seiner aufrechten Haltung, dass er ein stolzer Mann sein muss.

Als Kappe zu ihm hinübergeht, sagt er nicht, dass er von der Polizei kommt, sondern drückt ihm erst einmal sein Mitgefühl über den Verlust des Geschäftes aus.

«Allet versichert», meint Radunske daraufhin nur.

«Na dann.»

«Nur, so schnell krieg ich keine neue Ware und kann die Kunden nicht beliefern. Das ist das Dilemma. Die gehen dann zur Konkurrenz», erklärt Radunske.

«Verstehe», sagt Kappe. «Und wie ist das passiert?»

«Wenn ich das wüsste! Wir passen ja alle auf. Wir wissen ja, wie leicht so was brennt.»

«Glauben Sie, es war Brandstiftung?», will Kappe wissen.

«Sind Sie von der Polizei? Das wurde ich schon mal gefragt», erwidert Radunske.

«Ja und nein», sagt Kappe.

«Wie?» Radunske versteht nicht.

«Ich bin von der Polizei, aber nicht für Brände zuständig. Ich kam nur zufällig vorbei», erklärt er.

«Und wollen mal schauen, ob die Kollegen alles richtig machen?», fragt Radunske.

«Nein, ich erkannte Sie nur wieder.»

«Kennen wir uns denn?», fragt Radunske verdutzt.

«Ja, aus dem gelben Viertel», erwidert Kappe.

«Woher?»

«Aus dem Chinesen-Viertel. Ich sah Sie da mal mit ein paar hübschen Chinesinnen», antwortet Kappe.

«Das kann nicht sein. Da müssen Sie mich verwechseln!», sagt Radunske schroff. Als seine Frau in einem hübschen, aber von Ruß und Löschwasser zerschlissenen, ehemals rostfarbenen Wollkleid erscheint, erhebt sich der Baumwollhändler und verabschiedet sich knapp. «Tut mir leid, dass ich nicht der Richtige bin!»

Kappe aber ist sich sicher, dass er ihn gesehen hat.

Dass sich Klara ihre gute Laune vom letzten Sonntag über die gesamte Woche hinweg erhalten würde, das konnte Kappe nicht erwarten, zumal er beim Frühstück auch noch verkündete, dass er an diesem Samstag nicht nur arbeiten, sondern auch noch abends ermitteln müsse. Ihre Miesepetrigkeit hat er nun auszuhalten. Kappe fühlt sich nicht in der Lage, etwas dagegen zu tun. Soll er Fräulein Li absagen? Das schafft er nicht. Er will sie sehen. Dafür nimmt er die angespannte Atmosphäre am Küchentisch in Kauf. Dass ihn allerdings auch noch die Zeitung so ärgern würde, das hätte er nicht gedacht. *Chinesen-Morde. Die Polizei weiß keine Antwort* lautet die Überschrift. Der Polizei wird der Vorwurf gemacht, nicht für die Sicherheit in der deutschen Hauptstadt sorgen zu können.

Viel fehlt nicht, und wir haben, wenn nichts dagegen unternommen wird, Verhältnisse wie in Chicago oder Shanghai, liest Kappe.

«Du machst es dir zu einfach. Du gehst einfach, und ich kann mir hier mit den Kindern alleine 'nen schönen Tag machen», sagt Klara. «Ich komm mir vor wie 'ne Kriegerwitwe.»

«Schatz», versucht Kappe, Klara zu beschwichtigen, «in Friedrichshain gibt es keine Schützengräben. Ich komm ja wieder! Aber lies das!» Er hält die Zeitung mit der Chinesen-Mord-Schlagzeile hoch. «Wir müssen was tun! Die Öffentlichkeit erwartet das.»

«Ach, und was darf ich erwarten?», fragt sie gereizt.

«Du kümmerst dich um das Wichtigste und Schönste auf der Welt – um unsere Kinder! Ist das nicht eine erfüllende Aufgabe?» Kappe streckt seinen Arm nach Margarete aus, die aber in diesem Moment von ihrem Stuhl hüpft.

«Hast du den Satz in dem Roman der Wochenendbeilage gelesen?», fragt Klara.

«Ach Klara, morgen machen wir uns gemeinsam einen netten Sonntag», verspricht Kappe und schweigt plötzlich, weil er beim Umblättern der Zeitungsseiten den Artikel über das gestrige Großfeuer entdeckt.

Ausführlich kommt dabei Radunske zu Wort. Es wird gemutmaßt, dass es sich um Brandstiftung handeln könnte.

«Gespräche: zwölf. Frauen: vier. Männer: acht. Lügen: Dutzende. Brauchbare Erkenntnisse: Null.»

Dr. Kniehase ist und bleibt eben ein Ingenieur, denkt Kappe, als er ihm zuhört, wie er Bilanz zieht.

Von halb zehn bis um zwölf sind sie durch das gelbe Viertel gezogen. Dr. Kniehase alleine, Galgenberg alleine und Kappe mit dem Dolmetscher Tam. In der Eckkneipe, in der die Chinesen spielen, kochen und essen, wollten sie sich nicht zur Besprechung treffen, deshalb sitzen sie nun am Schlesischen Bahnhof im «Krug» am Tisch.

Kappe ist der Einzige, der sich ein Bier genehmigt. Die anderen trinken Kaffee und Tam Tee.

«Der Konkurrenzkampf von Wong und Li ist hier kein Geheimnis», sagt Galgenberg. «Das wissen sogar die Deutschen. Aber Näheres kriegt man nicht raus.»

«Und dass Gam von Wong bedrängt worden ist, wie unser Informant Lei sagt, das will uns kein einziger Chinese bestätigen. Die nicken alle nur brav, wenn man fragt, ob es so hätte sein können», ergänzt Kappe.

«Der Chinese an sich ist eben freundlich. Er nickt immer», sagt Tam.

«Hauptsache, er nickt auch, wenn der Richter fragt, ob er es war», meint Galgenberg und ordert Weinbrand für alle.

Tam stellt sein Glas wortlos vor Kappe, der auch dieses geschwind leert. «Feierabend?», fragt Tam. Als er in die Gesichter der anderen schaut, erwartet er keine Antwort mehr, zumindest keine zustimmende.

Ein wenig mehr als ihren alkoholgeschwängerten Atem, das wissen die drei Kriminaler, müssen sie von Canow schon präsentieren, wenn sie von ihrer Recherchereise nach Klein-China zurückkehren. Deshalb heißt es nun also wieder rumfragen, nachbohren und hoffen, hoffen, hoffen.

Sie kehren zurück in die Straßen der Armen und Arbeiter. Die Lösung zu den Fällen muss da irgendwo zu finden sein. Zwischen Kohlgeruch und Pferdeäpfelgestank. Wie eine Ermittler-Quadriga stellen sich die vier nun jedem Chinesen in den Weg, von dem sie annehmen, er könnte ein Händler sein oder aus anderen Gründen etwas wissen. Die Taktik wirkt – zumindest einschüchternd. Und sie erfahren immerhin, dass das erste Opfer bekannt dafür war, statt echtem chinesischem auch schon mal billiges deutsches Porzellan verkauft zu haben.

«Das war den anderen, den korrekten Händlern nicht recht», übersetzt Tam die Worte eines alten Chinesen, dessen Kinnbart so spärlich wächst wie Kappes Pflanze im Bureau.

«Und haben sie ihm deshalb Vorwürfe gemacht oder gar gedroht? Hatte er Ärger mit einem Großhändler deswegen? Mit Wong oder mit Li?», will Kappe wissen.

«Aber nein, nein, nein», übersetzt Tam, «die Großen verkaufen doch auch deutsches Porzellan. Und die paar Korrekten, also die Alten hier, die haben doch keine Macht.»

«Also wieder kein Mordmotiv», fasst Dr. Kniehase zusammen. «Lasst uns weiter!» Er hat noch anderes vor.

«Wenn ich mich hätte umbringen wollen, dann hätt ich mich vor ’nen Zug geworfen oder im Krieg in die Arme einer Französin. Aber vergiftet hätt ich mich nicht.» Galgenbergs Kopf ist knallrot. In den wenigen Momenten, in denen er nicht lauthals schimpft und die Blicke der ausnahmslos chinesischen Gäste in der im Souterrain untergebrachten Garküche auf sich zieht, schnappt er wie ein Asthmatiker nach Luft. Dr. Kniehase wollte ja unbedingt das authentische China erleben, denkt er. Aber warum ausgerechnet beim Essen anfangen, wenn man fremde Kulturen kennenlernen will, und auch noch bei doppelt Gebratenem aus Sichuan?

Tam hat es empfohlen.

Auch Kappe kämpft mit der Schärfe, aber sein Gaumen ist abgehärtet. Er beobachtet, wie Galgenberg aufsteht, sich vor dem Tresen aufbaut und nach Wasser verlangt.

Das Chinesen-Männchen dahinter lächelt.

Dann ruft Tam endlich *«Chwaiii!»* durchs Lokal, und der Wirt kommt mit einem aus einer Karaffe gefüllten Glas Wasser.

In diesem Moment, noch bevor er nach dem Glas greifen kann, geht Galgenberg in die Knie.

Was, wenn nun Tam zu den Mördern gehört? Wenn er die Gelegenheit nutzt und sie alle umbringt, vergiftet? Sie haben sich auf ihn verlassen. Wie leichtfertig! Sie sind hier in diese Spelunke gegangen auf seinen Tipp hin. Keiner wird ihre Leichen je finden, wenn die Chinesen sie im Keller zu Hackepeter verarbeiten. Emsig und fleißig, wie sie sind, werden sie das besser hinkriegen als Karl Großmann. Gulasch süßsauer wird es dann geben. Kappe schwitzt bei dieser Vorstellung. Ob ihn Fräulein Li vermissen wird, oder ob das heute Abend die nächste Falle ist? Aber wenn er die jetzt schon nicht überlebt, ist eh alles egal.

In diesem Moment erhebt sich Galgenberg wieder. Er hat offenbar in der Hocke etwas an den Jacken, die neben dem Tresen hängen, näher betrachten wollen.

Kappe schiebt sich noch einen Löffel des chilischarfen Schweinefleisches in den Mund, um sich dann sofort wieder Luft zuzuwedeln.

Schon sitzt auch Galgenberg wieder, der noch im Stehen zwei Gläser Wasser kippte, am Tisch. «Wir haben ihn, wir haben ihn», sagt er leise.

«Was haben wir? Wen?», will Kappe wissen.

«Den Mörder von der Bergmannstraße», sagt Galgenberg. «Dort an der Jacke fehlt genau so ein Knopf, wie ich ihn im ersten Stock gefunden habe.»

«Also heißt es langsam essen, abwarten, wer die Jacke nimmt, und dann Zugriff!», schlägt Dr. Kniehase vor. «Aber wir lassen ihn erst mal rausgehen. Nur hier keine Kneipenschlägerei provozieren!»

Kappe gibt Tam Geld, damit dieser schon einmal bezahlen kann.

Minuten später passiert das, was Kappe befürchtet hatte. Die drei jüngsten, kräftigsten und wohl auch brutalsten Gäste verlassen das Lokal. Und ausgerechnet bei denen wirft Galgenberg mit dem Ellbogen seinen Löffel vom Tisch. Das ist das vereinbarte Zeichen dafür, dass einer die Jacke mit dem fehlenden Knopf genommen hat.

Kappe, Dr. Kniehase, Galgenberg und Tam springen auf und stürzen hinaus.

«Der mit dem Glatzkopf, der isses!», ruft Galgenberg.

Gut, dass sie den Überblick haben und Chinesen klein sind.

Aber die drei sind schnell und schon an der nächsten Straßenecke.

«Warten wir, bis sie sich trennen, oder schlagen wir sofort zu?», fragt Dr. Kniehase außer Atem.

«Lasst uns noch ein Stück hinterhergehen! Erst mal warten!», antwortet Galgenberg.

Die drei bleiben stehen, und jeder von ihnen zündet sich eine Zigarette an.

Kappe nutzt die Zeit, um nach seiner Dienstwaffe im Futter seines Sakkos zu tasten.

Die drei verfolgten Chinesen drehen sich um und sehen die drei deutschen Männer, die mit einem Chinesen zusammenstehen und dadurch auffallen.

Polizei, was sonst, denken sie sich.

Die jungen Chinesen ziehen noch einmal an ihren Zigaretten, dann sind sie weg.

Der Kutscher kann gerade noch seine Pferde halten, so knapp rennt einer von den dreien vor dem Fuhrwerk über die Straße. Der zweite springt hinten auf den Wagen, der Bierfässer geladen hat. Und der dritte, der Glatzkopf, ist plötzlich gar nicht mehr zu sehen.

«Mist! Hinterher!», brüllt Kappe, schiebt Kinder zur Seite und zückt seine Waffe.

Galgenberg stößt den Hut eines Bettlers um.

Dr. Kniehase schimpft, weil keiner weiß, wo der Glatzkopf hin ist.

Als sie dort ankommen, wo soeben noch die drei Chinesen standen, halten die drei Ermittler und Tam inne und bleiben stehen wie Felsen im Strom der Passanten, der kleinen, wuseligen, die laut auf Chinesisch plaudern, lachen und spucken.

Und wumm – Galgenberg geht schon wieder in die Knie.

Diesmal ungewollt und richtig. Im Fallen hält er sich an dem schmächtigen Tam fest, der mit ihm zu Boden geht. Gemeinsam stürzen sie in Richtung Dr. Kniehase, der sich ebenfalls nicht mehr halten kann und nun auf die beiden inzwischen auf dem Bürgersteig Liegenden stützt. Sofort ist das nicht unkomisch aussehende Menschenknäuel von Neugierigen umringt. Galgenberg stöhnt, Dr. Kniehase flucht, Tam spricht Unverständliches.

Und Kappe macht den Fehler, sich erst einmal nach dem Befinden der Kollegen zu erkundigen, statt misstrauisch ob des grundlosen Sturzes den Gesuchten hinter dem Vorkommnis zu vermuten und diesen zu stellen.

Das kostet Sekunden. Sekunden, die der Glatzkopf nutzt, um nun einen uneinholbaren Vorsprung zu bekommen. Er kauerte nämlich, unbemerkt von den Ermittlern, im Kellereingang. Als Galgenberg mit einem seiner Beine nah genug an ihm dran war, zog er an diesem mit all der Kraft eines chinesischen Ringers, so dass Galgenberg das Gleichgewicht verlor, die Kettenreaktion auslöste, die Aufmerksamkeit auf sich zog und der Glatzkopf entwischen konnte.

Trotz seiner Sprinterqualitäten hat Kappe keine Chance, ihn einzuholen.

Als er zurückgekeucht kommt, haben sich die anderen wieder aufgerappelt. Schlimmere Verletzungen, zumindest physischer Natur, sind nicht zu beklagen. Gemeinsam versuchen sie sich an einer Beschreibung des flüchtenden Täters. Doch außer dass er eine Glatze hat und ein Chinese ist, finden die drei erfahrenen Kriminaler keine signifikanten Merkmale.

«Der sieht aus wie alle», sagt Kappe.

Tam lacht und widerspricht, aber erklären kann er auch nicht, was ihm Besonderes auffiel. «Ich erkenn ihn wieder, ganz bestimmt», sagt Tam. «Können wir nun aber endlich Feierabend machen?»

Alle nicken.

Auf dem Weg zurück zum Schlesischen Bahnhof, wohin Tam

sie noch begleitet, verschwindet Kappe plötzlich in einem kleinen, schmalen Eingang in einer Lücke zwischen zwei Häusern.

Trotz der frühsommerlichen Nachmittagssonne ist es düster in dem Mietskasernenspalt.

Kappe steht vor der Werkbank eines alten, gebückt zwischen den unverputzten Backsteinmauern sitzenden Chinesen mit Schiebermütze.

Mit der herzlichen Freude eines Modellbootbastlers, Briefmarkenliebhabers oder Bierdeckelsammlers, der es nicht gewohnt ist, dass sich mal jemand wirklich für sein Steckenpferd interessiert, zeigt der nur noch mit wenigen Schneidezähnen ausgestattete Mann Kappe seine Steinschnitzereien. Kleine Seepferdchen, ein Elefant, ein Löwe, eine Pagode.

«Für wen suchst du denn ein Souvenir?», fragt Galgenberg.

«Das ist Jade! Verstehst du? Jade! Wie bei den Anhängern der Ermordeten.»

Galgenberg winkt Tam herbei, so wie er es sich bei den Chinesen abgeschaut hat, indem er die Finger der Hand, mit der er winkt, nicht nach oben, sondern nach unten abknickt.

Tam übersetzt die Frage nach den Schmuckanhängern.

Der Schnitzer sagt, er könne jeden Anhänger machen. Alles sei echt Jade.

«Das mit der Jade stimmt nicht. Das ist keine echte», erklärt Tam, «aber sicher kann er alles machen.»

«Fragen Sie ihn nach den Anhängern der Händler!», bittet Kappe Tam.

«Er sagt, jeder Händler hier habe einen Anhänger. Die bringen Glück. Jeder habe seinen Namen darauf eingraviert. Manche auf Drachen, manche auf Schlangen», übersetzt Tam. «Mehr weiß er nicht», sagt er schließlich, nachdem der Schnitzer gut sieben Sätze lang etwas Unverständliches erklärte.

«Gut, wir werden mal Dr. Kniehase rufen. Sagen Sie ihm, dass er bei der Ausländerpolizei arbeitet und auch fürs Gewerbeamt unterwegs ist!», sagt Kappe.

«Was möchten Sie noch wissen? Der Herr ist gerne auskunftsbereit», versichert Tam nun auf einmal. Dann erklärt er, dass man als Händler unterschiedliche Tiere als Anhänger habe, je nachdem, für welchen Händler man arbeite. Diejenigen, die für Li arbeiten, haben Löwen und die Wong-Händler Drachen.

«Kann er uns so einen zeigen?», fragt Kappe. «Er stellt die Anhänger doch sicher selbst her.»

«Nein», übersetzt Tam, «diese Anhänger sind wertvoll. Sie kommen direkt aus Qingtian im Süden Chinas. Und sie sind aus Jade, nicht aus billigem Speckstein.»

«Ich bin ganz ruhig. Ich habe schon ganz anderes überstanden. Es ist vollkommen in Ordnung, was ich mache. Keiner kann mir was. Es gibt keinen Grund, nervös zu sein. Ich bin erfahren genug, ich hab die Situation unter Kontrolle.» Kappe hat sich diese und ähnlich dämliche Sätze immer wieder auf dem Weg zum Rosenthaler Platz gesagt. Er hat sich eingebildet, diese Art der Selbstsuggestion könne helfen. Dabei hat er ganz genau gewusst, dass jeder einzelne Satz gelogen war. Er hat den Druck in der Magengegend gespürt, der ihm signalisiere, dass er schleunigst eine Toilette aufsuchen solle. Dabei war er an solchen Orten in den vergangenen zwei Stunden schon viermal gewesen. Dann ist er, ohne auf den Verkehr zu achten, über die Christinenstraße gegangen. Und dann hat er fast einen Laternenpfahl umgerannt. Er hat sich konzentrieren und sich klar darüber werden wollen, was er machte und was die Auswirkungen dessen sein konnten. Er hat gedacht, mit geschlossenen Augen ginge das besser, aber dann berührte seine Fußsohle den Mast, und er stolperte.

Hätte nicht sein Fuß, sondern sein Kopf den Mast zuerst getroffen, wäre ihm einiges erspart geblieben, denkt er. Andererseits hätte er sicher auch vieles verpasst. Die Lederpolster zum Beispiel, auf denen er nun sitzt. Sie sind so weich wie der Sessel seines Opas damals in der guten Stube. Aber was hält er sich damit auf zu erkunden, wie gut die Polster eines Maybach Phaeton sind? Klar, es ist der Traum eines jeden Jungen, einmal in so einem Wagen zu sitzen. Sein Traum aber sitzt neben ihm. Heute ganz in Silbergrau.

Es ist ein kurzes Kleid, das Fräulein Li trägt, aber keines, von dem man behaupten könnte, es hätte einen frivolen Schnitt. Artig hat sie die kurzen Beinchen nebeneinandergestellt. Zwischen ihre Knie würde nicht einmal Kappes kleiner Finger passen, wobei er das gerne mal ausprobieren würde.

Stattdessen stottert er Sätze wie ein Pennäler beim ersten Rendezvous. «Ihr Fahrer schaltet ja gar nicht», sagt Kappe.

Fräulein Li lächelt. «Sollte er?»

«Ja!», entgegnet Kappe.

«Macht man das in Autos?», fragt Fräulein Li.

«Natürlich! Na ja ...», will Kappe anfangen zu erklären, doch dann wird er unterbrochen.

«Wenn Sie erlauben?», ertönt es von vorn durch die geöffnete Trennscheibe.

Kappe blickt den Fahrer an. Es ist derjenige, den er schon einmal gesehen hat, als er Fräulein Li im gelben Viertel und in der Bergmannstraße traf.

«Der Wagen ist mit einem sehr elastischen 5,7-Liter-Motor ausgestattet. Auf das übliche Getriebe wurde verzichtet, das heißt, man muss auch nicht schalten. Nur zum Rückwärtsfahren und für Bergtouren gibt es ein zweistufiges Planetengetriebe.»

Na super, denkt Kappe. Er hat die heißersehnteste Verabredung, seitdem er Klaras kennengelernt hat, und der Fahrer stiehlt ihm die Show.

Fräulein Li übergeht die Situation souverän. «Danke, Franz! Sehr freundlich!» Dann wendet sie sich wieder Kappe zu. «Was machen eigentlich die Ermittlungen? Haben Sie den Schurken schon geschnappt?»

«Das ist ... na ja ... nicht öffentlich. Das ist dienstlich», erklärt Kappe.

«Aber Sie sagten doch, das sei ein dienstliches Treffen heute», entgegnet Fräulein Li.

Nun schlägt sie ihn auch noch mit den eigenen Waffen, denkt Kappe. Er ist verlegen.

«Ach, wenn nicht, ist das auch nicht schlimm.» Während sie das sagt, lehnt sich Fräulein Li leicht zu ihm hinüber und berührt ihn, wie aus Versehen, an der Kniespitze.

So wie Kappe wusste, dass diese Berührung im Wagenfond nicht zufällig war, so weiß er nun im schicken chinesischen Restaurant in der Kantstraße, das er bislang nur von außen gesehen hatte, dass auch die weiteren körperlichen Annäherungen vonseiten des Fräulein Li nicht zufällig sind.

Gut, als sie ihm erklärte, eines der Holzstäbchen fest zwischen Mittelfinger und Daumen zu klemmen und nur das andere zu bewegen, jenes, das man mit den Fingerkuppen von Zeigefinger und Daumen hält, da musste sie seine Hand natürlich berühren und mit ihren grazilen, gepflegten Fingern seine im Vergleich dazu grobschlächtig wirkenden führen. Immer wieder bläute sie ihm ein, dass es genügt, mit dem beweglichen Stäbchen leicht durch Wippen des Zeigefingers auf das andere, fixierte Stäbchen zuzusteuern. Von ganz alleine ergäbe sich dann die gewünschte Zangenfunktion, und das Essen könne unfallfrei in Richtung Mund transportiert werden.

Inzwischen, zu seinem eigenen Erstaunen, funktioniert dies ganz gut. Kappe balanciert mit seinen Stäbchen den mit Knoblauch angebratenen Spinat, der neben dem Rindergeschnetzelten, neben Schweinebauch und gekochten Hühnerfüßen, die er allerdings verschmäht, auf dem mit weißem Leinen eingedeckten Tisch steht.

Fräulein Li hat bei den deutschen Kellnern geordert, wie es in China üblich ist, viel Verschiedenes auf jeweils einzelnen Platten serviert zu bekommen.

Jeder am Tisch greift mit seinen Stäbchen zu, mit denen er die Speisen dann auch zum Munde führt.

Kappe denkt, seine Mutter, die stets etepetete war, hätte das niemals gemacht. Aber Kappe würde mit Fräulein Li am liebsten noch ganz andere Dinge teilen als nur eine Platte voller Spinat. Dass dieser Wunsch wahr werden könnte, daran zweifelt er im Laufe des Abends immer weniger. Seine Geschichten aus dem Polizistenalltag, die er ihr gekonnt, geschönt und zugespitzt erzählt, entlocken Fräulein Li immer wieder ein reizendes anerkennendes Lächeln.

Immer, wenn sie zum Ausdruck bringen will, wie spannend etwas ist, haucht sie «Nein, wirklich?» und legt dabei ihre Hand derart sanft auf seinen Unterarm, als landete darauf ein Kanarienvögelchen.

Über die Morde an den Chinesen reden sie freilich nicht.

Fräulein Li fragt nicht mehr.

Und Kappe erzählt nichts davon. Stattdessen erzählt er ihr etwas tollpatschig von seiner Frau und seinen Kindern, um sogleich jedoch anzuführen, dass das wohl nicht so passend gewesen sei.

«Doch, doch», beruhigt ihn Fräulein Li. «Ich finde es schön, wenn Sie von Ihrem Leben erzählen. Sie sind erfolgreich, nicht nur als Kommissar, sondern auch als Vater», sagt sie. «Das macht Sie so interessant.»

Die Wirkung ihrer Worte bleibt nicht aus. Kappe wird nervös. «Sie sind süß!», sagt er schließlich.

Fräulein Lis Lächeln verschwindet. «Süß sind Kinder! Süß sind Dinge, die Europäer zum Dessert essen, die dick machen und den Zähnen schaden», erklärt Fräulein Li etwas missgestimmt. Dann tupft sie sich mit der Stoffserviette vorsichtig, so dass der Lippenstift nicht allzu sehr abfärbt, über ihren Mund.

Das war ein Tritt ins Fettnäpfchen, denkt Kappe. Manchmal glaubt er, jemand gehe vor ihm her und pflastere seinen Weg mit solchen Näpfchen. Er hüstelt, entschuldigt sich und schaut im Raum umher, so als suche er ein neues Thema. Plötzlich bleiben seine Augen hängen. Zwei Tische weiter, er hatte es zunächst gar nicht bemerkt, sitzt ebenfalls ein deutscher Mann mit einer jüngeren Chinesin. Auch sie ist hübsch. Aber nicht sie hat die Aufmerksamkeit Kappes auf sich gezogen, sondern ihr Begleiter. Es ist Radunske, der Wollhändler.

Er scheint Kappe nicht zu sehen.

Aber Fräulein Li hat bemerkt, dass Kappes Aufmerksamkeit nun nicht mehr ausschließlich ihr gehört. «Kennen Sie hier jemanden?», fragt sie schließlich. «Eine andere Chinesin?»

Da ist sie wieder, Fräulein Lis Hand auf seinem Arm. Nun scheint sie zu signalisieren: Alles gut, nur ein Scherz!

Fräulein Li lacht.

Kappe stimmt ein in das Lachen und traut sich nun, beim Hinüberwenden zu ihr sanft ihre Schulter zu berühren. Unter dem dünnen Stoff ihres silbergrauen Kleides spürt er einen Träger. Bevor er seine Hand dort liegen lässt, seine Phantasie ihm vollends den Verstand raubt und er sich ausmalt, wozu der Träger gehört, wo er endet und was er verhüllt, sagt er schnell: «Nein, nein, was denken Sie von mir? Keine Chinesin! Niemals würde ich mit einer Frau essen gehen.» Kühn ist das, denkt er, und gelogen.

«Außer mit Ihrer Ehefrau», fügt Fräulein Li spitz hinzu.

Kappe nickt und gerät ins Stottern. «Ja, ja ... nein ... äh ... ich meine ... dort am übernächsten Tisch, den Herrn, den hab ich schon mal gesehen.»

«Ach, Herr Radunske!», sagt Fräulein Li. «Ja, der ist oft hier. Der hat, wie sagt man bei Ihnen, etwas gefunden in China.»

«Sie meinen, er hat Gefallen gefunden an Chinesinnen?», fragt Kappe.

«So kann man es auch sagen.»

Als sich Kappe wenig später auf der Toilette ausführlicher als sonst die Hände wäscht, weil er meint, er könne die Zeit nutzen, um sich einen Plan zurechtzulegen, wie er weiterhin mit Fräulein Li umgehen solle und wie er es schaffen könne, ihr das Du anzubieten und sich vielleicht ein weiteres Mal mit ihr zu verabreden, betritt Radunske die Toilette.

Ihre Blicke treffen sich im Spiegel über dem Waschbecken.

Kappe dreht sich um.

Radunske streckt ihm die Hand entgegen.

Kappes Blick verweilt einen Moment lang auf Radunskes Ehering.

«Da haben wir ja offensichtlich dieselben Vorlieben.»

«Ich weiß nicht, was Sie meinen», entgegnet Kappe.

«O ja, natürlich!», antwortet Radunske.

«Ich bin dienstlich hier», erklärt Kappe.

«Verstehe.»

«Und Sie? Was machen Sie hier?», will Kappe nun wissen.

«Geschäfte, Geschäfte! Also dienstlich wie Sie», erwidert Radunske.

Die beiden Männer schauen sich einen Moment lang schweigend an.

«Viel Spaß noch!», sagt schließlich Radunske und macht sich, schon auf dem Weg zum Pissoir, an seiner Hose zu schaffen.

Als Kappe zu Fräulein Li zurückkehrt, stehen zwei Schnapsgläser auf dem Tisch.

Das sei Moutai, erklärt sie ihm, ein ganz berühmter chinesischer Schnaps. Sie prostet ihm zu.

Kappe sieht, dass ihr Glas nur zu einem Drittel gefüllt ist, während der Kellner seines randvoll gegossen hat.

Kaum hat er den säuerlich schmeckenden Sprit getrunken, kommt der Kellner mit der weißen Porzellanflasche und füllt ihm ungefragt nach.

Noch zweimal wiederholt sich das Prozedere, dann erinnert sich Kappe, dass Fräulein Li meinte, der Schnaps habe 53 Prozent Alkohol. Das spürt er nun.

Selbstredend lehnt er ab, dass sie bezahlt. Er begleicht die Rechnung, hilft ihr in das dünne Sommerjäckchen und begleitet sie zur Kantstraße.

«Ich sagte Franz, er kann Feierabend machen», ergreift Fräulein Li schließlich das Wort. «Ich wohne ja ganz in der Nähe.»

«Bei Ihrem Onkel?», will Kappe wissen.

«Ja. Aber übermorgen ziehe ich in eine andere Wohnung, die

mein Onkel gerade nicht braucht. Sie ist nur ein paar Häuser weiter», erklärt sie.

«Selbstverständlich begleite ich Sie nach Hause», sagt Kappe.

Obwohl er ihr nicht den Arm anbietet, hängt Fräulein Li sich bei ihm ein.

Er versucht schnell, gedanklich sämtliche Bekannten, Verwandten und Kollegen durchzugehen, die in der Nähe wohnen und ihn hier vielleicht in weiblicher Begleitung sehen könnten, doch zum Glück fällt ihm niemand ein. Das Risiko ist also gering, denkt er, und die Strecke kurz.

«Sie sind so groß», sagt Fräulein Li nach einer Weile.

«Nein, nein, bin ich nicht!»

«Doch!», bekräftigt sie.

Kappe geht vor ihr etwas in die Knie. Nun steht er in lächerlicher Haltung da, aber auf gleicher Höhe ihr gegenüber. Er spürt den Alkohol. Was soll's, denkt er. Enthemmt vom chinesischen Schnaps, getrieben von seit Wochen gehegten Sehnsüchten, bewegt er seine rissigen Lippen auf ihre sanften zu, öffnet seinen Mund, so dass sich seine Knoblauchausdünstungen mit den ihren mischen können, und kommt ihr näher.

Zwei Zentimeter, ach was, einer fehlt noch, da zieht sich Fräulein Li zurück. «Was machen Sie da?»

Vor Schreck verharrt Kappe in der komischen Haltung.

Dann geht alles schnell. Noch bevor er wieder aufrecht stehen und sich in aller Form entschuldigen kann, legt Fräulein Li nun ihre beiden Ärmchen um seine Schultern, neigt ihren Kopf zur Seite, öffnet leicht ihren Mund, drückt ihre Lippen auf die seinen und versucht mit ihrer Zunge, seine Lippen zu öffnen.

Es wird ein inniger Kuss. Einer, den Kappe nicht vergessen wird.

Als er schließlich seine Hände, die wie von selbst den Weg um Fräulein Lis Körper fanden und dort nicht nur Hüfte und Taille, sondern auch Po, Schulter und Nacken zärtlich streichelnd abtasteten, wieder zu sich nimmt, die Augen wieder öffnet und Fräulein Li anschaut, lächelt diese. Nein, sie lacht. «Ich wollte Sie nicht erschrecken, als ich fragte, was Sie da machen», sagt sie schließlich. «Ich wollte Sie natürlich auch küssen.» Sie streicht ihm über die Wange. «Aber beim ersten Kuss, das ist so ein Aberglaube bei uns in der Familie, da sollen sich die Nasenspitzen nicht vor den Lippen berühren. Und fast wäre das passiert.»

«Ja, ja ... interessant ... aber ...», stammelt Kappe und wird von Fräulein Li unterbrochen. Er hätte ohnehin nicht gewusst, was er sagen soll.

«Ich schreibe Ihnen meine Adresse auf», sagt sie, während sie aus der Tasche ihres Kleides ein kleines silbernes Etui hervorholt, in dem ein kleines Notizblöcklein und ein kleiner Bleistift stecken. «Das ist die neue Wohnung. Dort können wir uns das nächste Mal treffen. Dann koche ich etwas für Sie. Wenigstens einen Tee.» Sie streckt Kappe, der noch gar nicht weiß, wie ihm geschieht, den Zettel hin.

«Hermann, ich heiße Hermann», sagt er schließlich. «Wollen wir uns nicht ... Also, wir können doch du zueinander sagen.»

Fräulein Li stellt sich auf die Zehenspitzen und reckt sich.

Kappe kommt ihr mit dem Kopf ein wenig entgegen.

Sie küssen sich abermals. Innig.

«Lienhwa, ich heiße Lienhwa», sagt sie. Sie sieht das verdutzte Gesicht von Kappe und fügt schnell hinzu: «Sie können mich auch einfach Lena nennen, wenn das einfacher ist.» Dann geht sie in Richtung Tür, dreht sich nochmals wie eine Ballerina um und winkt Kappe zu.

Er winkt zurück wie ein schüchterner Junge.

«Musst du noch eins trinken?«, ruft Klara. «Spiel doch lieber mal mit Margarete und Hartmut!» Kappe hat sich gerade wieder in die Schlange vor dem Bierausschank eingereiht, als Klara ihn entdeckt.

Bier kann helfen, muss helfen. Eine andere Idee hat Kappe nicht. Was soll er nur tun nach diesem gestrigen Abend? Trinken!

Vorläufig zumindest. Was sonst? «Ja, gleich! Ich komme gleich!», ruft Kappe zurück.

So betrunken, dass er nicht mehr deutlich reden kann, ist er eigentlich nie. Das liegt auch daran, dass er viel verträgt und regelmäßig übt. Schließlich nimmt er das Bierglas mit auf den Spielplatz.

Hartmut sitzt im Sand und häuft einen Berg an.

Kappe beugt sich zu ihm hinunter, stellt das Bierglas in die Buddelkiste und hilft seinem Sohn, die Seiten des Berges glattzuschlagen. Dann nimmt er das Glas, steht auf und geht zu Margarete, die auf einer Schaukel sitzt. Er macht das alles wie in Trance. Er sagt nichts. Er lächelt nur.

Klara, die auf der Bank daneben sitzt, beobachtet das alles erstaunt. Dass er sich um die Kinder kümmert, freut sie. Wenngleich sie heute Morgen dachte, dass Kappe anders ist als sonst.

Am Frühstückstisch hat es keinen Streit gegeben, etwa weil sie mal wieder das Ei nicht hart genug kochte. Sonst ärgert ihn das immer fürchterlich. Auch die Kinder haben ihn nicht nervös gemacht. Er hat einfach aus dem Fenster geschaut. Nicht einmal richtig Zeitung gelesen hat er. Und als sie ihn darauf ansprach, sagte er nur: «Man muss auch mal abschalten. Heute ist Sonntag.»

Nun also steht er hinter Margaretes Schaukel. Er nimmt das Bier in die linke Hand, mit der rechten packt er das Holzbrett, auf dem Margarete sitzt, und schubst sie an.

Sie quiekt vor Freude.

Er lacht.

Sie sieht abwechselnd wie im Daumenkino Sand, Mama auf Parkbank, Bäume, Himmel, Bäume, Parkbank mit Mama und dann wieder Sand.

«Nicht, dass ihr schlecht wird!», ruft Klara.

«Ach was!», erwidert Kappe. Er schubst seine Tochter an, immer doller, immer schneller. Durch das Anschubsen kommt er selbst ins Schwanken, so als sei er betrunken. Auch Kappe sieht nun Klara, Parkbank, Hartmut, Bäume, das nahe Wasser des Landwehrkanals, die Frau hinterm Tresen des provisorisch aufgebauten Biergartens, die Mietshäuser neben dem Urbankrankenhaus, die Straße und den Radler, der über die Wiese fährt. Er sieht all das wie im Karussell, so, als stünde er inmitten eines Kaleidoskops. Die Realität ist weg. Er ist der Mittelpunkt der Welt. Diese dreht sich. Um ihn. Er juchzt. Er dreht sich nun auch.

Margarete quiekt weiter.

Klara schaut erschrocken.

Das Bierglas ist so schwer, dass es ihm, als er sich schneller dreht, durch die Zentrifugalkraft aus der Hand gerissen wird. Es fliegt mitsamt Inhalt drei Meter weit und landet im Sandkasten.

Hartmut sieht es kommen, lacht, will ihm entgegengehen, dem schönen fliegenden Glas, doch dann stolpert er und fällt hin, mit dem Kopf direkt in den Sandhaufen. Zum Glück. Das Glas trifft ihn nur an den Beinen. Schmerzhaft genug. Hartmut weint.

«Bist du wahnsinnig?», brüllt Klara, während sie zu Hartmut eilt. «Du hättest Hartmut fast umgebracht!»

Kappe kommt ihr wankend entgegen, kniet sich in den Sandkasten und streicht Hartmut übers Haar, der inzwischen in den Armen der ebenfalls auf dem Sand knienden Klara liegt. Er bringt keinen Ton heraus.

«Was sollte das denn?», fragt sie. «Du bist betrunken!» Klara ist hell entsetzt.

Kappe sagt nichts.

Margarete, die herbeigelaufen kommt, steht stumm ein paar Meter entfernt und schaut sich die Szenerie an.

«Tut mir leid!», sagt Kappe mehr zu sich selbst als zu Klara. «Es ist alles etwas viel gerade. Die Arbeit und so. Ich komm nachher heim. Ich brauch mal ein bisschen Ruhe, ein bisschen frische Luft.»

Kappe leistet einiges in Sachen Verdrängung. In Polizeikreisen würde man dazu wohl sagen, es handele sich um Vorspiegelung falscher Tatsachen.

Klara kommt langsam wieder aus ihrem Schildkrötenpanzer heraus. So hat sie ihren Mann lange nicht mehr erlebt. Gut, angetrunken darf sie ihn regelmäßig erdulden, aber dass er in diesem Zustand zur zutraulichen Plaudertasche wird und sich seine Hände – und mehr – auf einmal wieder für ihren Körper interessieren unter der Decke, das ist neu.

Kappe kann sich das selbst nicht erklären. Hat ihn die Bekanntschaft, der Kuss von Fräulein Li derart verändert? Will er üben für das nächste Treffen mit ihr, oder ist es der Vollmond? Egal, nicht nachdenken! Genießen, würde Liepe sagen. Kappe tut es. Trotzdem, die Gedanken kann er nicht abschalten. Oft liegt er morgens vor dem Aufstehen wach im Bett und grübelt. Wäre es besser, Fräulein Li nie wiederzusehen? Oder soll er gar mehr wagen mit ihr?

In dem Moment hupt es zweimal. Und schon klingelt jemand an der Tür.

Kappe, der splitterfasernackt aufspringt, sich erst einmal den unbenutzten Schlafanzug überzieht und dann in den Morgenmantel schlüpft, steht kurz darauf einem uniformierten Kollegen gegenüber.

«Entschuldigen Sie die Störung!»

«Schon gut!», entgegnet Kappe.

«Herr von Canow schickt mich. Ich soll Sie abholen. Wieder ein Mord!»

«Ein Chinese?», fragt Kappe.

«Ja, in Prenzlauer Berg», erwidert der Kollege. «Ich habe Befehl zu warten und Sie mitzunehmen.»

«Ich komme gleich», sagt Kappe und stolpert schlaftrunken, wie er ist, beim Rückweg ins Schlafzimmer über die erwachte und über den dunklen Flur tapernde Margarete.

So ähnlich muss es Wilhelm Weber ergangen sein, als er an diesem Montagmorgen vor der Frühschicht noch schnell seinen Ascheimer im Hof ausleeren wollte.

«Richtiges Licht ist da ja keins. Die sparen ja an allem, diese

Kapitalisten. Und dann hab ich nicht gesehen, dass da was lag. Das sagte ich ja bereits Ihren Kollegen.»

«Erzählen Sie es mir ruhig noch mal», redet ihm Kappe zu.

«Na ja, da gibt's nicht viel zu erzählen. Ich stolperte dann und sah ihn.» Weber zeigt auf die mit einem Tuch zugedeckte Leiche. Er steht neben Kappe im Hinterhof des Hauses Danziger, Ecke Knaackstraße.

Es riecht nach Hopfen.

«Gleich nebenan ist ja Schultheiss», sagt Kappe vor sich hin.

«Ja, weiß ich, aber ich weiß nicht, was Sie damit ...»

«Nichts! Fiel mir nur gerade ein. Haben Sie versucht, ihm zu helfen?», will Kappe wissen.

«Helfen? Ihm? Umgedreht hab ich ihn. Aber sein Gesicht, also das sah aus ... Alles zerschlagen und zerbeult. Keine Nase mehr, keine Stirn.» Weber zieht so heftig an seiner Zigarette, dass sich die mit grauen Bartstoppeln übersäten Wangen so nahe kommen, als wollten sich deren Innenseiten im Mund küssen. «Der ist da auf den Steinhaufen geknallt, mit dem Gesicht voran.»

Dr. Kniehase, der nun aus dem Haus zu den beiden in den Hof tritt und den letzten Satz mitgehört hat, nickt bestätigend. «Der hatte keine Chance. Donnerte aus dem vierten Stock herunter. Am Treppenhausfenster haben wir Spuren gefunden.»

«Und?», will Kappe wissen.

«Na ja, die Bewohner im dritten und vierten wollen nichts gehört oder gesehen haben. Und kennen will ihn auch keiner.»

«Das alles haben Sie schon herausgefunden?», fragt Kappe.

«Ich bin ja früh raus heute. Nur der frühe Vogel ...»

Kappe ist schon dabei, durchs frisch in Hell- und Dunkelgrau gestrichene Treppenhaus über den roten Kokosläufer eine Stufe nach der nächsten zu erklimmen. Einiges, denkt er sich, machen sie wohl doch, diese Kapitalisten.

Am Fenster im vierten Stock lehnt Galgenberg.

«Morgen! Schon was rausbekommen?», begrüßt ihn Kappe.

«Nee, nüscht!», entgegnet sein Kollege. «Nur alte Omas hier, schwerhörig, und ein junges Paar, aber die interessieren sich nur für sich. Tam muss gleich da sein, vielleicht kennt er ja den Chinesen.»

Kappe hört das schon nicht mehr. Er setzt seinen Aufstieg fort, denn die Tür zum Dachboden, das fiel ihm vom Treppenabsatz aus auf, ist nur angelehnt. Ohne zu klopfen, stößt er die Tür mit einem Ruck auf. Blassgraue, zum Trocknen aufgehängte Bettwäsche hat er erwartet zu sehen oder dreibeinige Stühle aus der Kneipe unten, die keiner mehr braucht, oder auch alte Schrankkoffer. Aber nichts dergleichen.

Der Raum, von ein paar Dachfenstern gut belichtet, ist vollgestellt mit Schachteln und Kisten sowie an Stangen hängenden Kleidern und Anzügen, die oft noch mit Preisschildern versehen sind. Auf Kisten stehen Kochtöpfe, die nie benutzt wurden, daneben hängen nagelneue Lampen, ein paar Aktentaschen stapeln sich in der Ecke, und weiter hinten steht ein Regal mit Edelsteinketten.

Kappe staunt. Fast wie bei Wertheim, kommt es ihm in den Sinn. Er streift mit der Hand über die in Reih und Glied hängenden Herrenanzüge. Teure Stoffe, moderne Schnitte. Als er zwei Anzüge ein wenig auseinanderschiebt, weil er seine Größe erkannt hat und automatisch handelt wie im Laden, scheint ihm die Sonne ins Gesicht. Dahinter muss ein Fenster sein, das zur Knaackstraße in Richtung Osten geht, denkt er. Bevor er sich ans Gegenlicht gewöhnt hat, hört er ein Scheppern.

Ein Hocker fällt um, Porzellan zerschellt.

Nun sieht er es: Hinter den Anzügen ist eine gemütliche Ecke eingerichtet, mit Tisch und Bett, eine Kaffeetasse liegt zerbrochen am Boden, und sein Besitzer, den Kappe zu spät entdeckt hat, wirft gerade einen Stapel Kisten um. Das erschwert das Hinterherkommen.

Bevor Kappe über den Berg Damenstrümpfe kraxelt und dabei «Polizei! Stehenbleiben!» ruft, ist der Verfolgte, ein Mann, gut zehn Jahre älter, aber offenbar besser trainiert als Kappe, bereits auf der vierten Stufe der Leiter zur Dachluke.

Kappe braucht einen Moment, bis er sich überwunden hat, ihm das nachzutun und seinen Körper durch die Öffnung aufs Dach zu schieben. Das wäre was für Dr. Kniehase, denkt Kappe. Der will doch immer hoch hinaus. Aber er, was macht er hier mit seiner Höhenangst?

Der Mann hat sich hinter einem Schornstein versteckt.

Es muss ein Hehler sein. Kappe ist sich sicher. Weshalb sonst diese Waren und diese Flucht?

Inzwischen steht der Verfolgte nah an der Dachkante, von wo aus er zum Sprung aufs nächste, etwas höher liegende Hausdach in der Danziger Straße ansetzen will.

Kappe eilt ein paar Schritte hinterher, bleibt stehen, zieht seine Waffe und entsichert sie. «Polizei! Bleiben Sie stehen, oder ich schieße!», ruft er dem Mann hinterher.

Der hält inne und dreht sich um.

Kappe blickt mal wieder in eines dieser hageren Gesichter, die es derzeit häufig gibt. Die kleinen schwarzen Augen erinnern ihn an eine Ratte, ebenso die schräg nach vorne weisenden Schneidezähne. «Hände hoch!», ruft er. Kappe hat die Waffe noch immer auf den Mann vor ihm gerichtet.

In diesem Moment schleudert der Verfolgte einen vom Schornstein abgebrochenen Stein auf Kappe.

Dieser duckt sich und schießt.

Der Hehler setzt zum Sprung an und ist schon auf dem Nachbardach.

Kappe will hinterher, aber stolpert über liegengelassene Dachpappe. Eher aus Schreck darüber, als um jemanden treffen zu wollen, feuert er wieder, bevor er bäuchlings hinfällt. Alle seine Schüsse gehen ins Leere.

Der Hehler ist auf dem anderen Dach außer Sichtweite.

Als sich Kappe aufrappelt, sieht er Galgenberg aus der Dachluke hervorschauen.

«Ich komm da mal lieber nicht hoch», sagt er.

«Hätt ich auch nicht tun sollen», entgegnet Kappe.

«Und, warum hast Du's getan?», fragt Galgenberg.

«Der Hehler! Ich musste doch hinterher, aber er ist mir entwischt», erklärt Kappe.

«Also, entweder hat der Chinese Diebe oder Hehler bei der Arbeit überrascht und musste deshalb sterben, oder er steckte mit ihnen unter einer Decke», resümiert Kappe wenig später, als er und seine Kollegen in einer Kneipe an der Ecke Lychener und Danziger Straße sitzen und über den neuen Fall sprechen.

«Oder es hat gar nichts mit den entwendeten Waren zu tun. Vielleicht ist es nur eine räumliche Nähe, aber keine inhaltliche.»

Dr. Kniehase drückt sich immer so abgehoben aus, denkt Kappe.

«Ist doch wurscht!», sagt Galgenberg und wischt sich den Schaum des Bieres, das sie sich angesichts des Mordes schon vor zwölf gönnen, von der Oberlippe. «Jedenfalls haben wir wieder keine Zeugen und wieder 'nen toten Chinesen. Und das heißt erst mal, dass wir in der Scheiße sitzen.»

«Erst einmal bleiben wir aber hier sitzen!», meint Kappe und erhebt sein Glas.

Durchs Fenster der Kneipe haben sie einen guten Blick auf den Eingang zum Treppenhaus Danziger Straße 10, in dem der Mord geschah. Aber niemand Verdächtiges kommt heraus oder geht hinein. Doch wer außer dem rattengesichtigen Hehler hätte auch schon verdächtig wirken können?

«Wissen wir eigentlich, wer der tote Chinese war?», fragt Kappe.

«Klar!», antwortet Dr. Kniehase. «Während Sie auf dem Dach die Aussicht genossen, war Tam da und hat den Toten eindeutig als Händler von Wong identifiziert. Ming Mok heißt er.»

«Wir sagen immer zuerst den Vor- und dann den Nachnamen von unseren Opfern. Ist das bei den Chinesen eigentlich nicht andersrum?», fragt Galgenberg.

«Das fällt dir ja früh ein», meint Kappe und prahlt nun mit

seinem Wissen von Fräulein Li. «Eigentlich hast du recht, aber die hier lebenden Chinesen haben sich längst angepasst und die Reihenfolge geändert.»

Das erneute Rumfragen bei Nachbarn hat nichts mehr erbracht.

Als Galgenberg und Kappe wieder im Präsidium sitzen, steht auch schon von Canow in der Tür. «Na, meine Herren, schon eine Spur?»

«Wir sind dabei!», kommt es von Kappe wie aus der Pistole geschossen.

«Bald!», ergänzt Galgenberg.

«Bald? Wie meinen Sie das? Bald genügt nicht! Der Polizeipräsident war soeben bei mir. Er hat es satt, sich in seinen Kreisen immer wegen dieser Chinesen-Morde rechtfertigen zu müssen. Und die Reporter werden auch bald wieder da sein.» Von Canow ist verärgert. Die Tatsache, dass es der oder die Täter ausschließlich auf Chinesen abgesehen haben und somit der deutschen Bevölkerung keine Gefahr erwachse, wie Galgenberg nun erläutert, weiß er nicht zu honorieren. «Ich will diesen Chinesen-Fall endlich abgeschlossen haben. Verstehen Sie? Und kein Wort zu den Schmierfinken!»

«Wie?» Kappe versteht nicht.

«Wir erzählen den Reportern einfach nichts von dem Mord, wenn sie nicht selbst darauf kommen. Dann lebt halt noch ein Chinese mehr.»

Noch einmal in dieses gelbe Viertel. Kappe hat eigentlich keine Lust.

Aber Dr. Kniehase hat offenbar gute Laune. Jedenfalls bietet er sich am nächsten Morgen an, mit Wong zu sprechen, für den Ming Mok gearbeitet hatte.

«Ich geh dafür zu Li, seinem Konkurrenten», sagt Kappe. «Vielleicht legt er nun ja ein umfassendes Geständnis ab, und wir haben Ruhe.»

«Und wovon träumst du sonst so nachts?», fragt Galgenberg. «Sicher von Lis Nichte!»

Dass Galgenberg mit diesem Satz ins Schwarze trifft, merkt Dr. Kniehase erst, als er beobachtet, wie Kappe errötet, sichtlich nervös das Thema zu wechseln versucht und von den Teuerungszuschlägen zu faseln beginnt, die sie als Beamte alle bekommen. Seit dem 1. Mai 120 Prozent. Etwas Besonderes ist das in Zeiten der Inflation allerdings nicht.

«Oh, mein Herr ... ich meine ... Hermann! Ich hab dich noch gar nicht erwartet. Waren wir verabredet? Ich hab gar nichts vorbereitet.»

Kappe kommt kaum zu Wort, als ihm Fräulein Li die Tür zu Lis Wohnung öffnet. «Nein, ich bin dienstlich hier.»

«Ach, wieder so was Dienstliches wie neulich im Restaurant? Na, wo das enden wird ...»

Ganz schön frech, denkt Kappe. Aber andererseits mag er dieses Mutige, dieses Gewitzte, dieses unerschrocken Offene an Fräulein Li. Dieser Charakterzug widerstreitet so schön mit ihrem liebreizenden Äußeren. Ihm bleibt nur wenig Zeit, diesem Gedanken nachzuhängen und dabei zu konstatieren, wie erotisch doch ein hochgeschlossenes, langes dunkelblaues Seidenkleid sein kann, sofern es den passenden Körper verhüllt. In diesem Falle den von Fräulein Li. Aufreizender jedenfalls als so manche Nackttänzerin.

«Sie sehen nachdenklich aus.» Mit diesen Worten begrüßt Herr Li Kappe.

«Ja, wir haben schon wieder einen toten Chinesen», antwortet er.

«Ich hörte davon. Schrecklich!»

«Diesmal traf es Ihren Konkurrenten. Sie dürften vermutlich nicht sonderlich geknickt deswegen sein», tastet sich Kappe vor.

«Nein, nein», erklärt Herr Li, «niemand kann darüber froh sein, wenn ein Menschenleben vor Ablauf seiner Zeit von dieser Welt abberufen wird.»

Was wohl Klara sagen würde, wenn er sich zu Hause auch so ausdrücken würde, denkt Kappe. Dann aber fährt er unbeirrt fort: «Wo waren Sie vorgestern Nacht?»

«Sie meinen am Sonntagabend und in der Nacht?», fragt Herr Li nach.

«Ja, der Tote wurde morgens gefunden, und irgendwann am Abend zuvor oder in der Nacht wurde er aus dem Fenster geworfen», erklärt Kappe.

«Ich weiß», erwidert Herr Li.

«Woher wissen Sie das alles?»

«Ich lese Zeitung. Ist doch, wie Sie sagen, kostenloses Menü für die Journalisten.»

«Sie meinen gefundenes Fressen. Ja, ja!» Kappe muss zugeben, dass alle Zeitungen an diesem Morgen über den weiteren Chinesen-Mord berichtet haben. Das konnte auch kein von Canow verhindern.

Die Polizeireporter haben ihre Informanten im Präsidium. Und wieder haben sie nicht mit Kritik an der Polizei gespart.

Herr Li gibt vor, nicht mehr zu wissen, als in den Zeitungsspalten stand. Herrn Mok will er nicht gekannt und nie gesehen haben. In der besagten Nacht sei er zu Hause bei seiner Frau gewesen.

Das gibt Kappe nun immerhin die Gelegenheit, Frau Li persönlich zu sehen.

Als sie von Herrn Li in sein Arbeitszimmer gebeten wird, bleibt die zierliche Dame nur so lange, wie es unbedingt erforderlich ist. Immer wieder bestätigt sie das Alibi von Herrn Li. Was war auch anderes zu erwarten gewesen?

Die Hausangestellte, die Kappe zur Tür bringt, wird unwirsch von Fräulein Li in die Küche geschickt. Als diese dann alleine mit Kappe ist, stellt sie sich kurz auf die Zehenspitzen und drückt ihm, obwohl jederzeit eine der Türen im Flur aufgehen und Herr oder Frau Li oder ein Bediensteter heraustreten könnten, einen Kuss auf die bärtige Wange. «Du hast doch den Zettel noch, die Adresse?», fragt sie.

Kappe, noch immer verdutzt von dem Kuss, den er nicht einmal erwiderte, nickt.

«Dann komm morgen Abend! Ich bin ab sieben da.»

Als Kappe nach Hause kommt, ist er so durcheinander, dass er zu Margarete Hartmut und zu Hartmut Margarete sagt.

«Aber ich hoffe doch, du kennst wenigstens noch meinen Namen», ruft Klara, die es sich längst abgewöhnt hat, Kappe entgegenzukommen, aus der Küche.

Kappe lacht, geht auf sie zu, nimmt sie in den Arm. Und spürt, dass er das eigentlich gar nicht will. «Ich muss nachher noch mal los», sagt er schließlich beim Abendessen, «zu Liepe. Ich hab es ihm versprochen.»

Klara sagt nichts.

Kappe sagt auch nichts mehr.

Was jetzt noch gesagt werden könnte, würde eh keiner hören wollen.

«Ach nee, wieder Lust auf die ‹Weiße Maus›?» Lachend kommt Liepe auf Kappe zu und umarmt ihn freundschaftlich. «Und Mut hast du dir auch schon angetrunken?»

Kappe verneint. Weder will er in die «Weiße Maus», noch braucht er Mut. Jedenfalls nicht an diesem Abend.

Liepe sagt, man könne auch in eine nette Bar gehen, zum Beispiel in die neueröffnete in der Französischen Straße.

Eigentlich wollte er mit Liepe, der sich in Frauendingen gut auskennt, unter vier Augen reden und sich einen Rat holen. Was für einen genau, weiß Kappe allerdings auch nicht. «Es geht bestens!», sagt Kappe schließlich zu Liepe.

«Siehst aber nicht so aus. Du bist so nervös», stellt sein Freund fest. «Sag bloß, du hast was mit der kleinen Chinesin?» Liepe weiß sofort, wo der Hase lang läuft.

Kappe kommt nicht zum Antworten, aber sein Gesichtsausdruck und Blick verraten alles.

«Nee, dass ich dich hier treffe! Is ja 'n Ding!», ertönt plötzlich eine laute Männerstimme. Und schon hat Maxim Kutzmutz Liepe auf die Schulter geklopft und Kappe die Hand hingestreckt. «Ich bin Maxim.»

Liepe stellt die beiden einander vor und erklärt Kappe, dass Maxim oft als Gast ins Adlon kam, als die Geschäfte noch besser liefen bei der Firma, bei der er zuletzt arbeitete. Inzwischen sei er Ingenieur bei der AEG.

«Da gehört doch auch die NAG-Autoproduktion dazu, oder?», will Kappe wissen.

«Ja, unsere Autos werden von der NAG vertrieben», erklärt Maxim Kutzmutz.

«Ich hab neulich den neuen Sportwagen gesehen. Schick!», erzählt Kappe. «Hat zwar nur 45 PS, aber schafft hundert Sachen. Ein flottes Wägelchen!»

«Und was machen deine flotten Dinger?», will Liepe wissen.

Kutzmutz winkt ab. «Ich bin doch brav, verheiratet und Familienvater. Was denkst du denn?»

«Ist doch kein Hindernis! Schau Kappe an!»

Kappe ist diese Anspielung von Liepe, zumal er Kutzmutz nicht einschätzen kann, sichtlich peinlich.

Doch nach zwei weiteren Bieren haben die drei Männer, zumindest was Frauen angeht, kaum noch ein Geheimnis voreinander.

«'Ne Chinesin! Mensch Hermann, das ist das große Los! Die sind doch ... na ja, sind ja eigentlich noch Mädchen. Ich beneide dich!», meint Kutzmutz.

Kappe ist es nicht recht, sie so über Fräulein Li reden zu hören. «Sie ist eine sehr gebildete Frau, eine Studentin!», sagt er.

«Aber die kann sicher auch anderes», mutmaßt Kutzmutz.

Liepe und er müssen lachen.

Kappe ist unwohl. «Und was sag ich Klara?», will er schließlich wissen.

«Sag einfach, du warst bei mir!», schlägt Kutzmutz vor.

«Bei dir?» Kappe schaut Kutzmutz fragend an. Aber schließlich freundet er sich mit dem Gedanken an, abends Kutzmutz zu beraten.

«Du als Kriminaler kannst mir doch Tipps geben, rechtliche und so. Bei uns in der Abteilung kommen immer wieder Werkzeuge weg, der Chef will es aber nicht an die große Glocke hängen. Du könntest mir doch sagen, wie man denen auf die Schliche kommt.» Kutzmutz hält Kappe die Hand hin.

Dieser schlägt ein.

«Und als Dank fürs Alibi musst du uns dann genau erzählen, wie das mit diesen Chinesinnen so ist. Und erst mal musst du noch 'ne Runde zahlen», verlangt Kutzmutz.

«So 'ne Affäre, du wirst sehen, kann richtig belebend sein. Auch für die eigene Ehe.»

Dieser Satz von Kutzmutz geht Kappe nicht mehr aus dem Kopf, und fast hätte er am nächsten Abend zu Klara gesagt, er würde Nachhilfe nehmen in Sachen Ehe, als er sich zu Fräulein Li aufmacht. Aber schließlich entscheidet sich Kappe für die Kutzmutz-Ausrede.

«Als ob du in deinem Dienst nicht schon genug zu tun hättest, musst auch noch nach Feierabend Eierdiebe jagen», meint Klara.

Als er endlich außer Haus ist, gehen ihm Tausende Dinge durch den Kopf. Jetzt nur nichts falsch machen! Kappe ist nervös.

Kutzmutz hat ihm ein Fläschchen Rasierwasser mitgegeben. «Damit du nicht nach Klara riechst, wenn du zu ihr kommst», sagte er.

Besser freilich wäre es gewesen zu baden und sich sauber zu rubbeln. Wer weiß, an welchen Körperteilen Chinesen sich gegenseitig küssen wollen, überlegt Kappe. Aber sich waschen, das würde Klara auffallen. Und auf dem Heimweg, das darf er auf keinen Fall vergessen, soll er sich Soße, Tinte oder irgendwas übers Hemd kippen, hat Kutzmutz ihm noch eingeschärft, damit er das Hemd sofort in die Dreckwäsche stecken oder besser noch selbst einweichen kann und Klara nichts von Fräulein Li erschnuppert. An was man da alles denken muss! Kappe ist nicht der geborene Fremdgeher, wie er feststellt. Feucht sind seine Hände, und unterm Oberhemd schwitzt er. Seine Haare auf der Brust kleben fast vor Schweiß. Das ist nicht sehr erotisch. Aber auch nicht zu ändern. Er klingelt.

Fräulein Li trägt ein Seidenkleid wie tags zuvor, diesmal allerdings in Bordeauxrot.

So rot wie der Sportwagen von Wong, stellt Kappe fest, um sich sogleich darüber zu ärgern, dass er selbst in dieser Situation an die Arbeit denkt. Andererseits ist er erleichtert, dass Fräulein Li so förmlich gekleidet ist. Vielleicht will sie doch nur einen Tee mit ihm trinken. Irgendwie wäre er nun, selbst nach all den Wochen der Vorfreude, erleichtert, wenn es so wäre.

«Wenn der Mörder erst mal vor dem Galgen steht, wird er ganz kleinlaut», pflegt Galgenberg zu sagen.

Dass ihm dieser Satz nun durch den Kopf geht, stört Kappe. Er ist doch kein Mörder, allenfalls ein Ehebrecher, und selbst das nicht, jedenfalls noch nicht und vielleicht auch nie.

Fräulein Li lächelt ihn an, offenbar schon seit längerem.

Die Pause, während der er sich seinen Gedanken hingab, ist wohl doch auffällig lang gewesen. Nun lacht auch er. «Entschuldige, die Arbeit! Sie lässt einen nicht los. Ich musste gerade daran denken.»

Sie nimmt ihn an die Hand und führt ihn weiter in die sehr geschmackvoll mit schlichten Nussbaummöbeln ausgestattete Wohnung. «Ich muss dich enttäuschen. Außer Tee hab ich doch nichts gekocht. Es ist noch nicht richtig eingerichtet hier, aber ...» Sie zieht ihn schnurstracks durchs Berliner Zimmer, das als Küche dient, in die dahinterliegende geräumige Kammer, deren Fenster mit einem Vorhang verhangen ist und in dem drei brennende Kerzen auf dem Tischlein neben zwei Teetassen und einer Kanne stehen. Das Kanapee ist das klare Ziel von Fräulein Li. Sie lässt seine Hand los und lässt sich rücklings darauf fallen.

Kappe bleibt unschlüssig stehen.

Sie lacht und zieht die Beine an, so dass das enge Kleid ein Stück nach oben rutscht.

Kappe sieht, dass sie Seidenstrümpfe trägt.

«Bist du enttäuscht?», fragt sie.

«Nein ... äh ... warum?»

«Weil es nichts zu essen gibt. Du musst dich mit mir begnügen», sagt Fräulein Li.

«Ja, klar ... Nein ... macht nichts ... Mit dir ... gerne ... Klar», sagt er und schämt sich sofort für den Unsinn, der stotternd aus seinem Mund kommt.

Plötzlich erhebt sie sich und steht wieder wie gestern auf Zehenspitzen vor ihm. Aber diesmal sucht sie mit ihren Lippen nicht seine bärtigen Wangen, sondern seine Lippen. Sie nimmt ihn erneut an die Hand und zieht ihn nun zu sich hinunter aufs Kanapee.

Wer ist eigentlich der Ältere, Erfahrenere von uns beiden, fragt sich Kappe. Er sollte doch mal die Sache in die Hand nehmen. Aber in welche? Seine rechte Hand fährt gerade über den Po von Fräulein Li hinauf zur Taille und dann weiter, während seine linke unter ihrem Kopf liegt, der so weit zu ihm vorgereckt ist, dass sie sich in dieser Stellung, in der sie, noch voll bekleidet, nebeneinanderliegen, bestens küssen können. Kappe schließt die Augen und ertastet durch den Seidenstoff ihres Kleides hindurch weiter mit seiner rechten Hand ihren Körper. Wüsste er nicht, dass er mit einer Chinesin hier liegt, deren Alter er von Amts wegen kennt, so würde er augenblicklich aufspringen aus Angst vor seinen Kollegen von der Sitte. So jung fühlt sich das an, was er erkundet.

Und wieder ist sie es, die seine Finger lenkt, zu dem aus Kordeln geknoteten Knopf ihres Kleides. Den ersten, oberen öffnen seine und ihre Finger gemeinsam, den Rest überlässt sie ihm.

Und tatsächlich gelingt es Kappe ohne allzu große Tollpatschigkeit, Fräulein Li aus ihrem Kleid zu befreien, während sie behende sein Oberhemd aufknöpft und sich, ohne zu zögern, auch an seiner Hose so lange zu schaffen macht, bis sie ihre kleine rechte Hand in Hose und sogar Unterhose verschwinden lassen kann. Aber nur kurz umklammert und massiert sie ihn sanft, dann zieht sie die Hand wieder heraus, um damit elegant ihre beiden aus dunklem Edelstein gefertigten Ohrringe abzulegen.

Das zu tun ist sehr weise. Kappe weiß von seinen Plaudereien in der Teeküche der Gerichtsmedizin, wie heftig blutend Verletzungen sein können, die von ausgerissenen Ohrringen hervorgerufen werden. Aber dass Fräulein Li aus Angst vor solchen Verletzungen ihre Ohrringe ablegt, das glaubt er nicht. Kappe ist darauf konzentriert, verschämt sein verschwitztes Unterhemd auszuziehen und unter seiner Hose, die sie ihm schon abgestreift hat, verschwinden zu lassen. Noch ahnt er nicht, wie gefährlich die nächste halbe Stunde für die Unversehrtheit der süßen kleinen Ohren von Fräulein Li geworden wäre, hätte sie noch ihren Schmuck an. Dass er sich darin leicht mit seinen Fingern hätte verheddern können in seinem unkontrollierten, von Lust und Erregung gesteuerten Rudern, Streicheln, Strecken und Drücken seiner Hände, er hätte es nicht geglaubt, wenn es ihm jemand vorher gesagt hätte. Nun aber, da er schwitzend auf dem Rücken liegt wie ein sterbender Käfer, weiß er es.

Ganz nah muss Fräulein Li zu ihm kommen, damit sie mit den Spitzen ihrer kleinen Brüste die Haare auf seiner Brust berühren kann. Immer und immer wieder macht sie das. Kitzeln die Haare dann ihre Brustwarzen, gibt sie ihm noch schnell einen Kuss auf die Nasenspitze, zuckt zurück und kichert wie ein fröhlich spielendes Kind.

Dann geht das Spiel von neuem los.

«Du bist wie ein Bär, ein Schmusebär!», sagt sie.

«Und du, du bist ... Lena!» Kappe weiß gar nicht, was er sagen will. Er ist vollends durcheinander und liegt nackt unter einer Chinesin, die vielleicht die Nichte eines Mörders ist. Womöglich öffnet sich gleich die Tür, und die Schergen der von Dr. Kniehase beschworenen Chinesen-Bande stürmen herein, um ihn zu richten. Ein Liebesakt als Henkersmahlzeit. «Zärtlich!», sagt Kappe schließlich. Zärtlich ist sie. Er hätte sicher auch «Nett!» sagen können, um noch etwas Nichtssagenderes zu wählen.

Aber Fräulein Li lächelt und streicht ihm durchs Haar.

Auch sie, so scheint es ihm, ist nicht so ganz bei der Sache.

Schließlich setzt sie sich auf, vollkommen nackt. Etwas, das Klara nie macht: sich ihm danach derart zu präsentieren, so schamlos oder, besser gesagt, so natürlich. Sie setzt sich zwischen seine Beine, schlingt die ihren um seinen Bauch und gewährt Kappe einen Blick auf sie, den er ganz für sich behalten und nicht einmal Liepe schildern wird.

Derart verzückt hört Kappe, wie Fräulein Li sagt, dass Wong da mit drinhänge.

«Welcher Wong? Wo drin?» Kappe versteht nicht.

«Herr Wong! Du kennst ihn doch. Den musst du fragen! Seine Leute haben die Händler meines Onkels auf dem Gewissen.»

Hätte sie gefragt, ob er sich von seiner Frau trennen will, oder hätte sie dies gefordert, weil sie ihm sonst auf der Stelle sein Geschlechtsteil mit einem japanischen Samurai-Schwert abschlagen und mit dem blutigen Laken seine Kinder ersticken würde, er hätte nicht erschrockener reagieren können.

Sie, in deren Ohr er gerade noch sein Stöhnen hauchte, spricht nun von Mordverdächtigen, so als säße man beim dienstlichen Verhör. Für sie scheint dies ganz normal zu sein. Keinen Deut schert sie sich um seine Verwirrung. «Er handelt nicht nur mit Lack, Papierblumen und chinesischem Porzellan.»

Nun findet Kappe einen Anknüpfungspunkt. «Ja, hab ich gehört. Manche verkaufen auch deutsches Porzellan.»

«Das meine ich nicht», erwidert sie. Sie macht eine Pause und streicht ihm mit beiden Händen, so wie man eine Katze am Bauch krault, durch die Brusthaare. «Er handelt mit Opium. Bald bekommt er wieder eine Lieferung. Wenn du willst, sag ich dir Bescheid. Dann kannst du ihn festnehmen und kannst ihn fragen, wer die Mörder sind.»

«Ich bin davon überzeugt, dass wir es hier mit einer Bande zu tun haben. Herrn Dr. Kniehase gebe ich recht. Da steckt was anderes dahinter als Lack oder Porzellan, etwas Großes.» Von Canow hält am nächsten Morgen mal wieder eine seiner beliebten Ansprachen im Dienstzimmer. «Der Polizeipräsident ist ungeduldig. Er erwartet Ermittlungsergebnisse. Das Außenministerium hat sich bereits erkundigt, wie mit Sichtvermerken für Chinesen künftig umgegangen werden soll.»

«Opium!», sagt Kappe und verschluckt sich sogleich am heißen dünnen Kaffee.

Von Canow blickt ihn an. «Opium? Was sagen Sie da? Wir haben bei keinem der Ermordeten Drogen gefunden und auch in deren Unterkünften nicht. Kein Hinweis auf Morphinisten.»

«Trotzdem!», beharrt Kappe. «Es wird mit Opium gehandelt. Das steckt dahinter.»

«Ach, und woher wissen Sie das so plötzlich?», will Dr. Kniehase wissen.

«Ich hab da einen Informanten getroffen. Sicher kann mir der bald noch mehr sagen», erklärt Kappe.

«Wenn das stimmt, Kappe, wenn das wirklich stimmt, dann kriegen wir endlich wieder gute Schlagzeilen. Aber wenn nicht, ich warne Sie!» Von Canow schaut Kappe streng an.

«Und wer ist der Informant?», will Galgenberg wissen.

«Die kleine Chinesin vielleicht, Fräulein ... Wie heißt sie doch gleich?» Dr. Kniehase lacht schrill auf.

Kappe antwortet nicht. Dann sagt er: «Darüber kann ich noch nicht sprechen, aber sobald ich mehr weiß ...»

«Wir sind hier nicht beim Geheimdienst!», fährt ihm von Canow über den Mund. «Ermitteln Sie, und bringen Sie Ergebnisse und Beweise! Kein Kneipengeschwätz!»

Kappe merkt, dass er sich nur noch weiter hineinreitet, wenn er jetzt diskutiert. Deshalb verabschiedet er sich und sagt, er werde noch ein bisschen weiter ermitteln gehen. In Wahrheit fährt er jedoch direkt nach Charlottenburg. Er will Fräulein Li wiedersehen, sonst nichts. Er klingelt bei ihr.

Doch sie öffnet nicht.

In der Wohnung ihres Onkels öffnet das Dienstmädchen und sagt ihm, dass Fräulein Li aus sei.

Neugierig, wie er ist, schaut er auf dem Rückweg durchs Fenster des China-Restaurants, in dem auch er mit ihr speiste.

Und siehe da, dort sitzt sie. Diesmal aber mit Männern und Frauen ihres Alters.

Sicher Studenten, denkt Kappe. Vor studierten Menschen hat er immer ein wenig Ehrfurcht. Deshalb schaut er zunächst unschlüssig durchs Fenster auf die scherzende Gruppe, bevor er sich ein Herz fasst und die Tür öffnet.

Fräulein Li ist erfreut, ihn zu sehen. Sie stellt ihn ihren Freunden vor.

Wie er dachte, alles Studenten. Viele von ihnen sind aktiv in der kommunistischen Bewegung. Und einige haben, das erstaunt Kappe, ausnehmend schöne deutsche Begleiterinnen dabei.

«Möchten Sie nicht mit uns speisen, wenigstens eine Kleinigkeit?», fragt ihn Fräulein Li – in Anwesenheit ihrer Freunde förmlich per Sie.

Kappe antwortet mit den gewähltesten Worten, die er als Fischersohn parat hat. «Mein Fräulein, sehr reizend, vielen Dank, aber ich muss leider ablehnen. Der Dienst.» Freilich, er geht nicht sofort. Er wartet einen Moment, zögert und schaut sie an.

Ihre Augen, schwarz wie ein Panther, funkeln wie Diamanten. Sie steht nun auf und tritt ein, zwei Schritte auf ihn zu.

Kappe merkt, dass sie ihm etwas sagen möchte.

Für die Umstehenden nicht erkennbar, berührt sie ihn leicht am Ärmel und sagt ihm leise, am Montagabend habe sie wieder ein bisschen Freizeit.

Kappe versteht.

«Dann kann ich sicher auch mehr zu der Lieferung für Wong sagen», fügt sie hinzu.

Kappe hat auch dieses Mal verstanden. Sie will ihn also doch instrumentalisieren. Aber warum auch nicht? Es gibt unangenehmere, weniger zärtliche und weitaus nicht so erotische Menschen, die einen vor ihren Karren spannen wollen, denkt Kappe.

Wieder dasselbe. Kappe ist nervös. Kappe schwitzt. Kappe weiß nicht, wie er dem Gestottere, dem Belangloses-Zeug-Gerede Einhalt gebieten soll. Irgendwie wird es schon gehen, denkt er. Nach dem vierten großen Bier auf jeden Fall. Als er bei Fräulein Li an der Tür klingelt, merkt er, wie viel er getrunken hat. Am liebsten würde er nun sofort einschlafen wollen – auf der Brust, in den Armen oder geschmiegt an den Rücken einer jungen Frau. Im Notfall sogar allein. Klara hat er erzählt, er müsse Kutzmutz an diesem Abend erneut wegen dieser Geschichte mit den Diebstählen helfen. An Jahren, überlegt Kappe, während er noch wartet, bis sich die Tür öffnet, ist Klara eigentlich gar nicht so viel älter als Fräulein Li. Und dennoch, diese unbeschwerte Jugend, diese hingebungsvolle Zärtlichkeit, die er zuletzt in diesen Räumen genossen hatte, die hat er mit Klara schon lange nicht mehr erlebt. Hat er sie überhaupt je so erlebt? Es ist wohl dem Alkohol geschuldet, dass er auch Minuten später nicht so recht weiß, wie ihm geschieht. Seine eigenen Bewegungen erlebt er, als seien es die eines anderen. Er spürt sehr wohl, wie er auf einmal Fräulein Li so nah ist, wie es nur einander Begehrende sein können, aber wie es dazu gekommen ist und was sein Anteil daran war, dessen erinnert er sich nicht. Er lässt es einfach geschehen, bewegt sich im Rhythmus, den Fräulein Li vorgibt, und genießt mit allen Sinnen durch einen leicht bewusstseinstrübenden Schleier. Manchmal hat er das Gefühl, sich dabei zusehen zu können. Sterbende sollen ja, kurz bevor es zu Ende geht, sich selbst aus der Vogelperspektive sehen, hat Kappe mal gehört. An solche Dinge muss er nun denken, als Fräulein Li den Namen Hermann so herrlich R-los ausspricht. Nächstes Mal trinkt er kein Bier vorher, schwört er sich. Oder zumindest weniger.

Ob die Chinesen ein besonders schönes Schriftzeichen für Grazie haben, überlegt Kappe, als er vom Bett aus Fräulein Li beobachtet, wie diese sich aufrichtet, ihren Oberkörper nach links beugt und dann den Kopf in Richtung ihrer rechten Schulter neigt, um sich die zuvor abgelegten Ohrringe wieder anzustecken. Allein diese Bewegung, denkt Kappe, ist weit erotischer als jedes Busenwackeln einer Nackttänzerin. «Lena, du bist wie ein Gemälde, ein schönes Gemälde», sagt Kappe zu ihr und ist stolz, dass ihm so etwas Poetisches eingefallen ist.

Fräulein Li lacht. «Aber hoffentlich nicht eines von Ludwig Meidner.»

Kappe schaut fragend.

«Das ist mein Lieblingsmaler», erklärt Fräulein Li.

Kappe sind zwar, seit Klara mit dieser Dada- und Expressionisten-Frau vom Malik-Verlag bekannt ist, schon einige Künstlernamen untergekommen – aber Meidner? Womöglich hat er den Namen mal gehört. Kunst, dazu noch zeitgenössische, ist nicht sein Steckenpferd. Jetzt nur nichts Falsches sagen, denkt er. Er entscheidet sich für: «Ja, schön!»

«Na ja, schön find ich die Bilder nicht, aber beeindruckend, apokalyptisch», erklärt Fräulein Li weiter.

«Sicher», sagt Kappe.

«*Der jüngste Tag* von 1916 ist mein Lieblingsbild. Das ist Tod, Verderben, Untergang, die Erde öffnet sich und verschluckt Menschen. Er hat vorweggenommen, was der Krieg brachte. Aber nicht nur der Krieg, Elend und auch das Sterben ist ein Teil des Lebens», erzählt Fräulein Li, die noch immer nackt auf dem Bett sitzt und keine Anstalten macht, ihre hübsche Blöße zu verdecken. Sie spricht mit Kappe, als halte sie ein Referat an der Hochschule der Künste.

«Aber das ist ja traurig, solche Bilder», wirft er ein.

«So ist das Leben», meint sie. «Nein, nicht immer!», verbessert sie sich. «Nicht hier! Hier mit dir ist es schön.»

Er streicht ihr mit der Hand über die Schenkel, die sich bei seiner Berührung leicht öffnen.

«Das Schöne erleben, das Schlimme nur sehen, sich dessen stets bewusst sein, um das Schöne wertschätzen zu können – das ist der ideale Lebensentwurf!»

Dass sie solch philosophische Sätze formulieren kann und solche Gedanken hat, hätte Kappe nie gedacht. Und das in dieser Situation, in der sie ihn nun wieder zu sich aufs Bett in die Waagerechte zieht und sich ihre Hände seinem Körper nähern.

«Vielleicht gefallen dir ja die Aquarelle von George Grosz besser. Da gibt es zwar auch keine schönen Menschen, aber er macht sich so schön witzig über unsere Welt, ich meine, über das Berlin hier. *Schönheit, dich will ich preisen* zum Beispiel. Kennst du dieses Aquarell?», fragt ihn Fräulein Li.

Kappe folgt in Gedanken ihren Händen, die über seinen Körper gleiten. «Grosz? Ja, den kenn ich. Und Max Beckmann und so. Ja, ja, nicht schlecht!»

Sie hat ihn verstanden, es interessiert ihn keinen Deut. Sie gibt ihm einen langen Kuss.

Als die beiden wieder zum Luftholen kommen, hat sich Fräulein Li bereits einen seidenen Hausmantel umgehängt, ohne diesen jedoch vorne zu schließen. Sie schaut Kappe zu, wie er seine, im Vergleich zu ihrer Wäsche, grobschlächtigen Unterhosen anzieht und das weiße Herrenunterhemd über seinem Bauch stramm zieht. Dann, den Blick aus dem Fenster auf die belebte Kantstraße gerichtet, sagt sie: «Wenn du Wong kriegen willst, in der Nacht zum 27. kommt ’ne Ladung Porzellan am Westhafen an.»

Das Hemd erst halb zugeknöpft, den Hosenlatz noch offen, ist Kappe nun hinter sie getreten in der Hoffnung, dass sie sich ihm zuwendet.

Aber Fräulein Li schaut weiter aus dem Fenster und den Autos nach, die mehr und mehr die Fuhrwerke ablösen. Sie sagt, mehr zu ihrem Spiegelbild in der Scheibe als zu Kappe: «Die Kisten werden Porzellan enthalten. Aber nicht nur. Du wirst sehen. Holzwolle ist Verpackung, aber auch Versteck.»

«Opium? Du meinst, er bekommt eine Lieferung Opium? Wirklich?», fragt Kappe.

«Es wird Verbotenes in den Kisten sein. Schau nach!»

«Dann haben wir ihn. Dann können wir ihn festnageln.»

«Das musst du wissen. Mehr kann ich nicht sagen», antwortet sie und dreht sich zu ihm um. Ihren Mantel hat sie zwischenzeitlich geschlossen. «Magst du noch einen Tee?», fragt sie in einem Ton, als sei der gesamte Besuch wirklich nur dienstlich gewesen.

Vielleicht war er es ja auch.

Heute ist Kappe nicht zu spät im Bureau. Und zuvor hat er Klara schon einen Kuss gegeben, einen so intensiven, dass sie fragte, ob etwas passiert sei. Nun sitzt er als Erster am Schreibtisch und genießt Kaffee und den *Lokal-Anzeiger*. Er wird es ihnen zeigen, denkt er. Er ist es, der den entscheidenden Hinweis für den großen Schlag gegen die Chinesen-Bande hat. Als er kurz darauf in der Besprechung mit seinen Kollegen sitzt, sagt er: «Meine Herren ...» Normalerweise beginnt Kappe seine Sätze nie so, aber heute will er auch mal förmlich sein wie Menschen in einer vorgesetzten Position, in die er vielleicht eines Tages doch noch kommen wird.

Dr. Kniehase und von Canow schauen überrascht.

Galgenberg schmunzelt.

«Ich weiß nun», führt Kappe seine Rede fort, «wie wir in dem Chinesen-Fall weiterkommen. Wong handelt mit Opium. Und in der Nacht von Freitag auf Samstag bekommt er eine neue Lieferung.»

Von Canow ist der Erste, der reagiert. «Kappe, wissen Sie das sicher? Wir werden Verstärkung anfordern und ihn festsetzen. Das wird dann in den Zeitungen stehen.»

«Wo soll er denn die Lieferung in Empfang nehmen?», will Dr. Kniehase wissen.

«Im Westhafen», erklärt Kappe, «getarnt als eine Lieferung Porzellan. In der Holzwolle aber, die als Verpackung dient, wird Opium versteckt sein.»

«Woher weißt du das?», brummt Galgenberg.

«Von meinem Informanten. Ein sicherer Tipp, todsicher!», erklärt Kappe.

«Na ja, mit dem Tod ist nicht zu scherzen. Die werden sicher auch bewaffnet sein, die Chinesen. Wie gesagt, das muss geplant werden, generalstabsmäßig. Ich übernehme die Führung! Sie, Kappe, stehen an meiner Seite!», beschließt von Canow.

Hinterher, als von Canow und Dr. Kniehase gegangen sind, meint Galgenberg, dass es ja schön und gut sei, einen Opiumschmuggel auffliegen zu lassen und Drogenhändler festzusetzen – aber was habe all das mit den Morden zu tun?

«Es wird sich zeigen. Irgendwie hängt immer alles mit allem zusammen», sagt Kappe.

«Nimmst du selbst Drogen, oder hast du dich in 'ne Philosophiestudentin verguckt? Kappe, mach mir keine Sorgen!»

Diese Art von Einsatzzentrale gefällt Kappe.

Von Canow hat eine ganze Kneipe organisiert. *Geschlossene Gesellschaft* steht draußen. Den Verdienstausfall, hat er dem Wirt zugesagt, bekommt er aus der Staatskasse ersetzt.

Die «Geschlossene Gesellschaft» besteht außer aus von Canow nur noch aus Galgenberg, Kappe, Dr. Kniehase und hin und wieder auch noch zwei, drei Polizeiführern der Schutzpolizei, die zu Absprachen hereinkommen. Konsumiert wird außer Kaffee nur Ammen-, also Malzbier. Von Canow hat ein Alkoholverbot verhängt.

Durch den Spalt zwischen den zugezogenen Vorhängen an den Fenstern der Gaststätte kann man direkt auf den Hafen schauen: rechts ein Lagergebäude, davor der Kai. Kommt ein Schiff, so kann es einem nicht entgehen. Abwechselnd sitzt immer einer aus der «Geschlossenen Gesellschaft» am Fenster. Die anderen sprechen derweil zum x-ten Mal den Einsatz durch. Von der

Schutzpolizei haben zwanzig Mann, teilweise mit Gewehren bewaffnet, Stellung bezogen. Als Zeichen für den Zugriff ist vereinbart, dass der Wirt die Lampe, die seine Schultheiss-Reklame über der Eingangstür beleuchtet, ausschaltet. Sie kann von jedem am Einsatz beteiligten Beamten gesehen werden.

Von Canow bringt es auf den Punkt: «Licht aus heißt Feuer frei! Aber ich meine das im übertragenen Sinne. Keiner schießt, wenn es nicht unbedingt erforderlich ist! Wir brauchen die Chinesen lebend. Nur so haben wir eine Chance, die Morde aufzuklären.»

Danach könnte es ihnen dann freilich schon passieren, dass sie hingerichtet werden, denn der Antrag auf Abschaffung der Todesstrafe, den die Sozialdemokraten zwei Tage zuvor im Preußischen Landtag eingebracht hatten, ist abgelehnt worden.

Galgenberg, der den Posten am Fenster bezogen hat, winkt die anderen herbei. Kein Schiff kommt, aber ein Mann. Alleine geht der zum Kai. «Auf jeden Fall kein Chinese», sagt er.

Nun schaut auch Kappe. «Den kenn ich!», erwidert er. «Das ist doch ... das ist Radunske, der Wollhändler, der ausgebrannte. Irgendwas hat er mit Chinesen.»

«Was heißt hier *irgendwas*?», will von Canow wissen.

«Ich hab ihn schon zweimal in Begleitung von chinesischen Frauen gesehen», erklärt Kappe.

«Na ja, wer's braucht!» Von Canow hat für derlei Vorlieben kein Verständnis.

Radunske verschwindet in einem Lagerhaus. Er klingelt nicht, er hat einen Schlüssel dabei.

Nach dieser kurzen Abwechslung herrscht wieder Stille im Hafen.

Jetzt hat Kappe den Ausguck bezogen.

Lange passiert nichts. Doch dann kommen drei Autos angefahren. Eines von ihnen ist der bordeauxrote NAG von Wong.

So häufig gibt es dieses Auto nicht, denkt Kappe. Und der kleine schwarzhaarige Mann, der aussteigt, das muss Wong sein.

«Herr von Canow, es geht los!», sagt Kappe und klatscht in die Hände.

Von Canow schiebt ihn weg. Nun sieht auch er die kleine Kolonne. Alles Chinesen, die aussteigen. Alle fein gekleidet.

«Die haben Geld, woher auch immer. Nach hinten pomadisierte Haare und Hornbrillen. Die sehen aus wie die Kommunisten-Studenten in Charlottenburg», stellt Dr. Kniehase fest.

«Oder wie wohlhabende Rauschgifthändler», ergänzt Galgenberg.

Die sechs Chinesen verschwinden im Lagerhaus. Radunske hat offenbar die Tür unverschlossen gelassen.

Wieder tiefdunkle Nacht. Totenstille.

«Wenn ich jetzt keinen Weinbrand kriege, schlaf ich ein», meint Galgenberg, der Kappe am Fenster abgelöst hat.

Von Canow will Kaffee ordern. Dazu muss er erst einmal den Wirt wachrütteln, der sich wohl selbst ein paar Kognaks genehmigt hat.

Eine lähmende Stimmung herrscht im Saale, wie am Morgen nach einem kräftezehrenden Saufgelage.

Kappe stützt den Kopf auf die Arme. Was, wenn Fräulein Li nicht die Wahrheit sagte? Was, wenn das hier eine Falle ist und die Chinesen, da sie alle müde vom Warten sind, die Kneipe stürmen und alle erschießen?

«Es kommt!», ruft plötzlich Galgenberg.

Von Canow stürzt zum Fenster.

Dr. Kniehase ist schneller. «Das Motorschiff! Es geht los!», ruft er.

Kappe sitzt noch am Tisch und braucht einen Moment, ehe er seinen Platz am zweiten Fenster einnimmt und sieht, was nun passiert.

Die ersten Lagerarbeiter, die aus einem Schuppen auftauchen, entern das Schiff und verlassen es wenig später wieder, bepackt mit Säcken und Kisten. An einer Stelle stapeln sie die Holzkisten. Sie sind mit chinesischen Schriftzeichen bemalt. Das muss das Porzellan sein. Untrügliches Zeichen dafür ist, dass inzwischen auch Wong mit seinen Gefolgsleuten vor diesem stetig wachsenden Kistenstapel steht. Man sieht die dunkelgekleideten Männer nur schlecht im spärlichen Hafenlicht, aber ihre Zigaretten glimmen.

Die roten Punkte könnten als Zielortungssystem genutzt werden, überlegt Kappe, wenn man sie denn erschießen wollte. Vielleicht gibt es ja eines Tages Pistolenkugeln, die wärmeempfindlich sind und sich zielstrebig den Weg zur nächsten Zigarette suchen – so wie die Strichjungen in der Friedrichstraße immer zielstrebig die richtigen Männer ansprechen, was Kappe nie verstehen wird.

Als nur noch Säcke aus dem Schiff getragen werden und die Chinesen die Kisten zählen und prüfen, ordnet von Canow an, man solle die Außenbeleuchtung ausschalten.

Als sich die Kriminaler von ihrer Einsatzzentrale in Richtung Kisten in Bewegung setzen, läuft dort schon alles wie am Schnürchen: Im Licht der Scheinwerfer der Polizeiautos stürmen die Schutzpolizisten mit gezückten Waffen auf die Chinesen zu. Zwei ziehen ihren Revolver. Ein Polizist schießt. Ein Chinese sackt zusammen. Der andere lässt die Waffe fallen und erhebt die Hände. Drei stehen regungslos neben den Kisten. Wong versucht, zu seinem NAG zu spurten, wird aber von einem Polizisten eingeholt, zu Boden geworfen und gefesselt. Der Polizist verpasst ihm einen Fußtritt und stößt Wong zurück zu den anderen. Diese stehen gefesselt neben den aufeinandergestapelten Kisten. Dem Niedergeschossenen, stellt der Einsatzleiter fest, ist nicht mehr zu helfen. Ein alter Kartoffelsack wird über ihn gedeckt.

Ob die Chinesen trauern, wehklagen oder einfach nur fluchen, Kappe kann es nicht sagen. Er geht auf Wong zu, weil er weiß, dass dieser einigermaßen gut Deutsch spricht. «Sie wissen, weshalb wir hier sind?», fragt er.

Wong schüttelt den Kopf.

«Sind diese Kisten für Sie?», will Kappe wissen.

Wong reagiert nicht.

«Da ist Opium drin, nicht wahr?», fragt Kappe.

Wong sagt noch immer nichts.

Von Canow weist zwei Schutzpolizisten an, mit einem mitgebrachten Stemmeisen eine Kiste zu öffnen.

Tatsächlich, es finden sich darin Teetassen, Dessertteller, Kännchen und Väschen aus feinem chinesischem Porzellan.

«Da würd sich Hertha aber freuen», entfährt es Galgenberg. «So was haben die nicht mal in der Hotelküche.»

«Das glaub ich gern», erwidert Dr. Kniehase, der bereits in die Holzwolle gegriffen und ein kleines Päckchen herausgezogen hat. «Das gehört ja wohl auch in keine Küche, eher in die Hotelbar.» Er hält das Päckchen den Chinesen vor die Nase.

Diese sagen nichts.

Kappe merkt, dass es ein Fehler war, Tam nicht zu dem Einsatz mitzunehmen. Sie wollten ihn nicht einweihen in den Plan, denn so ganz vertraute vor allem von Canow dem chinesischen Dolmetscher nicht.

Von Canow schreit fast, als er den Chinesen fragt, was das sei, so als würde der die deutsche Sprache dann besser verstehen.

Keine Antwort.

Die Schutzpolizisten öffnen die nächste Kiste, und die Beamten staunen – abwechselnd über das schöne Porzellan und die stattlichen Mengen an Opium. So etwas hat noch keiner von ihnen je zuvor gesehen.

Das weiße Gold aus dem Reich der Mitte und das Produkt der Mohnblüte. Das einmal aus der Nähe zu betrachten ist spannender, als neben einem nach Knoblauch duftenden gefesselten Chinesen zu stehen. Das denkt sich der Aufpasser von Wong, der nur geschwind zwei, drei Schritte nach vorn macht, um auch einmal einen Blick auf die geöffneten Kisten zu erhaschen.

Das genügt. Die gefesselten Hände an die Brust gedrückt und den Kopf gesenkt, wuselt Wong flink wie ein Wiesel an Polizeiautos, Mehlsäcken und Bierkisten vorbei in Richtung Lagerhaus.

Als es der Bewacher merkt, ist er schon fast am Haus. Sechs Uniformierte eilen hinterher.

Dafür, dass er an den Händen gefesselt ist und kurze Beine hat, ist Wong ganz schön schnell.

Kappe, Galgenberg und Dr. Kniehase rennen nun auch los. Alle stürmen sie durch die Lagerhaustür, die von Radunske aufgeschlossen worden war.

Drinnen stapelt sich das Stückgut meterhoch. Vom Chinesen keine Spur.

Der Chef der Schutzpolizisten ordnet an, dass alles auf den Kopf zu stellen sei.

Kappe interessiert, wo sich Radunske aufhält. Bislang ist er nämlich nicht aus dem Haus herausgekommen. Während die Polizisten in Zweiergruppen alles absuchen, um sich Deckung geben zu können, steigt Kappe alleine die gusseiserne Treppe zur ersten Etage hinauf. Nichts Verdächtiges. Leise geht Kappe weiter. Am anderen Ende ist eine Öffnung im Boden für den Lastenaufzug. Beinahe wäre er hineingefallen. Hier riecht es gut, denkt er, wie bei Herrn Li. Nach grünem Tee. Aber wer trinkt hier Tee um diese Uhrzeit – und wo?

Dann sieht Kappe, dass auf der gegenüberliegenden Seite des Lastenaufzugsloches eine Tür ohne Klinke in der Wand eingelassen ist. Sie ist nur zu erreichen, wenn das Loch abgedeckt ist, aber er sieht weit und breit keine Dielen zum Darüberlegen. Obwohl er nichts hört, geht er zurück und bittet vier Schutzpolizisten, Bretter von der unteren Abdeckung des Lastenaufzugsloches mitzunehmen und ihn zu begleiten. Sein Bauchgefühl hat ihn noch nie enttäuscht. Als Kappe auf den Brettern steht, die seine Kollegen übers Loch gelegt haben, und an der Tür lauscht, hört er noch immer nichts. Dennoch befiehlt er: «Aufbrechen!»

Drei Schläge mit Gewehrkolben machen den Weg frei.

Kappe tritt mit gezückter Waffe als Erster ein.

Die Stille von vorhin ist einem Gekreische, Geschrei und Gejammer gewichen.

Kappe weiß nicht, wohin er zuerst schauen soll.

Zwei junge Chinesinnen ziehen sich eine Wolldecke über ihre

nur spärlich bekleideten Körper. Sie liegen auf einer aus Latten und Säcken zusammengeschusterten Bettstatt. Eine ausgemergelte Gestalt hält im Bett nebenan schützend ihre Arme über drei nackte Kinder, die sich weinend an sie drängen.

Eine Frau im Schlafanzug kommt hinter der zum Trocknen aufgehängten Wäsche hervor. Laut schreit sie Kappe an.

Beruhigend sagt er, dass alles gut sei, obwohl er erstens weiß, dass das nicht stimmt, und zweitens, dass sie es nicht versteht. Noch immer steht er wie angewurzelt da, neben ihm die vier Schutzpolizisten. Keiner bewegt sich. Fünf Mann wie ein bronzenes Standbild.

Dann löst sich Kappe aus der Erstarrung und wendet den Kopf. Rechts, aus einer Türöffnung, die ihm bislang nicht aufgefallen war, dringt Rauch. Angesichts der nächtlichen Stunde und erleuchtet nur vom Flackern zweier Petroleumlampen, kommt er ihm vor wie Frühnebel auf dem Friedhof.

Die schwarze Gestalt, die nun im Türrahmen erscheint, auf ihn zukommt und als Einziger nicht zu fluchen oder zu jammern scheint, könnte ein Untoter sein. Er hält einen Revolver in der Hand.

Wer den anderen zuerst erkennt, ist nicht klar. Ob Kappe zuerst merkt, dass Radunske der Untote ist, oder Radunske, dass sein Versteck von der Polizei gestürmt wird, lässt sich später nicht mehr klären. Jedenfalls fällt plötzlich ein Schuss.

Das Geschrei und Gejammere wird lauter, viel lauter. Kappe und die Schutzpolizisten glauben sich von Chinesen überrannt, denn nun stehen diese auf und trommeln mit Fäusten auf die Polizisten ein.

Kappe muss handgreiflich werden, um sich zu dem am Boden liegenden Radunske hinunterbücken zu können.

Doch da ist nichts mehr zu wollen. Blut läuft ihm aus Mund und Nase.

Dem Schutzpolizisten ist kein Vorwurf zu machen. Er sah Kappe bedroht, verlor die Nerven und drückte ab.

Als sich nun auch noch von Canow, Galgenberg und Dr. Kniehase in dem Raum um den Toten, die Babys und die morphinsüchtigen Spieler aus dem Nachbarzimmer drängen, wird es langsam ruhiger. Vielleicht aber gewöhnt sich der übermüdete Kappe auch nur an den Geräuschpegel.

Jetzt erst sieht Kappe, dass sich auch Wong unter den Chinesen befindet, die nun einer nach dem anderen nach Waffen abgetastet, gefesselt und abgeführt werden. Er war der Einzige, der ruhig am Tisch neben den Opiumpfeifen sitzen geblieben ist und abwartete, bis er festgenommen wurde.

«Na, nun haben wir Sie also doch noch!», sagt Kappe zu ihm.

«Sie haben recht, mein Herr. Man muss auch verlieren können. Entschuldigen Sie die Unannehmlichkeiten, die ich Ihnen bereitete!» Auf einmal kann er doch wieder Deutsch.

Kappe schaut Wong hinterher, als dieser mit den anderen abgeführt wird. Er fragt sich, wer nun wohl dessen schönen NAG nach Hause fahren wird.

Welche Rolle Radunske bei der ganzen Sache spielte, das ist bei den Vernehmungen im Polizeipräsidium trotz der Übersetzungskünste von Tam nicht bis ins letzte Detail herauszufinden. Sicher ist schließlich nur, dass er einen Teil seines Lagerhauses abtrennte und zum einen illegal in Deutschland lebenden Chinesen als Wohnung und zum anderen Morphinsüchtigen als Aufenthaltsort zur Verfügung stellte. Außerdem diente sein Haus als Lager für das von Wong importierte Opium. Ob er aber selbst an dem Opiumschmuggel beteiligt war, ob er sich die attraktivsten der illegal hier lebenden Chinesinnen aussuchte und sie als Prostituierte anschaffen ließ, was Kappe vermutet, lässt sich nicht mehr beantworten. Die einfachen Chinesen, die als blinde Passagiere ins Land gekommen sind und als Illegale im Lagerhaus oder in Garküchen schuften, wissen nichts über Wong, Radunske oder weitere Hintermänner.

Wong selbst sagt nicht viel. Er gibt beim Verhör nur zu, was ihm sowieso nachgewiesen werden kann. «Ich habe Verantwortung! Verstehen Sie, mein Herr?», sagt er. «Ich will meinen Landsleuten helfen. Auch ohne Pass. Und da lasse ich sie eben arbeiten. Die Arbeit ist nicht leicht und das Leben im Lagerhaus nicht einfach. Ein bisschen Beruhigung und Zerstreuung benötigt man da. Da hilft der Saft des Mohns!»

«Und Radunske? Was hatte er damit zu tun? Was hat er getan?», will Kappe wissen.

«Der Arme! Er hätte sich besser auch in Ihre Obhut begeben sollen, statt sich aus dem Leben scheiden zu lassen», sagt Wong und lächelt.

«Und was hatte er mit dem Opium und den Illegalen zu tun?», fragt Kappe.

«Sie verstehen, Herr Radunske war ein Freund mit einem großen Herzen. Auch für uns Chinesen. Es gibt nichts Schlechtes, das ich über ihn sagen möchte. Würden Sie seiner Witwe ausrichten, dass ich bei der Beerdigung behilflich sein könnte?»

Kappe muss sich beherrschen. Er hätte Lust, Wong seine verdammte verlogene Höflichkeit aus dem Gesicht zu prügeln. Er holt tief Luft, doch bevor er ihn – zumindest das ist ja erlaubt – in bestem Berliner Hinterhofjargon anbrüllen kann, öffnet von Canow die Tür zum Vernehmungszimmer, begleitet – und das lässt Kappe stutzig werden – von einem Staatsanwalt und vom Polizeipräsidenten. Träumt er? Bei Schlafmangel soll es ja zu Halluzinationen kommen.

Aber nun streckt ihm der Polizeipräsident die Hand entgegen. Und diese ist echt. «Wir übernehmen hier mal, Kappe», ergreift von Canow das Wort.

«Was meinen Sie damit?», will Kappe wissen.

«Wir führen die Vernehmung fort, Herr Kollege. Sie haben ja heute Nacht Großartiges geleistet. Nun haben Sie sich ein bisschen Ruhe verdient», erklärt der Staatsanwalt.

In Amtszimmern, denkt Kappe, lässt sich also genauso heuchlerisch lügen wie auf den Kanapees von Opiumhöhlen. Artig verabschiedet sich Kappe und verlässt den Raum. Im gemeinsamen Bureau trifft er Galgenberg. «Ich kann gehen», sagt er zu ihm. «Das hat der Chef angeordnet.»

«Ich weiß», sagt Galgenberg. «Ich hab's mitbekommen, als von Canow hier war. Komisch, irgendwas stinkt da!»

«Ja, aber diesmal nicht nach Opium, sondern nach Mauschelei», mutmaßt Kappe. Er hätte Lust, jetzt sofort wieder hineinzustürmen ins Vernehmungszimmer und seinem Ärger Luft zu machen, stattdessen aber nimmt er das Angebot von Galgenberg an, der eine Runde des stets in seiner untersten Schreibtischschublade beheimateten Getränks ausgibt. Gemeinsam stoßen sie mit Weinbrand an.

«Was soll das schlechte Leben!», sagt Galgenberg.

Sie trinken gerade ihr viertes Gläschen, als sie durch die offene Bureautür hindurch sehen, wie von Canow, der Staatsanwalt und der Polizeipräsident den Vernehmungsraum verlassen.

«Meine Herren, nochmals danke! Hervorragende Arbeit!», sagt von Canow, als er eintritt und mit seinen Blicken deutlich macht, dass er sehr wohl die Kognakschwenker sieht, diese aber bewusst ignoriert.

«Und was ergab die Vernehmung?», will Kappe wissen. «Ich war ja noch gar nicht dazu gekommen, Wong nach den Morden zu befragen.»

«Herr Wong wird in der Zelle eine Nacht lang Gelegenheit haben, auch darüber nachzudenken. Morgen Vormittag, meine Herren, erwarte ich auch Sie wieder hier im Dienst. Der Präsident hat eine exorbitante Ausnahmesituation konstatiert und für den morgigen Sonnabend und für den Sonntag Dienst angeordnet.»

«Und Wong? Was hat er nun gesagt?», fragt Kappe erneut.

«Kappe, alles zu seiner Zeit! Morgen früh.»

Es ist wie so oft, Kappe kommt zu spät. Zwar nur ein paar Minuten, aber Galgenberg steht schon nervös im Zimmer.

«Was ist? Kein Kaffee heute, keine Zeitung?», fragt Kappe.

«Nein! Beeil dich! Der Chef hat alle zusammengerufen», antwortet Galgenberg.

«Und wo ist er?»

«Nicht von Canow. Der Präsident will uns sehen! Jetzt gleich!», erklärt Galgenberg.

Im Besprechungszimmer sitzt der Polizeipräsident am Tischende, Dr. Kniehase, von Canow und weitere Beamte sind ebenfalls schon da.

«Nun, da wir vollzählig sind, möchte ich anfangen. Ich mache es kurz, und ich bitte um Vertraulichkeit und Geheimhaltung: Was hier gesagt wird, darf den Raum nicht verlassen!», eröffnet der Polizeipräsident die Besprechung.

Alle nicken.

Kappe bereut hinterher, genickt zu haben, denn das, was er nun hört, ist in seinen Augen ein Verbrechen an der Gerechtigkeit, eines, das man nicht für sich behalten, sondern an die große Glocke hängen sollte. Man sollte es publik machen und dafür den Polizeipräsidenten, den Staatsanwalt und das ganze Gesindel hinauswerfen, denkt er. Aber Kappe weiß zugleich, er ist preußischer Beamter und loyal genug, um den Mund zu halten. Sollte er sehr, sehr mutig und aufmüpfig sein, wird er vielleicht eines Tages seinen Enkeln beim Sonntagskaffee davon erzählen. Ansonsten wird er bestimmt kein Sterbenswörtchen darüber verlieren. Noch während der Präsident spricht, ärgert er sich über seine eigene Feigheit. Dann aber hört er wieder zu.

«Ich habe Verständnis dafür, dass Sie nun sagen werden, das entspreche nicht den Gesetzen, das sei nicht korrekt. Sie haben recht. Es ist nicht korrekt. Aber wir haben keinen anderen Weg gesehen, um diese Chinesen-Morde aus den Schlagzeilen zu bekommen und die Bevölkerung zu beruhigen. Wir denken, somit eine Lösung gefunden zu haben, die zwar nicht dem Strafgesetzbuch, aber der Staatsräson entspricht. Ich bitte Sie daher um Ihre Unterstützung, diese Entscheidung mitzutragen.»

Wieder nicken alle, auch Kappe. Erst als er wieder mit Galgenberg alleine im Zimmer ist, aus dem Fenster schaut und sieht, wie Herr Wong hinausspaziert, ein anderer Chinese in seinem bordeauxroten NAG-Sportwagen vorgefahren kommt und ihn mitnimmt, schlägt Kappe mit der flachen Hand auf den Tisch. «Verbrecher!», platzt es aus ihm heraus. «Alles Verbrecher! Und wir sind die Dummen!»

Galgenberg sagt nichts. Er schenkt den Kognakschwenker voller als selbst der bestmeinende Wirt.

Sie schweigen und trinken.

«Aber was hättest du gemacht?», fragt schließlich Galgenberg.

«Ich hätte ihn für den Drogenhandel drangekriegt. Und außerdem, der hätte schon geredet bei mir», sagt Kappe wütend.

«Aber so können wir, wie es aussieht, zwei Morde klären. Das ist doch auch was», entgegnet Galgenberg.

«Und Wong treibt weiter sein Unwesen und macht das große Geld», erwidert Kappe.

«Aber nicht mehr mit Opium», wendet Galgenberg ein.

«Das hat er zwar versprochen. Aber glaubst du ihm das?», fragt Kappe.

«Dein Herr Li und seine Nichte, die werden schon aufpassen, dass er es nicht mehr tut. Ein cleverer Schachzug von der Kleinen, uns Wong ans Messer zu liefern und dann auf so einen Deal zu hoffen. Nun hat ihr Onkel das Opiummonopol.»

«Nee, so war das sicher nicht geplant. Nein, das glaub ich nicht. Und Li, nee, der handelt doch nicht mit Opium», meint Kappe.

«Na, wenn du das sagst!»

Als Kappe und Galgenberg abends ins gelbe Viertel fahren, werden sie von einem der sie begleitenden Schutzpolizisten gefragt, ob es denn stimme, dass man Wong gedroht habe, ihn außer Landes zu werfen oder lebenslang ins Zuchthaus zu stecken, wenn er nicht bereit wäre zu kooperieren und die Namen der Mörder zu nennen. Und ob es stimme, dass er im Gegenzug freigelassen wurde für das Ehrenwort, nicht mehr mit Opium zu handeln und bei künftigen Aktionen gegen illegal hier lebende Chinesen zu helfen.

Kappe und Galgenberg schauen sich an.

So viel also zählt eine Zusage an den Polizeipräsidenten, verschwiegen zu sein. Irgendwer muss geplaudert haben.

Sie sagen nichts. Aber Schweigen ist auch eine Antwort.

«So was ist ’ne Schweinerei! Wir fangen die kleinen Fische, und die großen, die lässt man einfach laufen», sagt der Fahrer, als er in der Andreasstraße seinen Polizeiwagen hinter zwei anderen parkt, die schon da stehen.

«Tja, der Pate präsentiert uns seine Bauernopfer auf dem Silbertablett, und wir holen sie ab», meint der andere.

So einfach allerdings ist es dann doch nicht. Kappe und Galgenberg stürmen mit den Schupos die Treppe im Quergebäude der schmuddeligen Mietskaserne hoch bis in den dritten Stock rechts, wo die zwei mutmaßlichen Mörder wohnen sollen.

Aber keiner öffnet.

Tam hält sich eine halbe Treppe tiefer zum Übersetzen bereit.

«Aufbrechen!», befiehlt Galgenberg.

Auch diese Tür hält den Schlägen mit polizeilichen Gewehrkolben nicht lange stand.

Als sie schließlich in der ärmlichen Unterkunft stehen, bietet sich Kappe das altbekannte Bild.

Galgenberg ist weitaus mehr überrascht. Sein Blick wandert, anders als er sollte, nicht zu den Türöffnungen, aus denen heraus ein Angreifer kommen könnte, er wandert vielmehr über die alten Hocker und die am Boden sich neben Dreckwäsche, Reissäckchen und Teekannen stapelnden Waren. Gerade die Teekannen haben es ihm angetan. Sie sind nicht so schön wie die im Hafen, aber Hertha würde sich auch über so eine sehr freuen. Er bückt sich, um eine zu betrachten. Sein fülliger Körper nimmt dabei fast den gesamten Flur ein, in dem sich Kappe hinter den Schutzpolizisten an die Wand drückt.

Diese arbeiten sich mit gezückter Waffe von einer Türöffnung zur nächsten vor und quittieren stets mit dem Wort «Sauber!», wenn sie auf ein leeres Zimmer gestoßen sind.

Sie haben jedoch einmal zu oft «Sauber!» gerufen, denn nun, im Rücken der Schupos, kommt ein glatzköpfiger Chinese aus einer Tür geflitzt. Er rechnet nicht mit dem Teekannen betrachtenden Galgenberg. Er versucht, diesen zu nehmen, wie man ein Pferd im Sportunterricht nimmt, doch in diesem Moment richtet sich Galgenberg auf und schleudert den Chinesen gegen die Wand. Noch im Flug zückt dieser ein Messer. Es ist der Chinese, der schon einmal auf Galgenberg losging und ihm die Beine wegzog. Nun sticht er zu.

Schlimm sind Galgenbergs Verletzungen nicht, und der Chinese kann von den Posten vor dem Haus geschnappt werden. Aber sauer ist Galgenberg trotzdem.

Der zweite Verdächtige hat im hintersten Zimmer, zusammengekauert auf einer Matratze auf dem Boden, gewartet.

Schnell haben ihn die Schupos überwältigt und gefesselt.

Aufrecht steht er nun da und sieht Kappe an, als dieser eintritt.

Seine Augen sind so schwarz wie die von Fräulein Li, denkt Kappe. Aber kein Glanz ist in ihnen, kein Funkeln.

Er schreit nicht und jammert nicht, dieser Chinese. Er schaut nur.

Kappe wird ihn nie vergessen, diesen Blick. Es ist der Blick eines Mörders. Aber Kappe hat ihn nicht mit kriminalistischem Gespür oder fleißigem Ermitteln überführt. Es war Verrat, der ihn dingfest machte. Der Verrat von Beamten mit zweifelhafter Ehre. Doch begonnen hat dieser Verrat in seinem, in Kappes Liebesnest.

Bei den Vernehmungen am Sonntagmorgen im Präsidium haben Kappe und Galgenberg leichtes Spiel. In der Unterkunft der beiden Festgenommenen haben sie den Mantel sichergestellt, an dem ein Knopf wie der fehlt, der am Tatort in der Bergmannstraße verloren worden war. Und die Jade-Anhänger, die laut eingraviertem Namen den Ermordeten in der Bergmann- und Akazienstraße gehörten, haben die Beamten in Truhen der Verdächtigen gefunden.

Die beiden Chinesen scheinen müde, aber nicht nur, weil sie wenig geschlafen haben. Sie scheinen ein natürliches Gespür dafür zu haben, wann das Spiel aus und die Situation ausweglos ist.

Nichts streiten die jungen Männer beim Verhör ab. Sie haben resigniert und lassen auf sich zukommen, was immer kommen mag. Übereinstimmend bei getrennten Verhören gestehen sie, die beiden Händler von Li getötet zu haben, weil diese nicht bereit gewesen seien, ihnen das Gebiet zu überlassen. Immer wieder wollten sie die Hausaufgänge für sich haben, wenigstens einige davon, doch die Li-Leute wichen nicht zurück. Das an sich wäre noch nicht so schlimm gewesen, die beiden Wong-Händler klingelten trotzdem an den Türen und boten ihre Papierblümchen und Lackschächtelchen an. Doch die Li-Händler seien beliebter gewesen und hätten den Kunden eingetrichtert, dass nur sie echte chinesische Ware anböten. Das freilich steigerte die Wut bei Wongs Leuten. Deshalb drohten sie den Konkurrenten. Und als auch das nicht half, sei ihnen der Geduldsfaden gerissen. Sie brauchten neue Absatzmärkte für ihre Waren. Wong bot ihnen keine anderen Gebiete an als solche, um die sie zu kämpfen hatten. Sie hatten bei ihm bereits Waren gekauft und mussten diese loswerden, um ihre Schulden und Zinsen bei Wong abzahlen zu können. Sie mussten schließlich auch essen und überleben. Zurück, sagen die beiden, nahm Wong nichts.

Dass sie Wong die Jade-Anhänger als Beweis für die Morde präsentierten, um eine Belohnung dafür zu bekommen, das wollen sie nicht bestätigen. Beide geständigen Mörder sagen, Wong habe mit der ganzen Sache nichts zu tun.

«Aber warum, verdammt noch mal, habt ihr diese Dinger dann mitgenommen von den Toten? Zu Geld gemacht habt ihr sie ja nicht.»

Da die Verdächtigen schweigen, wendet Galgenberg sich an den Übersetzer. «Also, Tam, erklären Sie nochmals, dass diese Jade-Steine das Todesurteil für die beiden sind. Warum nur, will ich wissen, haben sie die mitgenommen?»

«Das hab ich gefragt. Mehrmals. Sie sagen nichts dazu», erklärt Tam.

«Trotzdem, übersetzen Sie!», befiehlt Galgenberg.

Wieder geht es laut hin und her zwischen den Chinesen. Viel

sagen sie, als sie nun gemeinsam vernommen werden, sehr viel sogar.

Doch Tam übersetzt wieder nur das bereits zigmal Gesagte. «Sie sagen, sie wissen nicht, warum sie die Jade-Anhänger mitgenommen haben.»

«Nun decken Sie auch noch den Paten, der sie ans Messer liefert. Ein Wort nur, dass er sie zum Mord anstiftete, und …» Galgenberg bricht ab.

«Und was?», fragt Tam.

«… und die Gerechtigkeit ist einen Schritt weiter», beendet Galgenberg seinen Satz. «Wong würde mit ihnen auf der Anklagebank sitzen, und wir würden uns für sie einsetzen.»

Tam lacht. Er übersetzt nicht.

«Übersetzen Sie!», ordnet Galgenberg an.

«Sie sind mächtig hier im Hause und vielleicht auch vor Gericht. Aber Herr Wong ist Chinese. Ein erfolgreicher Chinese. Er hat Brüder in China. Diese wissen, wo die Familien der beiden wohnen. Glauben Sie allen Ernstes, sie werden auch nur ein Wort mehr sagen? Sie haben schon viel gesagt über die Geschäftspraktiken von Wong, eigentlich schon zu viel.»

«Übersetzen Sie!», fordert Galgenberg Tam erneut auf.

Dieser gibt schließlich klein bei und übersetzt.

Als er fertig ist mit seinen Ausführungen auf Chinesisch, schütteln die beiden Verdächtigen den Kopf.

«Sie sagen, Herr Wong habe nichts mit den Morden zu tun», sagt Tam.

«Er hat es genau gewusst. Er hat sie doch ans Messer geliefert», mischt sich nun Kappe ein.

«Auch das bestreiten beide. Ich habe ihnen das, mit Ihrer Erlaubnis, auch schon vorgehalten, aber sie sagen, sie glauben nicht, dass Wong sie bei der Polizei nannte. Sie meinen, das sei nur eine Finte.»

Kappe steht derart ruckartig auf, dass beinahe sein Stuhl nach hinten wegkippt. Er geht auf einen der beiden zu, packt ihn am speckigen Kragen des Sakkos und zieht ihn zu sich hoch. «Sag endlich, dass Wong dahintersteckt! Mach schon!»

Keine Reaktion.

Kappe schaut in endlos traurige Augen.

FÜNF

DIE KLEINEN KÖRPER ergeben ein Ganzes. Einen silbrig-glänzenden Teppich, nein, eher ein silbriges Zeltdach, denn die in der Sonne glitzernden Flächen sind schräg gestellt wie Hausdächer. Fischlein liegt neben Fischlein. Tausende sind es.

Kweihwa fährt gerne mit dem Rad durch diese Felder des Meeres, wie sie sagt.

Es stinkt. Man muss gegen die Fliegen kämpfen.

Und doch mag sie diese Wege in der Nähe des Ufers, die schier endlos an immer Gleichem vorbeiführen. An Gittern, die aufgestellt sind, um darauf die Frucht des Meeres zu trocknen und zu konservieren. Es ist ein Reichtum, denkt sie, so ein nahrungspendendes Wasser vor der Tür zu haben. «Wir sind da für dich! Wir geben unsere ausgehauchte Lebensenergie an dich weiter.» So oder ähnlich würden die Fischchen zu ihr sprechen, wenn sie es denn könnten, überlegt Kweihwa.

Sie aber kommunizieren auf andere Weise, durch Gerüche und Aushärtung. Ist diese abgeschlossen, kommen die Frauen, pflücken sie wie überreife Äpfel von den Bäumen und tragen sie mit ihren Bastkörben weg.

Bald wird es so weit sein, der Geruch hat sich schon geändert. Aber Kweihwa will nicht innehalten und schauen, wie fest die Körper der Fische schon geworden sind. Sie will schnell weiter zur Post.

Ihre Schwester hat geschrieben. Die Nachbarin hat es ihr ausgerichtet, als sie von der Post kam. Den Brief aber hat sie ihr nicht mitgebracht.

Nun radelt sie eben selbst zur Post.

Liebe Kweihwa,

so viele Tage, so viele Wochen sind vergangen, seit ich Dir schrieb. Verzeih! Du magst als Entschuldigung ansehen, dass hier viel passierte. Mehr, als ich gedacht, gehofft und gefürchtet hätte.

Erst einmal zu dem bärtigen Deutschen, dem Kommissar. Ich glaube, ich habe Dir von ihm erzählt. Er heißt Hermann, Hermann Kappe. Das ist ein typisch deutscher Name. Du weißt ja, ich schrieb, dass er mir gefällt, dass er so anders ist als unsere Männer, dass ich ihn verlegen machte. Inzwischen, um ehrlich zu sein – bitte sag Papa und Mama nichts davon –, haben wir mehr gemacht, als uns gegenseitig nur verlegen zu machen. Du verstehst? Er ist verheiratet und viel älter. Aber er ist so zärtlich. Ich sag es Dir nun auch, ich hatte zuvor schon Erfahrungen gemacht mit unseren Männern. Aber das ist ein Unterschied! Nicht nur, weil diese Deutschen stattlicher gebaut sind. Sie sind auch so, na ja, so kuschelig. Dieser wenigstens. Sie streicheln Dich. Einfach so. Na ja, es ist eben passiert. Onkel Li, glaube ich, weiß es. Er hat mich nie darauf angesprochen. Aber er gibt mir das Gefühl, dass er es weiß. Er weiht mich seither mehr in geschäftliche Dinge ein und sagt mir mehr Vertrauliches. Allerdings, und das ist das Dilemma, er sagt mir diese Dinge nicht, weil er Geheimnisse nicht für sich behalten kann, er sagt mir diese Sachen, weil er weiß, dass Hermann bei der Polizei arbeitet, und weil er hofft, dass ich ihm diese Dinge dann erzähle. Denn es sind Informationen, die seinem Konkurrenten schaden.

Verstehst Du nun mein Dilemma? Einerseits mag ich ihn wirklich, diesen Hermann, andererseits ist Onkel Li mein Onkel. Ihm zu helfen ist Familiensache, Ehrensache. Das muss ich doch tun. Und die Informationen helfen Hermann ja auch. Er ist richtig erfreut gewesen, als ich ihm neulich wieder etwas erzählte. Ach Kweihwa, verstehst Du das alles? Nein, sicher nicht. Es ist auch schwer.

Ich habe Dir ja noch gar nicht erzählt, um was es eigentlich geht. Von dem ersten ermordeten Händler von Onkel Li habe ich Dir ja schon geschrieben. Inzwischen sind vier unserer Landsleute hier umgebracht worden. Schlimm! Zwei davon arbeiteten für Li, zwei für Wong. Und Wong, das weiß Onkel Li, verdient so gut, weil er auch mit Opium handelt. Das ist ja nicht verwerflich. Aber er macht es in größerem Stil, und er arbeitet mit zwielichtigen Deutschen zusammen. Jedenfalls hat mir Onkel Li erzählt, wann Wong wieder eine Opiumlieferung bekommt. Er weiß das ja, weil er doch mit dem Lieferanten verschwägert ist. Und ich habe das dann Hermann erzählt. Der ist daraufhin aktiv geworden. Und inzwischen, stell Dir vor, haben sie Wong festgenommen und zwei seiner Leute geschnappt, die unsere Händler ermordet haben. Das war der Erfolg von Hermann. Eigentlich müsste er mir dankbar sein. Aber ich glaube, er ahnt etwas. Er denkt, ich bin nur eine Marionette, die ihm Zärtlichkeiten anbietet, damit er die Informationen meines Onkels nimmt. Aber glaube mir, Schwester, so ist es nicht! Jedenfalls nicht nur. Ich empfinde von Treffen zu Treffen mehr für diesen Mann.

Schlimmer ist, dass Wong wieder frei herumläuft. Hermann will dazu nichts sagen. Aber Onkel Li sagt, die Polizei habe mit ihm ausgehandelt, dass er die Mörder ausliefert und sich aus dem Opiumhandel heraushält. Er hingegen kommt dafür frei. Natürlich ist es für uns gut, wenn Wong nun kein Opium anbietet. Aber dass so etwas die deutsche Polizei macht, das hätte ich nie geglaubt.

So, nun weißt Du alles in Kürze. Ich bitte Dich, es nicht weiterzuerzählen. Ich meine das mit Hermann. Es ist mir ja peinlich. Was will ich von einem verheirateten deutschen Kommissar? Das Leben ist doch kein Roman! In einem solchen würde er seine Frau verlassen. Und vielleicht käme ich dann mit ihm zurück nach China und auch zurück zu Dir. Und er würde Fischer werden, statt Mörder zu jagen.

Viel habe ich von mir erzählt, und erst jetzt frage ich, wie es Dir geht. Du weißt, meine Gedanken sind oft bei Dir. Ich fühle mit Dir, auch wenn ich selten schreibe. Ich werde mich bessern. Und dann werde ich Dir auch wieder mehr von der Uni und dem Leben hier schreiben. Dazu kam ich jetzt gar nicht. Ich schrieb Dir ja nur, was mir gerade so im Kopfe herumschwirrt.

Liebe Schwester, fühl Dich in den Arm genommen
Deine Lienhwa

SECHS

«DIE BEIDEN MITARBEITER WONGS sitzen in Untersuchungshaft. Ihre Geständnisse lassen keinen Zweifel an ihrer Täterschaft in zwei Mordfällen aufkommen», sagt von Canow. Er trägt an diesem Montagmorgen im Besprechungsraum einen taubenblauen Anzug und eine elegant gestreifte Krawatte.

An den in U-Form zusammengestellten Tischen sitzen nicht nur sämtliche Ermittler der Kriminalpolizei, die mit den Morden zu tun hatten, sondern auch Schutzpolizisten und der Rechtsmediziner Dr. Schmidt.

«Uns ist es gelungen, meine Herren, zwei der vier Chinesen-Morde aufzuklären», fährt von Canow fort. «Sie wissen, das Vorgehen war nicht einfach, es war ... na, sagen wir ... auch mal etwas ungewöhnlich. Aber wir alle müssen nun anerkennen, dass es zum Erfolg führte. Nun geht es darum, nicht nachzulassen und auch die anderen beiden Chinesen-Morde rasch zu klären. Deshalb habe ich Sie hier zusammenkommen lassen. Wir sollten gemeinsam nochmals die einzelnen Taten durchsprechen und vielleicht neue Ansatzpunkte finden.»

Vergeblich hat Kappe darauf gewartet, dass von Canow seinen Namen erwähnt. Schließlich war es sein Tipp, der alles ins Rollen brachte. Aber gedankt wird es ihm nicht.

Ungeklärt sind noch die Morde auf der Oberbaumbrücke und in der Danziger Straße.

«Auf der Brücke», sagt Kappe nun, «haben wir bei dem Toten noch den Jade-Anhänger gefunden. Das könnte darauf hindeuten, dass dieser Mord nicht auf das Konto einer verfeindeten Chinesen-

Gruppe geht. In der Danziger Straße haben wir zwar keinen Anhänger gefunden, aber diesen könnte der aus dem Fenster Gestoßene auch verloren haben, und jemand hat ihn mitgenommen.»

Von Canow wirft ein, dass sich die beiden Täter nicht zu den Anhängern äußern wollten. «Wir haben keinen Beleg dafür, dass die Mitnahme dieser Anhänger etwas damit zu hat, dass eine Bande hinter den Taten steckt.»

«Alles deutet aber darauf hin», sagt Kappe trotzig.

«Bewiesen ist nichts», widerspricht Dr. Kniehase. «Interessant wird es aber, wenn man sich die Begehungsweise der Morde ansieht. Das Verhältnis von Täter und Opfer.»

«Das geht doch aber nur, wenn man auch einen Täter hat», kritisiert Galgenberg.

«Nein, ich meine, wie nah sich Täter und Opfer kamen bei der Tat.»

Den Gesichtern der zum Teil altgedienten Beamten sieht man an, dass sie mit dieser Aussage Dr. Kniehases nicht so recht etwas anzufangen wissen.

«Wenn ich ergänzen darf? Ich habe mir die Begehungsweise der Morde genauer angeschaut», sagt nun Dr. Schmidt. Der Rechtsmediziner referiert darüber, dass seiner Ansicht nach drei Taten eine gewisse Ähnlichkeit miteinander aufweisen. Zwar wurden sie mit ganz unterschiedlichen Waffen begangen, aber dennoch gebe es Parallelen. «Jemanden erschießen kann man mit großer Distanz. Um jemanden zu erstechen, muss man schon näher herankommen. Auch jemanden aus dem Fenster zu werfen erfordert körperliche Interaktion. Doch in all diesen Fällen ist die Interaktion ungleich geringer als bei dem Fall auf der Brücke. Um jemanden derart totzutreten, muss man sich minutenlang mit großem Kraftaufwand mit seinem Opfer beschäftigen.»

«Was Dr. Schmidt damit sagen will», ergänzt Dr. Kniehase, «diese Tat erfordert ein großes Maß an Hass. Ein Auftragsmörder würde jemanden erschießen. Aber um jemanden, so wie dort geschehen, tottreten zu können, muss man ihn schon sehr hassen.

Und es ist fraglich, ob die chinesischen Händler ihre Konkurrenten, auch wenn sie diese aus dem Weg räumen wollten, derart hassten.»

«Zumal», ergreift Dr. Schmidt wieder das Wort, «alle Verletzungen des Toten auf der Brücke darauf hindeuten, dass er von einem Täter so zugerichtet worden ist, der groß und schwer ist. Sämtliche Rippen wurden ihm gebrochen und sind zersplittert. Das ist gerade bei einem relativ jungen Menschen, dessen Rippen noch flexibel sind, nicht so einfach. Es bedarf größter Gewalteinwirkung. Insgesamt sind die Verletzungen vergleichbar mit denen eines Menschen, der von einem Auto bei Tempo fünfzig erfasst wird. Das Opfer war für chinesische Verhältnisse recht groß und kräftig. Doch der Täter war offenbar noch schwerer und hat mit einer Wucht zugetreten, die von kleinen, eher schmächtigen Menschen nicht zu erwarten ist. Deshalb ist es eine Überlegung wert, ob der Täter nicht vielleicht ein Deutscher oder zumindest kein Chinese war.»

«Wenn wir davon ausgehen, dass der Täter auf der Oberbaumbrücke kein Chinese war, dann fallen Streitigkeiten unter den Händlern als Motiv weg, und wir müssen in eine ganz andere Richtung ermitteln», sagt Kappe. Es ärgert ihn, dass Dr. Kniehase ihn nicht eingeweiht hat. Trotzdem muss er zugeben, dass an dessen Hypothese etwas dran sein könnte.

So gern Kappe auch Bier trinken geht – auf das Frischgezapfte an diesem Montagabend hätte er gerne verzichtet. Zweimal hat er den Termin verschoben. Nun aber muss er durch. Er muss sich mit Liepe und Kutzmutz treffen. Und er muss sein Versprechen einlösen.

Die beiden aber werden darauf bestehen. Sie werden Details wissen wollen, genaueste Beschreibungen.

Irgendwie ist er es ihnen, zumindest Kutzmutz, auch schuldig. Ohne seine Alibis hätte er die Stunden mit Fräulein Li, und in letzter Zeit waren es derer viele, nicht genießen können. Aber wie diese vonstattengingen, nein, das will er, obwohl versprochen, nicht erzählen. Andere Männer, Kappe weiß das, gehen gemeinsam in gewisse Etablissements und schämen sich nicht, das Intimste, Innigste zwischen zwei Menschen vor aller Augen zu vollführen. Er aber ist nicht so jemand. Er will nicht einmal darüber reden. Aber er wird nicht umhinkommen.

Kutzmutz zieht mit je einem Zeigefinger links und rechts unterhalb der Brauen seine Augen zu Schlitzen zusammen und versucht sich in einer fiepsigen Stimmlage. «Na, war es nett? Hatten Sie Spaß, mein Herr?»

Liepe kann sich vor Lachen kaum halten.

Kappe wischt sich Bierschaum aus dem Bart. Gut, dass er den beiden gesagt hat, dass er früh nach Hause muss, weil Klara mit dem Abendessen wartet. Er mag es nicht, wenn sich jemand über Fräulein Li lustig macht. Gewiss, vor ein paar Wochen noch hätte er das genauso getan – aber jetzt?

«Komm, sag schon!», macht nun Liepe weiter. «Wie is so 'ne Chinesin? Wie fühlt sich so eine an?»

«Gut!», sagt Kappe und bestellt nochmals Bier für alle.

«Du brauchst dich doch nicht zu schämen, weil du auf so 'ne süße, kleine Asiatin stehst. Der Mann: der Eroberer des Unbekannten!» Kutzmutz lacht. «Das war schon immer so. Schlimm nur, dass sich, wie du erzähltest, auch deutsche Frauen mit Chinesen-Männern einlassen. So was gehört verboten. Aber so 'ne süße Kleine, die is sicher wie ein Kind, oder?»

«Hör auf! Das ist ja Unsinn. Fräulein Li is 'ne Frau, und zwar 'ne sehr gebildete, aber beileibe kein Kind! Was denkst du denn von mir? Nur weil sie nicht so dick ist wie deine ...» Weiter kommt Kappe nicht, denn Kutzmutz steht auf und will ihn am Kragen packen.

«Jetzt hört auf! Habt euch nicht so!», versucht Liepe zu schlichten.

Kutzmutz setzt sich wieder. «Is ja schon gut! Der ist wohl echt getroffen. Nix mit schneller Affäre. Der hat sich verliebt. Schöne Scheiße! Weiß Klara davon?»

Kappe trinkt und schüttelt den Kopf. Schließlich erzählt er

noch zwei, drei Gemeinplätze, sagt, dass Fräulein Li sehr schöne Haut habe, zärtlich und anschmiegsam sei, und spielt dann wieder den verzweifelten Ehemann, der nicht weiß, was er tun soll.

Kappe kommt später als angekündigt nach Hause.

Klara hat Rindsrouladen mit Nudeln gemacht. Eines von Kappes Lieblingsgerichten. Vielleicht, hat sie gedacht, könnte sie beim Essen mit ihrem Hermann ins Gespräch und sogar ins Reine kommen.

Kappe freilich fürchtet nichts mehr als derartige Ehegespräche, zumal er sich schuldig fühlt. Kaum hat er Klara einen Kuss auf die Wange gehaucht - noch vor einigen Monaten hätte er sie fest umarmt -, sagt er auch schon, dass er müde sei, ausgelaugt vom Tag und von den Kollegen.

«Und außerdem hast du schon wieder getrunken», fällt ihm Klara ins Wort.

«Nur mit Liepe ein Bier», sagt er.

«Eins?», fragt Klara.

Kappe antwortet nicht, sondern begrüßt Margarete und Hartmut, die artig am Tisch sitzen.

«Und was macht der Chinesen-Fall?», fragt Klara, als die Kinder im Bett sind.

Kappe ist erst mürrisch, denkt dann aber, lieber über Chinesen reden als über seine Ehe. «Zwei Morde sind geklärt», erzählt er schließlich. «Das stand ja auch in den Zeitungen.»

«Der hier auf der Brücke auch?», will Klara wissen.

«Nein, der nicht. Wir gehen davon aus, dass hinter dem was anderes steckt als die Konkurrenz zwischen den Händlern.»

«Nämlich?», hakt sie nach.

«Was Persönliches! Der wurde von jemandem voller Wut totgetreten. Das ist eine bestialische Art, jemanden umzubringen. Das gibt es selbst im Tierreich nicht, dass man ein am Boden liegendes Lebewesen aus Wut noch weiter malträtiert.»

«Also Eifersucht!», schlussfolgert Klara.

Der Einwurf kommt so plötzlich, dass Kappe seine Flasche Bötzow, aus der er sich gerade nachgießen will, wieder auf den Tisch stellt. «Wie kommst du denn darauf?»

«Na, das liest man doch immer in diesen Romanen», erklärt Klara. «Und du sagst doch selbst, das sei ein starkes Motiv.»

«Ja, schon», sagt Kappe, «aber Eifersucht? Glaubst du, 'ne deutsche Frau würde mit 'nem Chinesen ...»

«Warum nicht?», erwidert Klara. «Es soll ja auch Männer geben, die mit Chinesinnen ...»

«Das ist ja was ganz anderes», hört sich Kappe selbst sagen.

«So? Und was ist daran anders?», will Klara wissen.

«Ach nichts», wiegelt Kappe ab. «Vielleicht hast du ja recht.»

«Sag schon! Was soll daran anders sein?», beharrt Klara auf ihrer Frage.

Kappe öffnet die nächste Bierflasche. «Sicher nichts. Ich weiß nicht. Es gibt ja Männer, oder es soll welche geben, die auf so Exotisches stehen.»

«Und warum soll es keine Frauen geben, die das auch tun?», fragt Klara.

«Ach, was du denkst!» Kappe hat wirklich nie ernsthaft darüber nachgedacht, dass sich auch eine Frau aus purer Lust, aus Frust in der Ehe oder warum auch immer in einen Chinesen vergucken könnte. Für ihn sind solche Eskapaden Männersache. Aber wenn das schon Klara sagt. Vielleicht hat sie ja recht. «Du meinst, du als Frau könntest so 'nem Chinesen was abgewinnen?»

«Ich doch nicht!», sagt Klara leicht süffisant. «Ich lebe doch in guter Hoffnung.»

Das sitzt. Kappe erschrickt. «Hoffnung? In welcher Hoffnung?»

«Da schaust du, was? Na, in der Hoffnung, dass mein Mann auch mal wieder was von mir will und ich mir keinen Chinesen suchen muss.»

Kappe ist dermaßen erleichtert, dass er aufsteht, zu Klara geht, ihr ungelenk den Arm um die Schulter legt und ein Küsschen auf ihre Stirn drückt.

«Oh, der Herr wird romantisch», bemerkt Klara spitz.

Kappe fühlt sich getroffen von dieser zynischen Art. Klara scheint in der Zeit, in der sie sich von ihm abkapselte, Kraft gesammelt zu haben. Nun zahlt sie es ihm heim. Auf ihre Weise. Damit kann er nicht umgehen. Schnell versucht er, auf seinen Stuhl zurückzukommen und auf Gesprächsterrain, das ihm wenigstens ansatzweise näher liegt. «Du denkst also, es könnte ein Eifersuchtsmord gewesen sein, ausgeübt von einem gehörnten Ehemann?»

«Warum denn nicht?», antwortet sie. «So mancher Chinese hat doch manchmal auch schöne Augen und sicher auch zarte Haut. Wenn sie nur nicht immer so klein wären!»

«Woher weißt du das alles?», will Kappe wissen.

«Auch hier kommen sie an die Haustür», erklärt Klara.

Um Gottes willen, denkt Kappe, das wäre ja wahrlich Stoff für einen Film. Er sollte gleich in die Friedrichstraße zu den Filmfirmen eilen. Oder es wäre ein Grund für einen erweiterten Selbstmord, wie das im Behördendeutsch heißt: Frau, Kinder und schließlich sich selbst umbringen. Er geht fremd mit einer kleinen Chinesin, während ihn seine Frau derweil mit einem Händler betrügt. Kappe nimmt einen großen Schluck Bier.

«Du trinkst zu viel», sagt Klara.

«Tschuldige, aber das muss ich erst mal verarbeiten.»

«Was?», fragt Klara.

«Na, das mit dem Chinesen. Dass du ...»

«Ich hab nur gesagt, dass auch hier regelmäßig einer vorbeikommt, der nicht schlecht aussieht, aber eben nur ein halbes Handtuch ist», erklärt Klara.

«Du meinst also, ein großer Chinese hätte bessere Chancen bei den Frauen?»

«Klar! Aber so einen gibt es ja nicht», entgegnet sie.

«Nicht mehr», sagt Kappe und denkt an das Opfer auf der Brücke. Dieser Chinese war groß und kräftig. Vielleicht muss er seiner Klara dankbar sein. Womöglich hat sie ihm gerade die Lösung zu dem Fall präsentiert.

«Der Chinese auf der Oberbaumbrücke war nicht nur groß, er war wohl auch ein großer Liebhaber, und damit war er einem noch kräftigeren Ehemann ein großer Dorn im Auge», erklärt Kappe am nächsten Morgen im Bureau.

Galgenberg schüttelt den Kopf.

«Ein guter Ansatz! Das passt zu der Hypothese, wonach die Tat mit großem Hass begangen worden ist», sagt Dr. Kniehase.

Galgenberg wirft Kappe vor, mit seiner Eifersuchtstheorie nur den Verdacht von Herrn Li fernhalten zu wollen. «Nur weil dir die Nichte schöne Augen macht, willst du die ganze Familie da raushalten.»

«Aber, meine Herren, ich muss doch bitten! Wir ermitteln hier objektiv», mischt sich von Canow ein. «Bei beiden Fällen, die noch nicht aufgeklärt sind, waren die Opfer Händler von Wong. Da ist es doch naheliegend, dass man mal verstärkt die Familie Li in Augenschein nimmt, nicht wahr? Und zwar ohne Scheuklappen, Kappe ... Kappe?» Von Canows Stimme wird lauter.

Kappe hat sich mit seinem Stuhl zum Fenster gedreht und den Kopf auf die Arme aufgestützt.

«Also ich muss doch bitten! Geschlafen wird zu Hause!», sagt von Canow empört.

«Kommt drauf an, mit wem», ergänzt Galgenberg.

«Also nein, Galgenberg! Was soll das denn?», ermahnt ihn von Canow.

«Kappe hat sicher wieder diese Müdigkeit, diese Krankheit», wirft Dr. Kniehase ein.

«Kappe, komm schon! Was ist denn?» Galgenbergs Stimme klingt versöhnlich.

Kappe dreht den Kopf und weiß nicht, ob es tatsächlich die Krankheit war, die ihm diesen Mühlstein um den Hals legte und ihn veranlasste, nichts zu sagen, oder ob ihn der Tagtraum an Fräulein Li so mitnahm. Jedenfalls wird er zurückkehren müssen in die Welt der Kriminalpolizei, an den Platz, an den er gehört.

«Kappe, wir können ja beide Spuren verfolgen, wenn du

willst: die Eifersuchtstheorie und trotzdem nochmals Li auf den Zahn fühlen.»

Kappe merkt, dass Galgenberg trotz all seiner oft schroff vorgebrachten Kritik noch immer an ihn glaubt. Kappe darf ihn nicht enttäuschen. «Gut, so machen wir es.» Er sagt es zwar langsamer als sonst, aber er sagt wenigstens etwas.

Das beruhigt auch von Canow, der sich nun wieder erhebt. «Also, Kappe, Galgenberg, Sie hören sich in dem Gebiet um, in dem der auf der Brücke Ermordete sein Zeug verkauft hat! Vielleicht finden Sie da ja etwas. Und Sie, Dr. Kniehase, knöpfen sich mal diesen Li vor! Und kein Blick auf die Nichte! Verstanden?»

«Ich komm mir auch schon wie ein Händler vor. Treppauf, treppab immer dasselbe blöde Sprüchlein, immer die gleichen dumpfbackigen Hausfrauengesichter. Und dann immer dieser Kohlgeruch, dieses Kindergeschrei. Ach, immer alles dasselbe!» Kappe lehnt sich ans Geländer am Görlitzer Ufer, wischt sich den Schweiß mit einem karierten Stofftaschentuch aus dem Nacken und schaut über das brackig-braune Wasser des Kanals.

«Wenigstens werden wir nicht nach Erfolg bezahlt», meint Galgenberg.

«Stimmt, sonst sähe es schlecht aus. Bisher hat uns keine einen heißen Liebesvormittag mit dem Chinesen gestanden», sagt Kappe.

«In der Lübbener Straße ganz vorne waren wir noch nicht. Die machen wir noch, und dann ein Feierabendbier», schlägt Galgenberg vor.

Kappe nickt und sagt dann plötzlich: «Mensch, da wohnt doch auch Kutzmutz!»

«Wer?», fragt Galgenberg.

«Ach, nur ein Bekannter», erwidert Kappe.

Schweigend gehen sie die Görlitzer Straße entlang.

Hier riecht es nicht nach Kohlsuppe, sondern nach Kohle. An diesem letzten Maitag heizt zwar keiner seinen Ofen, aber vom Görlitzer Bahnhof her pustet der Wind die von den Loks fabrizierten Wolken zwischen die Häuser. Sosehr die Frauen, die in den Hinterhöfen Wäsche aufhängen, diese schwarzen Rußpartikel auch fürchten – Kappe mag diesen technisch produzierten Duft. Die Maschinen der Schiffe, die nach China fahren, werden ähnliche Wolken ausstoßen und ähnlich riechen. Es ist das Parfüm des Fernwehs.

In der Lübbener Straße beginnt das Spiel wieder von vorn. Die Aussagen der Frauen kennen Kappe und Galgenberg schon auswendig. Sie sagen alle ungefähr das Gleiche über den Ermordeten: Gut Deutsch sprach er nicht, aber er war so höflich, und lächeln, das tat er immer, er verbreitete immer so eine Freude, und er war auch charmant, für einen Chinesen sah er zudem gut aus, so stattlich. Einhellige Meinung: Ein netter Kerl. Gekauft haben sie bei ihm auch. In den Fenstertürchen der Küchenbüfetts steckt hier und da eine Papierblume, die zweifellos von kleinen chinesischen Händen zusammengebastelt worden ist, manch eine Frau zeigt stolz die Porzellantässchen, die sie gekauft hat. Eine hat sogar eine große Lackschachtel bei ihm erstanden für die Briefe ihres Liebsten, die er aus dem Feld geschrieben hatte, bevor er dann nicht wiederkam.

Für diese Frau findet Galgenberg die richtigen, tröstenden Worte.

Kappe schleicht sich derweil lieber aus der Parterrewohnung im Seitenflügel. Er kann dieses «Damals in Verdun», dieses Weinen um Helden, die in seinen Augen, wie alle Soldaten, Auftragsmörder waren, nicht ertragen. Er schaut lieber auf der Straße ein paar Mädchen zu, die konzentriert ihrem Hüpfspiel folgen, das ihre Schritte genau vorschreibt. Bald wird seine Margarete auch hüpfen, denkt er. Sie wird auch lernen, in vorgezeichneten Bahnen das Leben zu verbringen, und verinnerlichen, dass ein falscher Schritt Konsequenzen hat. Ach, wenn er sie nur davor bewahren könnte!

«Arme Frau!», sagt Galgenberg, der nun aus dem Hauseingang tritt.

«Ja, da hast du recht», erwidert Kappe. «Sie hätte ein bisschen Trost vom Chinesen verdient gehabt.»

«Hätte sie. Aber selbst wenn, dann hätten wir immer noch keinen Mörder. Ihr Liebster im Jenseits wird sich mit Engeln vergnügen und nicht eifersüchtig sein», entgegnet Galgenberg.

Kappe will schnell weiter. Er will noch sehen, wie Kutzmutz im Haus nebenan wohnt, und dann zum Feierabendbier.

Galgenberg klingelt und stellt sich und Kappe vor.

«Kappe? Hermann Kappe?», tönt es ihnen entgegen.

Schon als Junge betrachtete Kappe solche Frauen mit einer Mischung aus Bewunderung und Entsetzen. Bewunderung dafür, dass sie mit Selbstbewusstsein ihre Pfunde durch die Gegend wuchten, und Entsetzen wegen der Vorstellung, er müsste ihnen nahe kommen, ganz nahe, und zwischen ihren Brüsten liegen und Angst haben zu ersticken oder zwischen ihren Schenkeln und fürchten, erdrückt zu werden. Es sind Frauen, von denen andere Männer sagen, es sei viel zum Liebhaben dran, vor denen Kappe jedoch am liebsten davonlaufen würde. Nun freilich bleibt er stehen und antwortet artig. «Ja, Frau Kutzmutz, ich bin Hermann Kappe.»

«Mein Mann hat schon viel von Ihnen erzählt», erwidert sie.

«Ich hoffe, nur Gutes! Nun aber sind wir wegen des chinesischen Händlers da, der hier seine Waren verkaufte und der auf der Oberbaumbrücke ...»

«Der, der totgetreten wurde?», vergewissert sich Frau Kutzmutz. «Schrecklich!»

Wendet sie ihr Gesicht ab, weil sie die Kommissare hereingebeten hat und vorangehen will? Oder vielleicht auch deshalb, weil sie nicht zeigen will, dass ihr der Tod des Chinesen nähergeht, als er sollte?

In der Küche schaut sich Kappe um. Keine Papierblumen. Er wirft einen Blick in die gute Stube. Kein Lackschächtelchen zu sehen. «Sie haben nichts gekauft bei dem Chinesen?», fragt er schließlich.

«Nein, warum sollte ich?», antwortet sie.

«Manche Ihrer Nachbarinnen haben Papierblumen oder Teetassen erstanden.»

«Ja ... Möchten Sie einen Kaffee?», fragt Frau Kutzmutz.

«Gern!», antwortet Kappe.

«Danke, nein», widerspricht ihm Galgenberg. «Wir sind im Dienst.»

«Mein Kollege hat recht», stimmt Kappe ihm zu.

Eine Wohnung wie so viele, denkt Kappe. Einfach, aber ordentlich. Er schaut sich um, die Tür zum Schlafzimmer steht einen Spaltbreit offen, die Betten sind aufgedeckt. «Und der Chinese? War der öfter hier?», will Kappe wissen.

«Hier? Wie meinen Sie das?», fragt Frau Kutzmutz.

«Na, hat er Sie ab und zu besucht? Er soll doch so nett gewesen sein.»

«Aber nein!», erklärt Frau Kutzmutz. «Was denken Sie denn? Ich hab doch gar nichts bei ihm gekauft. Das sagte ich doch schon, oder?»

Im Hausdurchgang fragt Galgenberg, was das sollte: die Frau in Bedrängnis zu bringen und nach Chinesen-Besuchen zu fragen.

«Ich hatte da was im Urin», erwidert Kappe. «Irgendwas stimmt da nicht. Sie hat kein einziges Stück von dem Chinesen in der Wohnung, sagt, sie kaufte nie bei ihm, aber kannte ihn sehr wohl. Sicher hat sie auch was bei ihm gekauft. Die hat uns verladen.»

«Du und dein Bauchgefühl!» Als Galgenberg das sagt und dabei wie Hans-guck-in-die-Luft in den Nachmittagshimmel schaut, rattert er mit einer Frau zusammen, die gerade vom Einkaufen kommt, in der Tasche ihren Steckschlüssel für den zweiten Hof sucht und deshalb nicht auf den Weg achtet. Formvollendet entschuldigt sich Galgenberg für den Zusammenstoß, bückt sich und hilft ihr, die aus ihrem Korb gepurzelten Kartoffeln einzusammeln.

«Das ist aber mal nett!», sagt sie und fügt hinzu: «Wohnen Sie hier?»

«Nein», mischt Kappe sich nun ein und zeigt seinen Ausweis, «wir sind dienstlich hier wegen des Chinesen, der auf der Oberbaumbrücke ermordet wurde.»

«Das ist doch schon ewig her. Was wollen Sie da jetzt noch hier?», fragt sie.

«Wir hatten da noch ein paar Fragen», erklärt Kappe.

«Ich kann Ihnen da aber auch nicht helfen. Ich hab bei ihm nie gekauft», antwortet sie.

«Sie nicht?», hakt Kappe nach.

«Nein, ich war wohl die Einzige hier.»

«Und die anderen? Die haben alle bei ihm gekauft?», erkundigt sich Kappe.

«Na ja, mehr oder weniger. Manche ja auch nur ihm zuliebe. Aber, verzeihen Sie, wenn ich das so sage, dieses ganze Asiatische ist nichts für mich.»

«Kennen Sie Frau Kutzmutz?», will Kappe von ihr wissen.

«Wie kommen Sie jetzt auf die?», fragt sie verwundert.

«Nur so. Sie mag wohl auch nichts Asiatisches, oder?»

Die Frau wird verlegen und nestelt am Griff ihrer Einkaufstasche herum. «Wie meinen Sie das?»

«Hat Frau Kutzmutz denn auch bei dem Chinesen gekauft?»

«Sicher! Die hatte immer so schöne Papierblumen am Fenster. Das ist doch nicht verboten.»

«Nein, natürlich nicht», beruhigt Kappe sie.

«Warum fragen Sie dann? Lassen Sie die Frau doch in Ruhe! Die hat es schwer genug», verteidigt sie Frau Kutzmutz.

«Wieso?»

«Ach, so eben! Wir haben es ja alle nicht leicht hier», erklärt sie und schenkt Galgenberg ein weiteres Lächeln und Kappe nicht einmal einen Blick, bevor sie weitergeht.

Galgenberg geht ihr ein Stück hinterher und lässt Kappe stehen.

Sie registriert das wohlwollend. «Ach, Sie sind wenigstens noch ein Kavalier! Wo findet man so was schon noch!»

«Aber Ihr Mann, bei so einer hübschen Frau, ist doch sicher nicht anders», schmeichelt Galgenberg ihr.

«Meiner? Fragen Sie nicht!» Die Frau lacht. Es ist kein fröhliches Lachen.

«Und Herr Kutzmutz?», fragt Galgenberg.

«Na, so schlimm ist meiner auch wieder nicht.»

«Wie bitte?» Jetzt wird Galgenberg hellhörig.

«Nichts. Ach, vergessen Sie's!», wiegelt sie ab.

«Die Ehe von Kutzmutz ist also nicht so brillant?», will Galgenberg nun wissen.

«Brillant? Ha, Sie sagen es! Aber nee, nee, erst Kavalier spielen und mich jetzt ausfragen wollen. Ich sag jetzt nichts mehr!» Mit diesen Worten lässt sie ihn stehen und geht.

Galgenberg kommt zu Kappe zurück, der mal wieder, wie er es so gerne macht, an der Hauswand lehnt und Menschen auf der Straße beobachtet.

«Gib her, das gehört mir!», sagt ein Kind zum anderen.

«Blödsinn!»

«Au! Du kratzt ja wie ein Mädchen!»

«Blödmann!»

«Das hast du jetzt davon! Nun liegt alles im Dreck.»

Eigentlich wollte Kappe gerade den offenen Opel 6/16 PS inspizieren, aus dem soeben ein junges Paar ausgestiegen ist, aber nun dreht er sich doch zu den Kindern um, die hinter einem abgestellten Pferdefuhrwerk mit geschlossenem Aufbau zanken.

Es ist der Eiswagen. Ein Mann steht auf der Ladefläche und zerkleinert mit einem Beil die schon tropfenden Eisblöcke.

Die Kinder streiten sich um die abfallenden Splitter. Denn Bonbons sind teuer und hier deshalb eine Seltenheit. Außerdem sind sie nicht so schön kalt wie Eissplitter, die man auch lutschen kann. Nur ungern lassen sich die Kinder von dem zweiten Mann zur Seite schieben, der zurückkommt, um nun neues Eis für die Eisschränke auf seine durch einen Lederlappen geschützte Schulter zu laden.

Zwei Jungs scheinen den eigentlichen Anlass des Streites, die Splitter, aus den Augen verloren zu haben. Es geht nur noch ums Gewinnen, ums Besiegen des Gegners. Sie prügeln sich inzwischen im Staub der Straße und nehmen sich gegenseitig in den Schwitzkasten.

Nun setzt sich Kappe in Bewegung. Aus Spaß, schließlich prügelte er sich früher auch, baut er sich vor den beiden auf und zieht seinen Dienstausweis. «Polizei! Sofort aufhören! Sie sind festgenommen! Beide! Aufstehen! Strammstehen!»

Die Knirpse rappeln sich auf und wissen nicht so recht, ob sie vor Angst schlottern oder einfach nur weinen sollen.

Nun kommt auch noch Galgenberg.

«Das ist mein Kollege Galgenberg», sagt Kappe. «Wer nicht brav ist, den bringt Herr Galgenberg an den Galgen.»

Die Kinder sagen kein Wort.

Aber dafür Galgenberg. «Stimmt! Also wie heißt ihr, und wo wohnt ihr?»

«Kurt Kutzmutz», sagt der Kleinere. Und der Größere: «Karl Mulitzke.»

«Wir wohnen beide da gegenüber», fügt Karl an.

«Gut, du kannst gehen!», sagt Kappe zu Karl Mulitzke. «Aber Kurt, bleib doch mal da!»

Kurt steht noch immer in Habachtstellung, so als erwarte er jeden Moment eine Ohrfeige. Und als sich tatsächlich Kappes Hand nähert, zuckt er zusammen.

Aber Kappe klopft ihm nur auf die Schulter und sagt, es sei nicht so gemeint gewesen. Er habe nur einen Spaß gemacht. Und wenn Kurt wolle, kaufe er ihm im Laden an der Ecke so richtige Plombenzieher, also Sahnebonbons.

Gemeinsam mit Kurt gehen Kappe und Galgenberg die Straße entlang.

«Schon lecker, solches Eis, was?», fragt Galgenberg.

«Ja», antwortet der Junge.

«Da lohnt sich das Prügeln.»

«Für Bonbons haben wir kein Geld.»

«Welche magst du denn am liebsten?», fragt Galgenberg.

«Ingwerbonbons», kommt es wie aus der Pistole geschossen.

Nun schauen sich die beiden Kriminaler so überrascht an wie vorhin die Kinder.

«Was für welche?», will Kappe wissen.

«Na, chinesische.» In dem Moment scheint Kurt zu merken, dass es manchmal falsch ist, die Wahrheit zu sagen, und schnell fügt er an: «Nicht in echt! Hab ich nur mal gelesen.»

«Sag nicht, dass du Bücher liest, du Spitzbube», sagt Galgenberg streng.

«Doch!», erwidert Kurt.

«Wo hast du die Bonbons denn hergehabt?», fragt Kappe.

«Darf ich nicht sagen ...», rutscht es dem Jungen heraus.

Nun sind sie am Laden angekommen. Kappe kauft Kurt, nachdem er ihn als wesentlichen Zeugen eingestuft hat, eine große Tüte Bonbons. «Die gibt es aber nur für ehrliche Kinder», sagt er. «Wer hat dir die fremden Bonbons gegeben? Ein Chinese?»

Kurt nickt.

Kappe gibt ihm zwei Bonbons. «Ein großer? Einer, der hier Waren verkauft?»

Kurt nickt wieder.

Kappe gibt ihm nochmals zwei. «Kommt der immer noch her?»

Kurt schüttelt den Kopf. «Der war schon lange nicht mehr da.»

Kappe gibt ihm wieder zwei Bonbons. «Hat er denn allen Kindern Bonbons geschenkt?»

Kurt zuckt mit den Schultern.

«Das musst du doch wissen», sagt Kappe.

Kurt schüttelt den Kopf.

«Wo hat er dir die Bonbons denn gegeben? Auf der Straße?»

Kurt schüttelt wieder den Kopf und streckt die Hand nach den letzten Bonbons aus, die ihm Kappe aber nicht gibt.

«In der Wohnung?», fragt er. «Daheim? Wenn der Chinese deine Mutter besuchte?»

Kurt nimmt, ohne sich die restlichen Süßigkeiten zu sichern, die Beine in die Hand und rennt weg.

«Der arme Junge!», sagt Galgenberg. «Erst erschreckst du ihn zu Tode, und nun rennt er heulend weg.»

«Dafür wissen wir jetzt so einiges. Der Fall klärt sich auf wie ein Pils beim Filtern. Komm, der fühlen wir jetzt gleich mal auf den Zahn!», sagt Kappe und will zurück in die Wohnung der Kutzmutz.

Die beiden marschieren zurück, doch als sie gerade in den Hauseingang einbiegen wollen, dreht sich Kappe um 180 Grad, so als wolle er Galgenberg umarmen.

Dieser kann seinen Schritt nicht rechtzeitig verlangsamen und stößt mit seinem Kollegen zusammen. «Was soll das denn?», brummt Galgenberg.

«Tschuldige, ich hab es mir anders überlegt. Doch eher Feierabendbier!», sagt Kappe.

«Auf einmal?», fragt Galgenberg stutzig.

«Ja, schnell!»

Auf dem Weg zur Kneipe erklärt Kappe, dass er Kutzmutz an der nächsten Ecke kommen sah. Deshalb habe er kehrtgemacht. Schließlich bringe es nichts, die Frau im Beisein ihres Mannes zu befragen.

Galgenberg nickt.

Das Bier schmeckt.

«Na, alle Mann bereit zum Dienstantritt?» Von Canow ist sichtlich ausgeschlafen. An diesem Donnerstagmorgen richtet er mal wieder aufdringlich wach und fröhlich seine Worte an die Versammelten. «Gummistiefel dabei?»

Kappe versteht die Frage nicht und schaut nur müde von seinem Kaffee auf.

«Es ist doch Schweinezählung heute in Berlin. Wussten Sie das nicht?», fragt von Canow.

Sehr lustig, denkt Kappe.

«Seien Sie froh, dass Sie hier im öffentlichen Dienst gelandet sind und nicht woanders, sonst müssten Sie nun Borstenvieh sammeln.» Von Canow ist der Einzige, der über seinen Witz lacht.

Tatsächlich, Kappe hat auch von der Schweinezählung gelesen. Angesichts der zahlreichen Sittlichkeitsverbrechen und der Taschendiebbanden, die ihr Unwesen treiben und alten Mütterlein das letzte Ersparte aus der Jacke ziehen, könnten auch sie hier mal eine Schweinezählung machen, denkt er. Nur lustig findet er es nicht.

Von Canow will nun wissen, was bei den Ermittlungen in Kreuzberg herauskam.

Galgenberg berichtet von ihrem Abklappern der ehemaligen Kundinnen des Chinesen und davon, dass sie das Gefühl haben, dass eine Frau wohl mehr weiß, als sie zugibt.

Mehr sei aber auch nicht gewesen, fährt Kappe fort. Ihm ist nicht wohl bei dem Gedanken, dass womöglich ausgerechnet Frau Kutzmutz eine unrühmliche Rolle in dem Fall spielt. Denn wenn er Kutzmutz verärgert ... Dieser hat ihn in der Hand. Andererseits, Dienst ist Dienst, und hier geht es um Mord. Da kann man keine Rücksichten nehmen. Jedenfalls wird er der Frau Kutzmutz jetzt gleich noch mal auf den Zahn fühlen.

So ein Kleines wenigstens, das könnte er zischen. Es ist ja schon nach zehn, denkt Kappe, als er sich auf den Weg macht. Und allzu früh will er die Frau ja nicht bei ihren häuslichen Verrichtungen stören. Also kehrt Kappe geschwind in die Kneipe schräg gegenüber ein, bevor er dann schultheissgestärkt an der Wohnungstür von Kutzmutz klingelt. Nun merkt er es doch: Der Alkohol des kleinen Bieres, aus dem zwei geworden sind, addiert sich zu dem Rest vom gestrigen Abend. Es ist nur ein Moment, eine Sekunde höchstens, in der er nichts sagt und Frau Kutzmutz nur anschaut. Aber vielleicht merkt sie es, denkt er. Vielleicht merkt es ja jeder, der mit ihm in diesem Zustande zu tun hat, dass alles etwas langsamer geht und sein Gehirn einen Moment braucht, um die Informationen der Augen zu verarbeiten und das Erblickte mit dem Bekannten zu vergleichen. Aber ja, es ist Frau Kutzmutz. «Guten Morgen! Ich will nicht stören», hört sich Kappe sagen.

Das ist auch so eine Sache, in diesem Zustand fühlt er sich, als bestehe er aus zwei Hermanns. Aus einem, der agiert und spricht, und aus einem, der das Ganze beobachtet und kontrolliert. Der sprechende Hermann Kappe erklärt Frau Kutzmutz in einfachen, langsam vorgetragenen Sätzen, dass er noch ein paar Fragen habe, dass sie aber keine Angst haben brauche. Keine Angst? Der kontrollierende Hermann registriert diesen Satz als Fehler. Aber auch diese Instanz arbeitet langsam. Zu langsam. Kappe hat ihn schon ausgesprochen.

«Wovor sollte ich Angst haben?», fragt Frau Kutzmutz.

«Ach, ich meinte nur, weil die Polizei bei Ihnen ist.» Auch der Satz war Mist, aber Kappe merkt es wieder zu spät.

«Die Polizei? Ach so, ja! Sie meinen sich damit. Aber Herr Kappe, Sie sind doch ein Freund meines Mannes.»

«Ja schon ...»

«Deshalb können Sie mich doch sicher schnell in die Küche begleiten. Ich hab noch etwas auf dem Herd», sagt sie und bittet ihn herein.

Kappe folgt ihr. Das funktioniert gut, aber er merkt, dass er sich nicht ruckartig bücken und nicht schnell drehen darf. Es kostet Konzentration, die Geraden und Senkrechten immer so im Auge zu behalten, wie sie vom Architekten mal angelegt waren, gerade und senkrecht eben.

Auf dem Herd steht irgendetwas, das nach Fleisch riecht und vor sich hin köchelt. Gulasch, denkt Kappe. Das wär jetzt was.

Tatsächlich erklärt ihm Frau Kutzmutz, dass dies Gulasch sei, dass er aber, falls er probieren wolle, noch einen Moment warten müsse.

«Aber gern!», hört sich Kappe sagen.

«Ich freu mich, denn ich hab gerne so einen adretten jungen Herrn, zumal noch von der Polizei, bei mir. Da kann mir ja nichts passieren.» Als Frau Kutzmutz das sagt, fährt sie sich durch die hochgesteckten blonden Haare.

Sie ist mindestens zehn Jahre älter als er, und vor allem hat sie, wie er beim ersten Mal schon bemerkte, genug Gewicht für mindestens zwei. So schnell könnte man sich die nicht schlanktrinken, überlegt Kappe und überhört dabei die Frage von ihr, ob er denn im Dienst auch ein Bier trinken dürfe. Ihr Mann trinke ja immer Bötzow, meint sie.

Eigentlich hat Kappe gar nicht geantwortet. Zumindest kann er sich nicht daran erinnern. Trotzdem steht nun eine geöffnete Flasche Bötzow vor ihm. Er trinkt. Gefragt, stellt er beim zweiten Schluck fest, hat er sie eigentlich gar nichts bisher. Egal, es ist ja gemütlich.

Neben dem Gulaschtopf steht ein weiterer, noch größerer, in dem Frau Kutzmutz Wäsche eingeweicht hat. Sie lüpft dessen Deckel.

Es riecht nach Waschmittel, was Kappe an die neue Persil-Werbung denken lässt. Plötzlich sprudelt es einfach so aus ihm heraus: «Koche und wasche! / Frikadellen zart und fein / werden oft willkommen sein, / und fürwahr, sie sind ein Segen, / selbst für ganz verwöhnte Mägen. / Wenn sie in der Pfanne schwitzen, / lass Persil der Wäsche nützen.» Erst danach bemerkt er, dass er das Sprüchlein nicht in Gedanken rezitiert, sondern es laut zum Besten gegeben hat.

Frau Kutzmutz lacht. «Sie sind ja ein Lustiger. Haben Sie noch mehr so Sprüchlein parat?»

«Nein, nein, leider nicht!» Kappe ist es peinlich. «Aber sagen Sie doch, hat Sie denn der Chinese auch gut unterhalten?»

Frau Kutzmutz legt den Deckel wieder auf den Wäschetopf, oder vielmehr, sie lässt ihn fallen. Es klappert. Sie schaut Kappe an. So als wolle sie prüfen, was sie ihm anvertrauen kann. «Ach, wissen Sie, nun sind Sie ja alleine da, ohne ihren Kollegen. Aber eigentlich, nein, das geht niemanden was an.»

«Ach, kommen Sie schon! Sie sehen ja, was ich für einer bin – ein Freund von Maxim!», will Kappe ihr Vertrauen gewinnen.

«Ja eben!», sagt sie.

«Ach so, daher weht der Wind. Nein, nein, um Himmels willen! Kein Sterbenswörtchen sag ich ihm.» Kappe steht auf und hebt die Hand zum Schwören. «So ein kleines Geheimnis, das hat doch jeder, und wenn er zärtlich war ...»

«Was wissen Sie schon? Zärtlich? Ach was! Er war einfach da und hat zugehört.»

«Der Chinese?», will Kappe wissen.

Frau Kutzmutz rührt im Wäschetopf herum. «Da, genau da, wo Sie jetzt sitzen, saß er und schaute mir zu. Ich weiß ja nicht, was er verstand, aber er war da. Wissen Sie, wie das ist? Er schenkte mir viel.»

«Also doch Porzellan?»

«Ach was! Er war einfach da. Aufmerksamkeit schenkte er mir, gab mir Löffel aus der Schublade und hielt die Tür auf.» Frau Kutzmutz lässt sich auf den Stuhl an der anderen Wand in der Küche fallen und weint.

Kappe bleibt, auch weil er fürchtet, den Weg quer durch die Küche nicht elegant genug hinzubekommen, vorsichtshalber erst einmal sitzen. «Und Ihr Mann, wusste der davon?», fragt er schließlich.

Frau Kutzmutz antwortet nicht.

Nun steht Kappe doch auf. Es geht einigermaßen gut.

Sie sieht ohnehin nicht, dass er einen Ausfallschritt braucht, um die Richtung zu finden.

Als er vor ihr steht, zieht er sein kariertes Taschentuch heraus, bemerkt, dass es schon benutzt wurde, und steckt es wieder ein. «Ich kann Ihnen leider kein Taschentuch reichen», entschuldigt er sich.

«Schon gut!»

«Also, Ihr Mann ...», fängt Kappe erneut an.

«Sie sagen doch nichts?» Sie schaut ihn an, nicht flehend, eher bedrohend, so als wisse sie, dass sich Kappe durchaus von so großen, starken Frauen würde einschüchtern lassen.

«Nein!», versichert er ihr.

«Er hat es ... ach, die Nachbarn, die blöden ... und Kurt ...», stammelt sie. «Wo ist er eigentlich?»

«Unten spielen», beruhigt Kappe sie. «Es wurde ihm also zugetragen, und ...»

«Nichts ‹und›! Es gab Ärger.» Frau Kutzmutz weint. «Es ist vorbei! Ich hab den Chinesen nicht mehr wiedergesehen.»

«Aber waren Sie denn, Frau Kutzmutz, mit dem Chinesen intim?», will Kappe wissen.

Frau Kutzmutz schaut ihn traurig an.

Kappe braucht einen Moment, bis er merkt, dass die Tränenbächlein, die über ihre Wange laufen, stets neue Nahrung bekommen.

Sie weint. Ganz leise.

«Ich will Ihnen nicht zu nahe treten, ich meine nur ... Es tut mir leid, das fragen zu müssen. Es ist sozusagen dienstlich.» Kappe hört auf zu sprechen, als er merkt, dass Frau Kutzmutz ihren Kopf so weit nach vorne neigt, dass drei, vier Tränen auf ihre von der geblümten Kittelschürze bedeckten Schenkel tropfen. Kappe interpretiert es als Nicken, als Zustimmung.

Wenig später merkt Kappe, dass er nichts mitgeschrieben hat, dass er nicht einmal seinen Block aus der Tasche holte. Eigentlich hätte er die Frau aufs Präsidium vorladen müssen. Sie ist die heißeste Spur, die sie je hatten, womöglich die Hauptbelastungszeugin – ausgerechnet gegen seinen Freund, Alibigeber und Mitwisser Maxim Kutzmutz. Aber nun, denkt Kappe, kann er nichts mehr ändern. Wie sagt Galgenberg immer? «Ein geordneter Rückzug kann auch Stil haben.» Einen solchen wird er nun einleiten, indem er das Gespräch mit Frau Kutzmutz beenden und sie nochmals vorladen wird. Genau so wird er es machen.

«Wollen Sie noch ein Bier?», fragt sie ihn.

Nur das nicht, denkt Kappe. «Ja, gern!», hört er sich jedoch sagen.

Kurz darauf sitzt er mit Frau Kutzmutz, die sich ihre Tränen am Küchentuch abwischt, beim Gulasch. «Wenn ich ... also wenn ich noch mal das Thema anschneiden dürfte ...» Kappe stellt fest, dass er ein klein wenig ihrer Körperfülle mit seinem Bierkonsum bereits weggezaubert hat. «Also, gnädige Frau ...» Er hält inne. So etwas Blödes sagt man doch nicht, denkt er, aber nun weiter im Text! «Ihr Mann kommt nie zum Essen nach Hause, oder?»

«Nein, mittags nicht. Das ist zu weit für ihn. Er arbeitet doch bei der AEG ... Wollen Sie noch einen Nachschlag?», fragt sie ihn schließlich.

«Gern!», antwortet Kappe. «Und abends?»

«Sie können gerne heut Abend noch mal kommen. Maxim ist dann sicher da», erklärt Frau Kutzmutz.

«Nein, ich meine, abends kommt Ihr Mann zum Essen?»

«Ja, natürlich!», erwidert sie.

«Und an dem Abend, als da auf der Oberbaumbrücke, also als da ...», tastet sich Kappe vor.

«Ja, ich weiß. Da kam er auch. Pünktlich wie immer. Sie wollen ein Alibi, nicht wahr?» Frau Kutzmutz weint nun nicht mehr. Sie schluchzt. «Ja, da war er da. Bei mir! Wo sonst?»

«Und er war auch pünktlich zu Hause?» Kappe ist stolz auf diese Nachfrage. Ein richtiger Kriminaler verliert die Spur nie. Der weiß, was er fragen muss, Bötzow hin oder her.

«Ja. Warum fragen Sie das? Er kam pünktlich. Er kommt ja immer mit derselben Straßenbahn», erklärt sie.

«Auch an jenem Abend?», will Kappe wissen.

«Natürlich! Warum die Fragerei? Ich erinnere mich genau», sagt sie.

Es war Kutzmutz! Sein Freund, der ihn wegen seines Seitensprunges deckte. Er hat den Chinesen getötet, denkt Kappe immer wieder, als er am frühen Nachmittag in Richtung Görlitzer Bahnhof marschiert. Nur weil seine Frau behauptet, er sei pünktlich wie immer gewesen und mit der Straßenbahn gekommen, muss das ja noch lange nicht stimmen. Kutzmutz wird eben immer mit der Straßenbahn gekommen sein. Der Tattag liegt ja schon einige Zeit zurück. Sie wird einfach gesagt haben, er kam mit der Tram, weil das halt üblich war. Sie wird nicht an den Streik gedacht haben.

Aber das muss noch nichts bedeuten. Kutzmutz kann das doch nicht gewesen sein. Trotzdem sollte man ihm mal auf den Zahn fühlen. Aber sollte er das machen? In seinem Zustand?

Kappe geht zur nächsten Telefonzelle, ruft im Präsidium an und erzählt Galgenberg von der Aussage von Frau Kutzmutz, davon, dass sie den Chinesen wohl näher kannte, dass ihr Mann davon erfuhr, er am Tag der Tat aber zu Hause gewesen sei. Davon, dass die Frau sagte, er sei mit der Straßenbahn gekommen, obwohl dies an dem Tag nicht möglich gewesen ist, sagt Kappe nichts. Er will ja nicht, dass Kutzmutz gleich festgenommen wird. Er bittet Galgenberg, sich doch mal diesen Verdächtigen vorzuknöpfen, am besten gleich an dessen Arbeitsstelle. Nach seinem Alibi müsste man ihn schließlich schon fragen. Er, Kappe, könne leider nicht mit, da er sich gar nicht wohl fühle. Sicher wieder seine Krankheit.

SIEBEN

SO MUSS ES IN EUROPA SEIN, so prächtig. Die Bauten, die Menschen: alle groß und alle stattlich.

Kweihwa Li liebt es, über den Bund in Shanghai zu schlendern, wenngleich sie sich als Chinesin auf dieser Uferpromenade immer etwas zurückgesetzt fühlt.

Die Reichen, die das Sagen haben, sind Europäer. Zumindest offiziell. Zumindest hier. In den chinesischen Teilen der Stadt, wo ein ganz anderes Recht praktiziert wird, gibt es sehr wohl Chinesen, die mächtig sind. Sie ziehen die Fäden. Freilich nicht immer in Übereinstimmung mit den Gesetzen, weder mit den chinesischen noch mit den importierten.

So funktioniert das Leben eben, sagt ihr Vater. Man müsse versuchen, mit allen auszukommen, den Übereifrigen, den Schurken, den Korrupten und den Unbestechlichen. Wichtig sei nur, immer zu wissen, wen man vor sich habe. Dann könne man sich darauf einstellen.

Geschickt ist ihr Vater, denkt Kweihwa Li, als sie sich an die Kaimauer setzt und das große Schiff beobachtet, das sich langsam näher schiebt.

Kurz darauf ändert sich das Tempo der Szenerie. Wieselflink schleppen Kulis Koffer, und Damen mit großen Sonnenhüten aus gefärbtem Stroh gesellen sich, laut fremdsprachig parlierend, zu Männern mit steifen Kragen. Und das bei der Hitze! Wer hier ankommt, kommt nicht, um die Sommerfrische zu genießen. Er kommt, um Geld zu verdienen mit geschicktem Handel oder um seinen Herren, seinem Heimatland in Übersee, als Verwalter, Polizist oder sonstiger Beamter zu dienen. Die Frauen sehen alle so kühl aus, auch wenn sie den Fächer gar nicht schnell genug führen können. Und die Männer blicken oft so überheblich aufs chinesische Personal herab, dass es Kweihwa Li schmerzt. Zumal die meisten von ihnen schon bald lernen werden, gewisse Fähigkeiten gewisser chinesischer Frauen zu genießen. Doch sie werden auch das nur als Dienstleistung betrachten, die günstigen Preise schätzen, aber ansonsten weiterhin abschätzig über Kweihwas Volk reden. Sie werden in ihre Gebiete zurückkehren wie in einen sicheren Hafen bei stürmischer See und ihre Vorurteile nicht revidieren. Sie werden immer auf der einen Seite stehen und Kweihwa Li und die anderen Chinesen auf der anderen. Die Grenze ist wie ein Fluss, über den nur eine wackelige Brücke reicht. Viele auf einmal können sie nicht benutzen. Im Sturm schwingt sie gefährlich hin und her. Bei Hochwasser droht sie einzustürzen. Man nutzt sie nur, wenn es unbedingt sein muss. Und jeder kehrt schnell um, wenn er seine Geschäfte auf der anderen Seite erledigt hat.

So stellt sich das Verhältnis der Fremden zu ihnen dar, hat ihr mal der Vater erklärt. Und so ist es wirklich, denkt sie, als sie die Neuankömmlinge betrachtet.

Ihr Vater ist noch unterwegs. Geschäfte. Er hat sich ein Taxi genommen. Eine richtige Limousine. Man muss schon etwas hermachen als Teehändler, hat er gesagt. Am Nachmittag erwartet er eine Lieferung Pu-Erh-Tee, eine sehr teure, intensiv schmeckende Sorte. Gepresst in großen runden Scheiben und verpackt in Bambuspakete, werden die roten Blätter hier ankommen. Da will er dabei sein im Hafen und schauen, ob die Qualität stimmt.

Kweihwa Li fährt, wenn sie darf und Zeit hat, bei solchen Gelegenheiten gerne mit. So oft kommt sie ja nicht raus. Und Shanghai ist eine so ganz andere, so weitläufige Welt.

Bald wird sie vielleicht wieder hier sein. Sie wird wieder am Kai stehen und selbst eine derjenigen sein, die jemanden abholen, ihre Schwester Lienhwa nämlich.

Die hat ihr einen Brief geschrieben, der Kweihwa ganz verwirrt hat. Sie hat ihn dabei und will ihn noch mal lesen, ein drittes Mal. Hier am Hafen, wo die frische Seeluft das Gemüt kühlt und dem Verstand Sauerstoff zufächelt.

Liebe Kweihwa,
wieder schreib ich Dir. Und wieder wird es für Dich vielleicht ein verwirrender Brief sein. Ich glaube, die Zeit hier für mich ist vorbei. Es wird sich einiges ändern bei mir und auch in mir. Das Studium werde ich unterbrechen oder vielmehr abbrechen. Vielleicht werde ich es eines Tages in Shanghai wiederaufnehmen. Ich weiß es nicht. Ich weiß nur, ich will hier weg. Nein, ich will eigentlich gar nicht. Aber ich muss. Ich habe keine andere Wahl, wenn ich nicht einem Nervenleiden oder Schlimmerem anheimfallen will.

Ich kann nur hoffen, dass Du meine Entscheidung verstehst. Obwohl ich dir diese Entscheidung noch gar nicht erläutert habe. Erklären, glaube ich, so richtig erklären kann ich sie nicht. Aber erläutern, wenn das ein Wort ist, das anderes, Oberflächlicheres ausdrückt, will ich sie gerne.

Du erinnerst Dich an Hermann, den alten, dicken, bärtigen Polizisten? Entschuldige diese Beschreibung, er ist gar nicht so alt und auch nicht so dick, aber bärtig schon. Egal! Für mich ist er inzwischen all das. Ich habe, ich glaube, das sagen zu können, ich habe ihn geliebt. Wirklich. Ich habe ihn, das schrieb ich Dir zuvor, bevor diese Liebe begann, benutzt, um unserem Onkel zu helfen und unserer Firma zu nützen. Es hat funktioniert. Ich glaube, Hermann hat es gemerkt. Funktioniert hat es trotzdem. Gelitten darunter aber habe ich und haben meine Gefühle. Kann man jemanden lieben und gleichzeitig heimlich benutzen? Kann man jemanden lieben, ohne offen zu sein? Aber konnte ich offen sein? Hätte ich ihm sagen sollen, dass auch wir Opium im Angebot haben und dass uns diese Gelegenheit, unseren Widersacher Wong auszuschalten, gerade recht kam? Dass unser Onkel einen Verräter bezahlte, der den Tag der Lieferung an Wong verriet? Ich habe den Tag Hermann weitergesagt. Bin ich nun etwas Besseres als dieser Verräter?

Ich fühle mich wie ein Rädchen, das funktioniert, entschuldige bitte die Ausdrucksweise, sich dabei leiblich hingibt und dabei, ja, das gebe ich zu, auch seinen Spaß hat. Weil Hermann ja so zärtlich ist. Ach egal! Jedenfalls sind mir meine Gefühle vergällt. Die Liebe ist, wenn sie es denn jemals war, nicht mehr rein. Und wenn die eigene nicht rein ist, fürchtet man, dass auch die des anderen unaufrichtig und unehrlich ist. Wahrscheinlich holt sich Hermann bei mir nur das, was er bei seiner Frau nicht bekommt. Vieles deutet darauf hin, dass ich ihm nur eine etwas bessere und sicher auch billigere Liebesdame bin. Vergiss dieses Wort bitte schnell, liebe Schwester! Ich schäme mich so.

Ich höre nun auf, das nicht zu Ende Gedachte weiterzuformulieren. Ist es doch so, wie einen Hefeteig, der noch nicht richtig aufgegangen ist, backen zu wollen. Ich weiß ja selbst nicht, was ich tun soll oder was ich will. Oder doch, ich weiß es, ich spüre es. Hierzubleiben zwischen Hermann und meinem Onkel, zwischen Hermann und seiner Frau, zwischen Hermann und unseren Studenten, die mich übrigens wegen ihrer irrsinnigen Sympathie für den Kommunismus inzwischen ziemlich langweilen, das würde mich zerreißen. Deshalb und auch aus einem anderen Grund, den ich nicht einmal Dir nennen kann, obwohl ich ihn oben schon andeutete, als ich schrieb, dass sich auch in mir etwas verändert und vielleicht heranwächst, muss ich weg hier. Einfach weg.

Und wo soll ich hin, wenn nicht zurück? Zu Dir, zu unseren Eltern. Bitte fälle kein schlechtes Urteil über mich!

In enger Liebe
Deine Lienhwa

ACHT

GALGENBERG ist ein verlässlicher Kollege. Er verliert kein Wort mehr über die, wie er sicher merkt, vorgetäuschte Erkrankung Kappes. Und er ist doch tatsächlich noch am Nachmittag zuvor am Arbeitsplatz von Kutzmutz gewesen. Allerdings ohne Erfolg. «Womöglich habt ihr euch ja gegenseitig angesteckt an ein und demselben Bierglas», sagt Galgenberg. «Dein Freund Kutzmutz hat sich gestern Nachmittag jedenfalls auch krankgemeldet. Sommergrippe oder so. Er wolle erst am Montag wieder bei der Arbeit erscheinen.»

«Und dann bist du zu ihm nach Hause?» Kappe hofft, dass Galgenberg bejaht, dass er sagt, Kutzmutz habe gestanden, oder besser noch, er habe ein Alibi. Hauptsache, er muss damit nichts mehr zu tun haben.

«Nein, bin ich nicht. Ich habe getan, was du sicher auch getan hast. Ich habe mir ein Feierabendbier gegönnt», antwortet Galgenberg. «Nachdem du dir gestern die Junisonne hast auf den Pelz scheinen lassen, wirst du nun heute den Herrn zu Hause aufsuchen. Er ist ja schließlich dein Freund.»

«Ja, gerade deshalb!», erwidert Kappe.

«Kappe, du schaffst das!», redet Galgenberg seinem Kollegen gut zu. «Ich werde mich hier mal um die Akten kümmern.»

Eine Widerrede, das weiß Kappe, würde nichts helfen.

Vielleicht sollte er tatsächlich weniger trinken. Dieses wilde Assoziieren könne am Alkohol liegen, sagte ihm einmal ein Arzt, den er als Zeuge vor sich sitzen hatte und der seinen alkoholdurchsetzten

Atem roch. Aber vielleicht ist das auch normal bei Menschen mit reger Phantasie. Und die muss man schließlich haben als Kommissar. Doch dass er nun, da der große, stattliche Kutzmutz im stahlblauen, an den abgewetzten Rändern eher hellgrauen Bademantel vor ihm steht, sich ausmalen muss, wie Fräulein Li aussähe, wenn sie schwanger wäre, das befremdet Kappe.

Er spannt, der Bademantel von Kutzmutz. Sein Stoff reicht gerade so über den ausgedehnten Bauch. Freilich, dieser ist nicht gefüllt mit einer von ihm, von Kappe, mitfabrizierten Leibesfrucht, Gott bewahre, nein, er ist das Resultat von Bötzow oder Schultheiss, von Knackern und Eisbeinen.

Trotzdem muss sich Kappe nun vorstellen, wie Fräulein Li in anderen Umständen aussähe. Er überlegt, wie so was hätte passieren können. Ob er unvorsichtig war, ob was gerissen ist? Diese Überlegung beschäftigt ihn derart, dass er mal wieder wie weggetreten erscheint.

Zweimal schon hat Kutzmutz ihn begrüßt. «Komm doch rein! Brauchste wieder 'n Alibi?» Kutzmutz lacht.

«Und deine Frau?», fragt Kappe.

«Ach ja, du hast sie ja kennengelernt. Du warst ja schon dienstlich hier. Du als Kommissar bei uns, das ist was! Darauf sollten wir einen trinken! Meine Frau ist einkaufen.»

«Nein, nichts trinken! Danke! Und tja ... äh ... irgendwie bin ich wieder dienstlich hier», erklärt Kappe stockend.

Kutzmutz bittet Kappe in die gute Stube, wo er sich einen Kräuterschnaps einschenkt. «Das hilft! Bin ja schließlich krank.»

«Ja, natürlich! Das hilft sicher.» Kappe weiß nicht so recht, wie er anfangen soll.

«Also schieß los! Was willste?», eröffnet Kutzmutz die Gesprächssituation, die Kappe in der Ausbildung mal als Verhör zu definieren lernte.

Wie ein Duell sei das, hatten damals die Ausbilder gesagt, nur seien die Waffen Worte. Mit den richtigen könne man den Verdächtigen zwar nicht um-, aber zum Gestehen bringen. Nur was sind nun die richtigen, denkt Kappe. «Du hast ja ähnliche Probleme gehabt wie ich, nur andersrum. Das tut mir leid!», sagt er schließlich.

«Und mir tut leid, dass ich gar nicht verstehe, was du meinst», erwidert Kutzmutz.

«Na ja, das mit dem Fremdgehen.»

«Nee, das mach ich nicht! Na ja, schon länger nicht mehr», rechtfertigt sich Kutzmutz.

«Nicht du!»

«Sondern?»

«Deine Frau. Gertrud», legt Kappe die Karten auf den Tisch.

«Die? Hermann, was denkst du denn?» Kutzmutz schenkt sich nach.

«Ich hörte nur, dass ...» Kappe macht eine Pause.

«Hat sie was gesagt?», will Kutzmutz wissen. Er steht nun vor Kappe, der sich aufs Sofa gesetzt hat und deshalb in einer verhörtechnisch äußerst ungünstigen Position ist.

«Nein, hat sie nicht», erwidert er.

Beide schweigen.

«Aber ich weiß, sie hätte was zu sagen gehabt. Ich weiß, so was ist Mist ... für den Mann, meine ich. Du bist ja bei ihr geblieben, aber passieren kann das jedem.» Kappe stottert sich etwas zusammen. Er wünschte, Galgenberg wäre dabei.

«Hermann, ich weiß ehrlich nicht, was das soll. Ich misch mich ja auch nicht in deine Ehe ein. Ich geb dir wirklich gern wieder ein Alibi, aber mehr will ich nicht wissen.»

«Gut, dann muss ich deutlich werden: Es geht nicht ums Fremdgehen, es geht um Mord!» Kappe bemerkt, dass Kutzmutz nun mehr schwitzt, als er wegen seiner angeblichen Sommergrippe eigentlich schwitzen müsste.

«Was soll das denn jetzt?» Kutzmutz hat sich wieder hingesetzt und spricht sehr leise.

«Du weißt genau, was ich meine. Den Chinesen auf der Brücke, den totgetretenen», erwidert Kappe.

«Und was hab ich damit zu tun?», fragt Kutzmutz aufgebracht.

«Das will ich ja von dir wissen», antwortet Kappe.

Kutzmutz steht auf, öffnet das Fenster und wischt sich mit einem Taschentuch den Schweiß aus dem Nacken. Er schaut Kappe nicht an, sondern blickt aufs gegenüberliegende Haus. «Als Kommissar oder als Freund?», fragt er schließlich.

Kappe antwortet nicht.

«Gertrud wird gleich kommen», sagt Kutzmutz. «Lass uns das jetzt nicht in die Länge ziehen. Du musst einen Fall klären, ich kann dir dabei nicht helfen.»

«Doch, Maxim», beharrt Kappe, «das kannst du schon, und das wirst du auch!»

«Nichts werd ich! Einen Dreck werd ich!» Kutzmutz holt tief Luft. Sein Gesicht läuft rot an. «Du nimmst dir 'ne kleine Chinesin, lässt deine Frau zu Hause mit den Gören allein, und nun spielst du den oberlehrerhaften, preußischen Kommissar. Pfui! Ich hab das Ganze gedeckt. Und nun willst du mir was anhängen. Was ist, wenn ich auspacke, he? Dann kannst du einpacken! Aus und vorbei mit Karriere, Klara und Kindern! Und der Herr Kommissar, der andere jagt, ist selbst ein Ehebrecher.» Kutzmutz redet sich in Rage.

Je länger es dauert, desto bewusster wird sich Kappe seines Dilemmas. Er hatte das Problem gesehen, aber irgendwie verdrängt. Wie blöd war das denn! Wenn er Kutzmutz tatsächlich als Mörder überführen würde, würde der bei den Verhören Canow oder Galgenberg von ihm und Fräulein Li berichten. Er wäre ruiniert. Kappe sagt nichts.

Kutzmutz schnauft laut. «Also, Hermann», sagt er schließlich, «trink einen mit, oder geh! Aber spiel hier nicht den großen Maxen!»

Sie stoßen an und trinken einen Kräuterschnaps, dann noch einen und noch einen. Schließlich sitzen sie sich wie zwei Schachspieler gegenüber. Schweigend. Denkend.

«Aber du warst es», sagt Kappe schließlich.

Kutzmutz nickt.

Sie trinken noch einen.

«Was hätt ich denn tun sollen? Meine Ehre! Ein Chinese und Gertrud! Ich hab sie ja schon mal erwischt.» Kutzmutz, dieser großgewachsene Ingenieur, wischt sich eine Träne aus den Augen. «Hier auf dem Sofa. Ich sag dir ... Ach was, ich sag lieber nichts.»

«Und?», fragt Kappe.

«Was und? Die Tracht Prügel hat Gertrud verdient, klar! Sie wollt ihn nie wiedersehen, aber sie hat dann ihr Wort nicht gehalten und beim nächsten Mal sogar geschwärmt von ihm, so als ob der was Besseres wäre. Sie wollt mit ihm durchbrennen. Da muss man doch ...»

Kappe schenkt sich selbst einen nach, ohne jedoch auch das Glas von Kutzmutz aufzufüllen. «Deshalb einen Mord?», fragt er.

«Nee, ich hab ja nur mal hingelangt. 'Ne Abreibung sollt er kriegen.»

«Nur mal hingelangt?», wiederholt Kappe. «Zugetreten hast du! Wie ein Wahnsinniger!»

«Weißt du, wie weh das tut, wenn deine Frau ...»

«Trotzdem, Maxim, ich muss dich mitnehmen!»

Kutzmutz nickt.

Wieder Schweigen.

Die Standuhr im Flur schlägt elf.

«Ein Erbstück von meinem Vater», sagt Kutzmutz. Er nutzt die lauten Glockenschläge, um, unbemerkt von Kappe, am Tisch, an dem er sitzt, die Schublade aufzuziehen.

Als Kappe wieder zu Kutzmutz schaut, ist da noch das verschwitzte, gerötete Gesicht mit den Tränensäcken. Aber nicht nur das. Da ist auch der Lauf eines Revolvers, in den Kappe nun blickt.

«Du willst mich mitnehmen?», fragt Kutzmutz höhnisch. «Ha, du machst gar nichts! Du sagst auch nichts, sonst passiert jetzt gleich was. Oder ich pack aus und sag alles über dich und die Chinesin.»

Kappe sitzt wie versteinert auf dem Sofa. «Maxim, ich weiß, wir sind Freunde, aber du musst doch zu dem stehen, was du getan hast.»

«Nichts muss ich! Dafür musst du nun aber etwas: nämlich schön langsam gehen. Und dann lass dir 'ne Geschichte einfallen für deine Kollegen oder 'n Alibi für mich! Is mir egal!» Kutzmutz steht auf und deutet mit dem Lauf des Revolvers zur Tür.

Anfänger, denkt Kappe, hat ihn nicht einmal gezwungen, seine Dienstwaffe abzulegen oder seine Hände zu heben. Kappe geht langsam zur Zimmertür.

Kutzmutz folgt ihm. Er ist es, der zuerst hört, dass sich der Schlüssel im Schloss der Wohnungstür dreht. Mit einem Satz steht er direkt neben Kappe. Den Revolver hält er kaum sichtbar unter dem weiten Ärmel seines Bademantels.

Dass etwas nicht stimmt, spürt Frau Kutzmutz sofort. Sie stellt die Einkaufstasche ab und versucht, sich nichts anmerken zu lassen.

«Hermann wollte gerade gehen. Ist schon alles erledigt», sagt Kutzmutz.

«Ja», antwortet Kappe. Als er fast neben Frau Kutzmutz steht, fährt er fort: «Aber ich glaube, Frau Kutzmutz, Sie müssen Ihren Mann in nächster Zeit entbehren. Wir werden ihn mitnehmen müssen.» Kappe meint, nun doch noch dienstlich werden zu müssen. Dass Kutzmutz mit der Waffe Ernst machen könnte, das glaubt er nicht. Vielleicht ist er aber inzwischen auch nur schon zu angeheitert, um das Risiko richtig einschätzen zu können.

«Nichts da! Ich bleibe hier!», schreit Kutzmutz. Er streckt den Arm mit dem Revolver in der Hand aus und zielt auf seine Frau.

Wie vor Schreck versteinert, steht sie da. Tränen laufen ihr übers Gesicht.

«Nicht, Maxim!», ruft Kappe.

«Halt's Maul, Hermann!», sagt Kutzmutz aufgebracht. «Du hast genug gequatscht. Nun machen wir hier Schluss! Dass du dein Wort nicht hältst, das hab ich ja gerade gesehen. Und allein, nee, allein geh ich nicht! Du bist schuld, Gertrud, du! Dich werd ich mitnehmen! Einen mehr oder weniger auf dem Gewissen – was hab ich schon zu verlieren?»

Aus dem leisen Weinen ist ein unterdrücktes, aber doch gut wahrnehmbares Schluchzen geworden. Frau Kutzmutz zittert am ganzen Körper.

«Also, Gertrud, schau dich noch mal um! Gleich ist dein liederliches Leben vorbei und deins auch, Hermann. Wir machen hier alle 'nen Abflug. Unsere Kinder können uns dann im Winter als Asche auf die Straße streuen.» Kutzmutz wischt sich mit dem Handrücken den Schweiß von der Stirn. Er ist einen Moment lang unaufmerksam.

Das nutzt Kappe. Er greift in die Innentasche seines Sakkos, zieht seine Waffe heraus und feuert.

Ein Schuss – und scheinbar drei Treffer. Frau Kutzmutz geht sofort zu Boden. Ihr Mann steht auch nicht mehr. Und die Standuhr schlägt ein letztes Mal.

Kappe ist verwirrt.

Jedenfalls ist die Bedrohung durch Kutzmutz weg. Dieser aber gleich mit. Trotz seiner Körpermasse hat er wieselflink reagiert, sich geduckt und ist auf allen vieren auf dem Weg zur Wohnungstür, vorbei an seiner ohnmächtig gewordenen Frau und dem staunenden Kappe, der registriert, dass er mit seinem Schuss die Zwölf in der Standuhr traf.

Der Kräuterschnaps! Kappe schaltet einfach zu langsam. Bis er die Flucht von Kutzmutz realisiert, ist dieser schon aus dem Haus. Ein Tätscheln auf die Wange der Frau, die nun die Augen wieder öffnet, und Kappe eilt hinterher.

Wie ein ertappter Exhibitionist rennt Kutzmutz, mit inzwischen vorne geöffnetem und weit wehendem Bademantel, durch die Straßen in Richtung Schlesisches Tor.

Kappe hinterher. «Haltet ihn!», schreit er. Doch er denkt: Wer stellt sich schon einem offenbar Geisteskranken in Unterwäsche,

Hausschuhen und Bademantel in den Weg? Zumal Kutzmutz auch noch seinen Revolver in der Rechten hat. Erst kurz vor der Oberbaumbrücke holt Kappe Kutzmutz fast ein. «Stehenbleiben, oder ich schieße!», ruft er förmlich.

Doch Kutzmutz macht keine Anstalten, seine Flucht zu unterbrechen.

Und Kappe traut sich nicht, zwischen den spielenden Kindern zu feuern. Noch ist er nicht nah genug dran an ihm. Aber gleich. «Maxim!», brüllt er.

Nun dreht Kutzmutz sich im Rennen um. In der Rückwärtsbewegung zielt er auf Kappe.

Dieser sieht die herannahende Straßenbahn. «Pass auf!», ruft er.

Kutzmutz reagiert nicht, geht weiter rückwärts und drückt ab.

Sein Schuss trifft ein Pferd, das sich vor Schmerzen aufbäumt, wie tollwütig davonrast und das Fuhrwerk hinter sich herzieht.

In diesem Moment schaut Kutzmutz wieder nach vorne, um zu sehen, wohin er eigentlich stolpert.

Er muss sie noch gesehen haben, die Bahn, denkt Kappe. Und sicher durch die Frontscheibe auch das entsetzte Gesicht des Mannes, der weiß, gleich unschuldig der Tod eines Menschen zu verursachen.

«Ich konnte nichts mehr machen, gar nichts», sagt der Fahrers kurz darauf zu Kappe, als dieser sich durch die Schaulustigen gedrängt hat.

Der blaue Bademantel von Kutzmutz färbt sich zusehends rot.

Kappe drückt seinem Freund und Alibigeber die Augen zu. Er hat ihn in den Tod gehetzt. Wollte er insgeheim, dass Kutzmutz stirbt, dass er nichts mehr verraten kann über ihn und Fräulein Li? Hat er ein Menschenleben geopfert, um sein Fremdgehen zu vertuschen?

Kappe hockt sich auf den Rinnstein und legt den Kopf auf die angewinkelten Knie. Seine Gedanken rasen im wummernden Kopf.

«Willst du vielleicht einen Tee?» Klara fragt ihn, als wäre er ein kleines Kind.

So kommt er sich auch vor. Noch immer ist er wie benommen.

Galgenberg hat ihn nach Hause begleitet und Klara gesagt, dass alles ein bisschen viel sei für ihren Hermann. Er habe soeben seinen Freund als Mörder überführt und ihn dann unter einer Straßenbahn sterben sehen müssen.

«Tee?», fragt Klara erneut.

Kappe schaut sie an.

Sie lächelt.

Es ist dieses Lächeln, in das er sich einst verliebte. Oder waren es ihre Augen, ihre schönen blauen Augen, die noch immer die eines Mädchens sind? Er sollte es wissen. Er ist ihr Mann. Aber selbst das weiß er nicht mehr. In was hat er sich eigentlich verliebt? Nun will sie wissen, ob er Tee will. Dabei sind ganz andere Fragen ungeklärt. Ist er nun schuld am Tod von Kutzmutz? Mit niemandem kann er darüber reden. Wird er Fräulein Li wiedersehen? Oder brachte sie nur Untreue und Unglück in sein Leben?

«Ach Hermann, es wird dir guttun!», sagt Klara.

Er richtet sich auf, führt die Tasse zum Mund und hält inne. «Ich bin wohl etwas durcheinander. Entschuldige!», sagt er.

«Wir machen uns nun ein schönes Pfingstwochenende. Ganz entspannt.» Klara hat sich an seine Seite gesetzt.

Er spürt ihre warmen Schenkel in seiner Leiste. Ein schönes Gefühl.

«Wir können ja einen Ausflug machen. Raus in den Park.» Klara streicht ihm erneut übers Haar.

Dann sieht er ihr Gesicht über seinem.

Sie küssen sich. Innig.

Am nächsten Tag gehen sie spazieren, vertraut wie schon lange nicht mehr. Kappe spielt mit den Kindern. Klara holt ihm ein Bier. Und nach dem dritten hört er auf zu trinken. Es ist ein schönes Pfingstwochenende. Kappe ist für seine Familie da.

Seine Gedanken aber sind bei Fräulein Li.

Am Tag nach Pfingsten muss er nicht arbeiten. Von Canow hat ihm freigegeben. Einerseits als Belohnung für das Lösen des Falles auf der Oberbaumbrücke, hauptsächlich aber, damit er sich davon erholen könne, seinen Freund erst des Mordes überführt und ihn dann in den Tod gehen gesehen zu haben.

Dankend hat Kappe den freien Tag angenommen, auch wenn ihn Kutzmutz' Tod gar nicht so sehr belastet, weil er insgeheim froh ist, den Menschen los zu sein, der ihn mit seinem Wissen hätte erpressen und sein ganzes Leben hätte ruinieren können. Kappe erschrickt selbst darüber, dass ihn kaum Gewissensbisse plagen.

Er nutzt den freien Tag, um nochmals Fräulein Li zu besuchen. Lange schon hat er sie nicht mehr gesehen und nichts von ihr gehört. Er hat ein ungutes Gefühl. So ein Bauchgefühl. Und das täuscht ihn selten.

«Das Fräulein ist nicht da. Der Herr auch nicht. Niemand ist da.»

In ihrer eigenen Wohnung, da ist Kappe zuvor gewesen, ist Fräulein Li auch nicht.

Nun fragt er die Hausangestellte ihres Onkels, wann sie wiederkommt.

«Ich weiß nicht, ob sie wiederkommt. Der Herr ist heute Abend zurück.»

«Und Fräulein Li? Sie muss doch studieren», sagt Kappe. «Ist sie denn verreist?»

«Nein, sie ist weg», sagt die Hausangestellte.

«Was heißt weg?», fragt Kappe. Mit dem Schiff zurück nach China? Er traut sich kaum, diese Frage auszusprechen, denn er kennt bereits die Antwort. Und als die Hausangestellte schließlich nichts zu sagen wagt, sondern nur nickt, weiß er, dass auch sie weiß, wie nahe ihm das geht.

Tags darauf berichtet Galgenberg, dass Dr. Kniehase und er nochmals Wong und Li befragt haben. Als sie mit Dolmetscher Tam im gelben Viertel waren, hätten sie beide dort angetroffen. Aber all die

Fragerei habe nichts gebracht. Wong gebe weiterhin Lis Leuten die Schuld am Mord seines Händlers in der Danziger Straße. Aber er habe keinerlei Beweise, erzählt Galgenberg. «Das Einzige, was dafür spricht, dass Li hinter dem Mord steckt, ist, dass der Händler für Wong arbeitete.»

«Aber wie du siehst, hatte der Brücken-Mord ja auch ganz andere Hintergründe», sagt Kappe.

«Eben!», meint Galgenberg. «Auch in der Danziger Straße könnte es ein verärgerter Hausbewohner gewesen sein, ein Hehler oder was weiß ich.»

«Trotzdem», meint Kappe, «geh ich heut noch mal bei Li vorbei.»

Den Weg zu Li hätte er sich sparen können. Freilich, er darf noch mal die Luft der Charlottenburger Beletage einatmen, diesen exotischen Duft. Und er bekommt wieder einen so labberig aussehenden, aber nichtsdestoweniger in seiner Wirkung starken Tee.

Zu dem Fall des in der Danziger Straße aus dem Fenster Gestoßenen sagt Li wieder nichts Verwertbares. «Es war ein Händler von Wong. Ja, er kontrolliert das Gebiet. Auch nach dem Tod des Händlers. Es hat sich nichts geändert. Wir haben keinen Vorteil durch diesen Tod. Was wollen Sie also noch hier bei uns? Wir haben kein Motiv.»

Nicht mehr viel übrig von der asiatischen Höflichkeit, denkt Kappe. «Aber», erwidert er, «es ist doch, wenn ein Händler aufhört, bislang immer ein Kampf um dessen Gebiet entbrannt, wie ich hörte. Dass Sie das Gebiet rings um die Brauerei nicht bekommen würden, konnten Sie ja vorher nicht wissen. Das spricht also noch nicht dagegen, dass Sie mit dem Mord zu tun haben.»

Aber Li bleibt kühl. «Wenn Sie mir etwas nachweisen können, und sei es auch nur das Geringste, dann komme ich persönlich zu Ihnen aufs Präsidium, mein Herr. Mehr habe ich nicht zu sagen. Ich habe sehr viel zu tun.»

Der Rauswurf könnte nicht deutlicher sein.

Und Kappe muss zugeben, dass er nichts in der Hand hat. Von den Streitereien und Kämpfen um die Gebiete hat er nur von Tam gehört. Mehr weiß er nicht. Es war ein Versuchsballon, das zu erwähnen. Aber eines muss er noch klären: «Ihre Nichte, Fräulein Li, ich habe sie schon länger nicht mehr gesehen ...»

«Ich weiß», unterbricht ihn Herr Li.

«Ist sie verreist?», fragt Kappe.

«Es gab eine Zeit, da haben Sie meine Nichte oft gesehen. Diese Zeit ist nun vorbei.»

«Herr Li, ich verstehe nicht.»

«Fräulein Li ist nicht da. Ich bin nur ihr Onkel. Ich bin nicht befugt, Ihnen dazu etwas zu sagen», antwortet Li.

«Aber ...» Weiter kommt Kappe nicht.

«Herr Kommissar, es mag traurig sein für Sie, das kann ich nicht beurteilen, aber ich kann nichts für Sie tun. Wenn Sie mögen, können Sie sich in etwa zehn Tagen mal beim Hauspersonal erkundigen. Womöglich hat Ihnen Fräulein Li dann etwas geschrieben.»

«Ist sie also wieder in China?», fragt Kappe.

«Ich danke Ihnen für den Besuch! Und wenn ich Ihnen nicht habe helfen können, was den beklagenswerten Vorfall in Prenzlauer Berg angeht, so bedauere ich dies zutiefst.» Herr Li hat wieder zu seiner Höflichkeit zurückgefunden. Aber es ist eine eisige.

Kappe widersteht dem Impuls, seine Dienstwaffe zu ziehen und Herrn Li zu zwingen, ihm alles über seine Nichte zu sagen. Womöglich würde er selbst dann nichts sagen. Und womöglich würde es Kappe auch gar nicht so genau wissen wollen.

Dass Fräulein Li in China ist, das ist eine Tatsache. Kappes Verstand ist sich in diesem Punkt ganz sicher. Aber solange er es nicht schwarz auf weiß bestätigt bekommt, dass sie weg ist, so lange wird der Hoffnungsfunke in ihm glimmen. Es ist ein eigenartiger Gefühlszustand, ein Kampf zwischen dem Wissen um etwas Schlimmes und dem Nicht-wahrhaben-Wollen ebendessen. Kappe kann nun verstehen, dass Frauen und Mütter, die ihre Männer und

Söhne im Krieg verloren haben, deren Leichen identifiziert und begraben wissen wollen, weil sie sonst ewig an der Hoffnung leiden, sie könnten doch überlebt haben, irgendwie, und eines Tages zurückkommen.

Kurz nachdem Kappe im *Lokal-Anzeiger* gelesen hat, dass Wolfgang Kapp, der Anführer des Kapp-Putsches von 1920, in einer Leipziger Klinik an den Folgen einer Augen- und Schädeloperation gestorben ist, beerdigt auch von Canow etwas: die Ermittlungen an dem letzten ungelösten Chinesen-Fall. Ungefähr mit den Worten, mit denen er Monate zuvor den ersten Chinesen-Mord auf der Brücke zu den Akten legen wollte, sagt er nun wieder, dass derzeit nicht zu erwarten sei, dass es noch etwas gebe, das eine Lösung in greifbare Nähe rücken ließe. Solange man keine neuen Anhaltspunkte habe, solle man deshalb den Fall ruhen lassen. Anders gesagt: Aktendeckel zu, Mörder entkommen!

Eigentlich ist es Kappe auch gar nicht so unrecht, dass die Chinesen-Geschichte ein Ende gefunden hat, sowohl die dienstliche wie auch die private.

Klara scheint das wohlwollend zu bemerken. Sie ist noch immer in sich gekehrt, aber nicht mehr so abweisend wie noch vor einigen Wochen.

Wenn er sich dann in mancher Nacht allzu sehr abmüht, Klara diese glücklichen Laute zu entlocken, die entstehen, wenn sie in schnellem Rhythmus durch die fest zusammengepressten Zähne atmet, damit Hartmut und Margarete nicht wach werden, denkt Kappe, dass es vielleicht doch ehrlicher wäre, diese Laute einer Frau zu entlocken, bei der ihm das leichter fiele. Und dann überlegt er, während er seinen Kopf auf Klaras nachbebenden Körper legt, wie er es anstellen könnte, sich anderweitig umzusehen.

Klara merkt nichts davon, streichelt ihm über die verschwitzten Haare und lobte ihn für seine Anstrengung, die auch tatsächlich, was bei ihr nicht immer der Fall ist, zum gewünschten Erfolg geführt hat.

Er aber schwitzt nicht wegen der körperlichen Anstrengung, sondern aus purer Panik, weil seine Gedanken mal wieder hinweggaloppieren. Diesmal in die Zukunft. Es kommt ihm plötzlich wieder in den Sinn, was Dr. Schmidt einmal gesagt hat: dass man nämlich eines Tages jedem Menschen sein ganz individuelles Blut wird zuordnen können. Das ist es, was dem schwitzenden Kappe den Schlaf raubt, denn wenn die Wissenschaft so weit kommen kann, wird man eines Tages auch Gedanken lesen können. Das wäre sein Ende. Klara würde gar nicht erst anfangen mit diesen kurzen Stoßatmungen unter ihm, wenn sie zuvor schon erführe, dass er dabei an die mandelförmigen schwarzen Augen und die geschwungenen Körperformen von Fräulein Li denkt. Sie wird dann zur Nachttischlampe greifen und diese auf seinem Kopf zerschlagen. Auf dem Kopf, der kurz zuvor aber womöglich ihre Gedanken lesen konnte und weiß, dass sie sich bestenfalls das neue Aprikosenkuchenrezept vergegenwärtigt, das sie am Sonntag ausprobieren will. Schlimmstenfalls aber würde er erfahren, dass sich ihre Laute gerade deshalb heute besonders lustvoll anhören, weil sie sich vorstellt, er wäre der neue Nachbar von gegenüber, dieser blöd grinsende Student. Dann würde er vielleicht die zweite Nachttischlampe nehmen und diese wiederum ihr auf den Schädel schlagen. Ihre Kinder würden sie schließlich finden, tot in ihrem eigenen Blute. So weit würde es kommen. Wenn sich Morde leichter aufklären ließen dank der Wissenschaft, wenn jeder in jedermanns Hirn blicken könnte und dadurch zu jedermanns Feind werden würde, dann gäbe es ein Morden ohne Ende.

Bevor es so weit kommt, will er noch einmal bei Herrn Li vorbeischauen. Schließlich hat der ihm gesagt, er könne sich nach zehn Tagen mal erkundigen, ob ein Brief für ihn da sei.

Der Tag – es ist der 21. Juni –, an dem Kappe Galgenberg sagt, er werde doch noch mal einen letzten Versuch unternehmen, den Chinesen-Mord aufzuklären, und erneut zu Li fahren, beginnt eigentlich mit guten Nachrichten. *Aufbesserung der Beamtengehälter um 24 Prozent*, liest Kappe im *Lokal-Anzeiger*. Dass dies aber noch nicht beschlossene Sache ist, weil die Regierung diese Erhöhung davon abhängig macht, dass die Gewerkschaften das neue Arbeitszeitgesetz annehmen, das liest Kappe nicht mehr. Er ist schon auf dem Weg zu Li. Ein schwerer Weg, denn er fürchtet nicht nur, er weiß eigentlich, dass in dem Brief nur Schlimmes für ihn wird stehen können. Aber er muss diesen Weg gehen. Vielleicht, überlegt er, wird es sein letzter sein. Ein Selbstmord mit seiner Dienstwaffe in der Wohnung eines Verdächtigen, sein zerschossener Schädel hingeknallt auf teurem China-Porzellan. Ob das schlimmer ist, als eines Tages von der eigenen Ehefrau mit einer Nachttischlampe im Bett erschlagen zu werden? Aber ein paar Jahre würde er eigentlich doch noch ganz gerne leben.

Das Fräulein mit den Teetassenarmen scheint seinen Besuch erwartet zu haben. Sie bittet ihn nicht herein, sie fragt nicht, was er will. Sie bedeutet Kappe lediglich zu warten und kommt gleich darauf mit dem Brief zurück, dessen Inhalt zu lesen Kappe so fürchtet.

Wo aber liest man solch einen Brief? Hätte er so einen Maybach wie Herr Li, er würde sich ins Präsidium kutschieren lassen, im Fond die Vorhänge zuziehen, sich aus der Kristallkaraffe ein Gläschen Kognak einschenken und seine Augen über die Zeilen wandern lassen. Niemand würde es sehen, wenn eine Träne ihren Weg durch seinen Bart sucht. Aber in der Hochbahn, da geht das nicht. Und in einer Kneipe am Stehbiertisch die Abfuhr der Geliebten lesen? Nein! Kappe will für sich sein. Langsam schlendert er die Straße stadtauswärts. Erst die vierte Bank, an der Kappe am Lietzensee vorbeikommt, entspricht seinen Ansprüchen. Keine Großmütter, die für Vögel alte Schrippen zerkleinern, keine mit ihren Kindern schimpfenden Mütter.

Sie hat ihm viel geschrieben, Fräulein Li, das sieht Kappe gleich, als er die Blätter auseinanderfaltet. Ihm wäre ein kurzer Abschied lieber gewesen. Die Guillotine ist sicher besser als die Giftspritze.

Lieber Hermann,
Du magst mir böse sein, Du magst enttäuscht sein. *Du magst einen Abschied erwartet haben, ein offenes Wort, aber sieh es mir bitte nach, dass ich diesen Weg wähle. Für Dich und mich ist es besser so, glaube mir. Wenn Du diese Zeilen liest, bin ich weit weg. Du wirst mich nie wiedersehen. Unsere Körper werden sich nie wieder aneinanderschmiegen. Glaube mir, auch mir tut es weh.*

Hermann, es ist mir nicht leichtgefallen fortzugehen. Aber es ging nicht mehr. Ich hätte nicht mehr in der Stadt leben können, deren Straßen auch Du begehst, deren Puls Du spürst, deren Luft Du atmest. Ich will nicht von Liebe reden, nicht von Leidenschaft. Nur davon, dass wir uns sehr nahe waren. Dass wir aber keine Zukunft hatten.

Ich habe gespürt, dass Du nicht bereit gewesen wärst, Deine Frau zu verlassen. Ganz zu schweigen von Deinen Kindern. Gut, Du hast nur abfällig von ihr geredet in meinem Beisein, ich weiß. Aber das war Gerede, Deinem schlechten Gewissen geschuldet, nicht gedeckt von Deinem Herzen. Ich spürte es. Du hast alles getan, damit sie nichts mitbekommt von uns, hast Deine Ehe stets als unumstößlich betrachtet. Du hast Deine Frau weit über mich gestellt, vielleicht nicht in leiblichen Dingen, das mag sein, aber in der Rangfolge der Wertigkeit im Leben, wenn man das im Deutschen so ausdrücken kann. Ich aber als Frau kann es nicht ertragen, einen Mann zu küssen, der auch eine andere küsst. Ich kann es nicht ertragen, alleine im Bett zu liegen und zu wissen, dass der Mann, der soeben noch neben mir lag, nun mit einer anderen die Bettstatt teilt. Und ein Mann, der eines Tages von zwei Frauen Nachwuchs haben wird, der sich aber nicht entscheiden kann oder sich vielmehr durch sein Nichtentscheiden gegen mich entscheidet, das ist kein Mann für mich. Dann lieber ein Kind ohne Vater oder eben gar kein Kind. Es wird sich zeigen.

Wie bitte, sie wollte ein Kind von ihm? Oder ist sie bereits schwanger und will abtreiben? Oder will sie es behalten, weil sie schreibt: *lieber ein Kind ohne Vater*?

Kappe ist verwirrt. Vieles hat er erwartet zu lesen, das aber nicht. Er der Vater eines kleinen Chinesen-Jungen? Er als Kommissar womöglich der Vater eines Familienmitgliedes eines Mörder-Clans? Noch gehört Herr Li zu den Verdächtigen.

Kappe öffnet seinen Hemdkragen. Dass er schwitzt bei diesem Sommerwetter, fällt keinem auf. Aber der Schweiß ist nicht das Problem. Es ist der Magen, der sich ihm zusammenzieht. Er verspürt das dringende Bedürfnis auszutreten. Kurz darauf ist es wieder weg. Der Druck in Darm und Magen kommt wieder, geht wieder. Fräulein Li schwanger und er ein Magengeschwür! Na, da haben sie ja in ähnlichen Körperregionen schöne Erinnerungen, denkt er.

Er ein unehelicher Vater! Wenn das herauskommt, wenn das nachzuweisen wäre! Womöglich ist sie weggefahren, um das Kind zu bekommen, dann zurückzukehren und ihn zu verklagen, ihm sein Leben zu zerstören. Ein Schnaps! Schnell! Aber nein, noch nicht. Noch ist der Brief nicht zu Ende.

Verstehe, Hermann, bitte, dass ich so handeln musste! Und bitte, antworte nicht! Ich halte Dich in guter Erinnerung. Aber die Verbindung ist gekappt zwischen uns.

Ernsthaft möchte ich Dir noch einen Tipp geben. Du weißt es, Du hast es mir selbst gesagt, dass bei dem toten Händler in der Danziger Straße kein Jade-Anhänger gefunden wurde. Aber dass der Händler einen trug, mit seinem Namen eingraviert, daran besteht kein Zweifel. Ich werde Dir sagen, wo Du diesen Anhänger finden kannst. Du vermutetest, sollte es ein Mord unter Konkurrenten sein, dass die Tat von jemandem aus dem Umfeld meines Onkels begangen wurde. Aber so ist es nicht, glaube mir. Der Händler musste aus einem ganz anderen Grund sterben: aus Eifersucht. Es ist eine alte Geschichte. Er hatte einem Kollegen, der auch für Wong arbeitete, einmal ein Mädchen ausgespannt. Dieses Mädchen war die große Liebe von Hun Yang. Er hat es nicht verwinden können. Und nun, da ein Chinese nach dem anderen ums Leben kam, da ein Streit unter Verbrecherbanden vermutet wurde, sah er seine Chance gekommen, sich zu rächen. Um es wie einen Auftragsmord aussehen zu lassen, hat er den Anhänger mitgenommen. Allerdings, ich weiß das, hat er es nicht übers Herz gebracht, diesen Anhänger wegzu-

werfen. Er hat ihn aufbewahrt. Er liegt in der kleinen Klappe in seinem Zimmer. Es ist eine Klappe, die der Schornsteinfeger für irgendwelche Arbeiten benutzt. Du wirst den Anhänger dort finden, lieber Hermann, und wenn Du den Anhänger hast, wirst Du auch den Täter haben, denn es ist Hun Yang, der in dem Zimmer wohnt.

Ich denke, wenigstens diesen Tipp bin ich Dir noch schuldig, wo ich doch so Hals über Kopf abgereist bin. Sage bitte niemandem, woher Du diesen Tipp hast! Versuche bitte, mir wegen meines Verschwindens und meiner Offenheit in diesem Briefe nicht gar zu böse zu sein! Ich werde ein neues Leben in meiner alten Heimat beginnen mit meinen Eltern und meiner Schwester. Ich werde in den Betrieb einsteigen. Ich werde Dich vergessen, die Studenten in Berlin und ihre kommunistischen Ideen, obwohl diese hier ja längst auch um sich greifen. Ich werde versuchen, nichts zu bereuen.

Hermann, möge sich Dein Blick wie auch der meine nach vorn richten!
Ich wünsche Dir alles Gute
Lienhwa Li

Insgesamt dreimal liest Kappe den Brief, bevor er in die nächste Kneipe flieht. Von dort aus ruft er Galgenberg an, noch bevor man ihm den Konsum alkoholhaltiger Getränke am Telefon anhören könnte. Er sagt, dass er etwas herausgefunden habe, dass er sich noch ein bisschen umhören würde und dann, Galgenberg möge das verstehen, direkt nach Hause gehen wolle.

«Ist Fräulein Li wiederaufgetaucht?», will Galgenberg wissen.

«Nein», antwortet Kappe.

«Aber warum willst du dich dann umhören?»

«Ich hab da einige Hinweise, vertrauliche», erwidert Kappe.

«Sind sie weiblich und unter 25?», fragt Galgenberg.

«Blödsinn!», sagt Kappe. «Morgen erzähl ich dir alles. Dann werden wir den letzten Chinesen-Fall auch lösen können.»

Als Kappe, Dr. Kniehase, Galgenberg und Tam vor dem stattlichen Schreibtisch von Wong stehen, gibt dieser sich redselig. Auf einmal parliert er auf Deutsch und plaudert über das Avus-Rennen, das er sich angesehen hat und bei dem in der Klasse der Zehn-PS-Autos auf den drei ersten Plätzen NAG-Wagen landeten.

«Aber Herr Wong, wir sind nicht hier, um über Ihr Auto zu reden. Wir suchen Hun Yang. Können Sie uns sagen, wo er wohnt?», fragt Dr. Kniehase barsch.

Wong antwortet nun wieder auf Chinesisch.

Tam übersetzt. «Er sagt, Yang wohne nur drei Häuser weiter.»

«Aber», fährt Wong auf Deutsch fort, «sagen Sie mir, was Herr Yang gemacht hat!»

«Nichts. Reine Routine», antwortet Kappe.

Der in grün gewandete Diener, der vor Tam her trippelt, führt sie hinaus.

Im dritten Stock des dritten Hinterhofes liegt das Zimmer von Hun Yang. Es ist armseliger als alles, was Kappe bisher hier im gelben Viertel gesehen hat. Eine alte Matratze auf dem Boden, ein alter Stuhl, eine Stange für die Kleider und daneben ein paar aufgerissene Schachteln mit chinesischen Waren.

Obwohl Yang offenbar nicht zu Hause ist, steht die Tür offen.

Die Beamten beginnen mit der Durchsuchung.

Kappe hat den anderen nicht gesagt, wo der Jade-Anhänger versteckt sein soll. Er meinte lediglich, er habe einen Tipp von einem Chinesen bekommen, wonach der Anhänger in diesem Raum sei.

Dr. Kniehase hebt die Matratze hoch. Nicht nur darauf, auch darunter ist Leben, stellt er fest und lässt sie sofort wieder los.

Kappe sucht die Wände nach der Klappe ab. Und tatsächlich, hinter einem an zwei Ecken abgebrochenen Spiegel, der an der Wand lehnt, findet er solch eine Revisionsklappe. Sie ist nur mit einem Vierkantschlüssel zu öffnen.

Tam wird geschickt, um einen zu holen.

«Aber warum, wenn das der Beweis für den Mord sein soll, wirft er das Ding nicht einfach weg? Er wird es doch nicht in den Kamin einschließen», meint Galgenberg.

«Ich weiß es auch nicht», antwortet Kappe. «Der Chinese an sich ist eben anders.»

Tam kehrt nicht alleine zurück. Neben ihm geht ein kleiner Chinese mit einer etwas dunkleren Haut als die sonst hier im Viertel lebenden Chinesen. Obwohl er erst Mitte dreißig ist, spannt sich seine Haut pergamentartig über die Gesichtsknochen wie bei alten Indianern.

«Das ist Herr Yang», sagt Tam. «Ich habe ihn gerade unten in der Gemeinschaftsküche getroffen und mitgebracht.»

«Sehr gut!» Kappe wendet sich nun an Yang. «Verstehen Sie Deutsch?»

Tam antwortet, dass Herr Yang nur sehr schlecht Deutsch spreche und er daher dolmetsche.

Schließlich teilt ihm Kappe mit, dass sie wegen des Mordes in der Danziger Straße hier seien.

«Er sagt, er habe damit nichts zu tun. Der Ermordete sei ein Freund gewesen», übersetzt Tam.

Inzwischen hat Dr. Kniehase das Türchen in der Wand geöffnet. Dahinter, im Ruß, findet er ein kleines, fest verschnürtes Päckchen. Er schneidet die Fäden mit seinem Taschenmesser durch, und schon ist klar, was der Inhalt ist – Opium. Fast hätte er sich damit zufriedengegeben und nicht noch mal in das Loch in der Wand geschaut. Der zweite Blick aber lohnt sich, denn an der Stelle, wo sich das Päckchen befand, liegt, mit Ruß verdreckt, ein Jade-Anhänger.

Tam, der gebeten wird, das eingravierte Zeichen zu inspizieren, bestätigt, dass es sich um den Namen des in der Danziger Straße ermordeten Chinesen handelt.

Yang schüttelt den Kopf.

«Er sagt, er habe dieses Türchen nie geöffnet», übersetzt Tam. «Er habe nichts gewusst von dessen Inhalt, und er habe seinen Freund auch nicht umgebracht.»

«Sagen Sie ihm, er muss trotzdem erst mal mitkommen! Er ist festgenommen. Zumindest wegen Drogenbesitzes», sagt Kappe.

«Herr Yang sagt», übersetzt Tam, «dass er wirklich nichts weiß von all diesen Dingen und dass er es nicht war. Er sei ein guter Mann.»

«Wir werden jetzt gleich noch mal Yang vernehmen», sagt Galgenberg am nächsten Morgen. «Vielleicht hat er in der Nacht ja über ein Geständnis nachgedacht.»

Bevor Kappe etwas erwidern kann, kommt Dr. Kniehase mit dem Anhänger ins Bureau. «Ein schönes Stück, beinahe zu schön, um wahr zu sein», meint er. «Der Jade-Anhänger aus dem Kamin sah zwar alt und dreckig aus, nun aber stellt sich heraus, dass er neu ist, viel neuer als all die anderen, die wir bisher gefunden haben.»

Kappe schaut ihn sich an. Es stimmt. Und es ist unwahrscheinlich, dass sich der armselige Händler einen neuen Anhänger anfertigen ließ.

«Vielleicht hat er seinen alten verloren. Oder er bekam den neuen von Wong als Dank für seine fleißige Arbeit», mutmaßt Galgenberg.

Wieder meldet sich Kappes Bauchgefühl. Irgendetwas, sagt es ihm, stimmt da nicht.

Die anschließende Vernehmung des Chinesen ergibt keine neuen Erkenntnisse. Noch immer bestreitet er, irgendetwas hinter die Klappe in der Wand gelegt zu haben. Nie habe er etwas mit Opium zu tun gehabt oder zuvor diesen Anhänger gesehen.

Das Gegenteil können ihm Kappe und Galgenberg nicht beweisen.

Aber von Canow besteht darauf, ihn in Untersuchungshaft zu behalten. Dafür würde allein schon der Drogenbesitz ausreichen, schließlich gehöre ja die Klappe zu seinem Zimmer.

Kein Wochenenddienst! Kappe genießt den Samstagnachmittag mit seiner Familie.

Klara, die sich inzwischen sicher ist, Kappe wieder allein für sich zu haben, will im Biergarten nun haarklein erzählt bekommen, wie es aussieht in den Wohnungen und Höfen des gelben Viertels.

Margarete kräht in regelmäßigen Abständen nebenan auf dem Spielplatz, und Hartmut erwartet – und macht dies auch lauthals deutlich –, dass die Aufmerksamkeit eigentlich nur ihm zu gelten habe.

Das alles macht Kappe zunächst nervös, doch dann denkt er an das Lachen der Kinder, die Hand von Klara auf seinem Unterarm, ihre strahlenden Augen ... Er könnte sich doch daran gewöhnen, ganz und gar Familienvater zu bleiben. Er sollte dies auch tun. Alles andere wäre sowieso nicht gut, weder für seinen Magen noch für seine Nerven.

Dass er nur eine halbe Stunde später, als sein viertes Bier schon fast geleert ist, ins Präsidium eilen muss – wer hätte das wissen können? Und eigentlich hätte er auch nicht wirklich zum Dienst gemusst. Keiner hat ihn gezwungen. Aber konnte er als Polizeibeamter, zumal für Mord zuständig, einfach sitzen bleiben, wenn er von Neuankömmlingen am Nachbartisch hört, dass ein Anschlag verübt worden war, wie es ihn schon lange nicht mehr gegeben hat in diesem Lande? Wenn der Staat, die Demokratie also offenbar in Not war?

Als Kappe im Präsidium ankommt, ist dort auf Fluren und Gängen derart viel Verkehr, dass man die Kollegen von der Schutzpolizei hätte einteilen können, um ihn zu regeln.

Natürlich, von Canow ist da, auch Galgenberg. Sie begrüßen ihn mit einem knappen Kopfnicken. Es soll wohl verdeutlichen, dass selbst für ein «Guten Tag» die Zeit zu knapp ist in diesen ernsten Stunden.

Kappe, der bislang ja nur vom Nachbartisch im Biergarten die Information aufgeschnappt hat, dass Außenminister Walther Rathenau ermordet wurde, will erst einmal wissen, was eigentlich passiert ist.

Galgenberg erzählt ihm das Wichtigste in Stichpunkten.

Der Außenminister hatte kurz vor elf am Vormittag seine Villa im Grunewald, an der Königsallee 65, verlassen. Um elf Uhr sollte er eine Prüfung von Konsularanwärtern im Auswärtigen Amt abnehmen. Aber da war er bereits tot. Der Chauffeur fuhr Rathenau, der im Fond seines Privatwagens neben einer Dame saß, in Richtung Halensee, als ihr Auto von einem anderen überholt wurde. Als dieses an der Ecke Königsallee und Wallotstraße auf gleicher Höhe war, stand einer der drei Insassen auf und gab einen Schuss ab. Dieser erste Schuss traf Rathenau direkt in den Mund und war offenbar tödlich. Dennoch feuerten auch noch die beiden anderen Attentäter auf den Minister. Insgesamt gaben sie elf Schüsse ab und warfen sogar noch eine Stielhandgranate aufs Auto. Der Chauffeur steuerte den Wagen sofort zurück zur Villa. Doch für Rathenau kam jede Hilfe zu spät.

«Du brauchst dir nicht einzubilden, dass die uns hier brauchen», sagt Galgenberg. «Die haben heute Morgen schon aus der Abteilung IA und unseren Oberen der Kriminalpolizei eine Kommission gebildet.»

«Aha. Und die Täter?», will Kappe wissen.

«Die sind längst über alle Berge. Nicht mal 'ne richtige Beschreibung von dem Auto haben wir. Wir wissen nur, dass es wohl junge Leute waren», erzählt Galgenberg.

«Sicher was Politisches», sagt Kappe.

Galgenberg nickt.

Es wird ja niemand einen Mordanschlag auf Rathenau verüben, weil er mit dessen NAG-Flitzer nicht zufrieden ist, denkt Kappe. Und wenn es tatsächlich Wong gewesen wäre, der dahintersteckt, dann könnte er immerhin mal ein ganz großes Staatsverbrechen aufklären.

Als von Canow von einer Besprechung zurückkehrt, dankt er Galgenberg und Kappe für ihr Kommen, aber ihre Hilfe benötige man nicht mehr.

«Das war der 354. Mord, den Rechtsextreme seit Beginn der Weimarer Republik begangen haben. Die Polizei macht nichts. Wir müssen was tun und uns wehren!» Trampe hält im «Löwen» mal wieder eine abendliche Tresenrede. Als er Kappe kommen sieht, nickt er ihm zu. Zwar weiß Trampe, dass Kappe durchaus was für die Republik und die Sozialdemokratie übrig hat und mitnichten dem Kaiser nachtrauert, dennoch ist Kappe ein Vertreter des Beamtentums, und in diesem haben rechte Republikfeinde viele Sympathisanten. «Diese kaisertreuen Juristen, Staatsanwälte und Richter sind schuld daran, dass die rechten Schweine immer wieder mit skandalös niedrigen Strafen davonkommen», beschwert sich Trampe.

Kappe bestellt ein Bier. Trampe hat recht, denkt er. Unabhängig ist die Justiz wirklich nicht und vor allem keineswegs so republikfreundlich, wie sie es sein sollte.

«Deshalb hat unser Kanzler Wirth heute ganz recht gesagt ...» Trampe vergewissert sich der Aufmerksamkeit der Männer am Tresen. «Ja, er hat heute im Reichstag, während er zu den rechten Parteien schaute, gesagt, dass dort der Feind stehe, *der sein Gift in die Wunden des Volkes träufelt.* Er hat hinzugefügt: *Dieser Feind steht rechts* – und wir müssten etwas dagegen tun. Deshalb kommt zu den Versammlungen am Dienstag! Ab zwölf wird sowieso nicht mehr gearbeitet werden.»

Arbeiter nicken, Studenten klopfen auf den Tisch.

«Du kommst doch auch, oder?» Trampe hat sich nun durch die Menge zu Kappe hindurchgearbeitet.

«Wohin?», fragt dieser.

«Na, zu der Kundgebung wegen des Mords an Rathenau. Die Berliner Gewerkschaftskommission wird morgen beschließen, dass ab zwölf Uhr alle Arbeiten ruhen. Nur Notstandsarbeiten soll es dann noch geben», erklärt Trampe.

«Ja, wenn das so ist ... dann muss ich da ja sozusagen schon dienstlich hin», antwortet Kappe.

«Das ist Bürgerpflicht, Kappe! Bürgerpflicht!», erwidert Trampe.

«Sicher.»

«Ihr hättet eher einschreiten müssen, ihr Polizisten. Ihr hättet ihn beschützen sollen», sagt Trampe.

«Aber Rathenau lehnte das ab», verteidigt sich Kappe.

«Trotzdem! Du kennst doch auch die Sprüche, die sich die Rechten an den Stammtischen erzählten. Da lag was in der Luft.»

Tatsächlich, am Dienstag, dem 27. Juni, ruht das Arbeitsleben in Berlin. Schon ab elf Uhr fahren kaum noch Straßenbahnen. Auch die Busse kehren in die Depots zurück. Um zwölf Uhr soll der öffentliche Nahverkehr ganz zum Erliegen kommen. Nur die Ring- und Stadtbahn wird dann noch fahren. Ämter haben geschlossen. Schreibtische und Werkbänke sind verwaist. Nur wer gebraucht wird für die öffentliche Ordnung und Sicherheit, wie es so schön heißt, für Gas- und Stromversorgung, für die Pflege der Kranken und die Bewachung der Gefangenen, harrt noch an seinem Arbeitsplatz aus.

Auch Kappe hat als Kriminalbeamter Dienst. Schließlich herrscht höchste Anspannung. Wer weiß, was die Feinde von rechts noch planen!

Im Reichstag beginnt, ebenfalls Punkt zwölf, die Trauerfeier für Rathenau. Reichspräsident Friedrich Ebert hält die Trauerrede vor den Gästen, die aus dem In- und Ausland angereist sind. Danach wird der Sarg, begleitet von Autos der Angehörigen Rathenaus, aber auch von vielen Personenwagen, in denen Schutzpolizisten sitzen, nach Oberschöneweide gefahren, wo Rathenau in kleinem Kreise und aller Stille im Familiengrab beigesetzt werden soll.

Kappe hat es gut getroffen. Er hat sich gemeinsam mit Dr. Kniehase für den Lustgarten einteilen lassen. Auch die Kriminalbeamten in Zivil sollen nach dem Rechten sehen – beziehungsweise nach den Rechten, falls diese etwas im Schilde führen.

Tausende Republiktreue sind gekommen. Bereits um elf, als Kappe eintrifft, stehen sie dicht an dicht. Bürgerliche Organisationen, Gewerkschaften und alle linken Parteien haben dazu aufgerufen. Wäre es kein so trauriger Anlass, so könnte man meinen, die vielen Männer mit ihren hellen Hüten und dunklen Bändern seien da, um bei strahlendem Wetter einer königlichen Hochzeit beizuwohnen. Aber die Fahnen, die geschwenkt, die Parolen, die gerufen werden, machen jedem Beobachter schnell klar, dass sich hier das demokratische Deutschland versammelt hat. Das Deutschland, das sich neunzig Jahre zuvor auf dem Hambacher Schloss traf und das noch immer die schwarzrotgoldenen Fahnen hochhält. Freilich werden auch rote Fahnen geschwenkt, denn auch Kommunisten sind unter denjenigen, die entschieden gegen die Unverschämtheit der rechten Kräfte demonstrieren, die diese Republik aus den Angeln heben wollen.

Kappe schaut sich die Menschen an. Sie sind empört. Aber sie sind friedlich. Kein kaiserlicher Republikfeind wird sich hier in die Reihen mischen, denkt er. Es wird nichts zu tun geben für ihn. Sicher, seine Kollegen in Uniform werden den Verkehr regeln und die Menschenströme lenken müssen. Und die Kollegen der Taschendiebstreife werden Großkampftag haben. Aber sonst? Nichts! Wen soll er auch schon entdecken? Kein Attentäter wird das Zeichen der Marine-Brigade Ehrhardt, die unter Kapp versucht hatte, eine konservative Militärdiktatur zu errichten, am Revers tragen, und keiner wird mit der Waffe im Anschlag durch die Menge marschieren.

Doch plötzlich, wie unvillkürlich, stellt sich Kappes Blick scharf, so wie ein Filmvorführer im Kino das Bild fokussiert. Nur ein Gesicht sieht Kappe in der Menge, das aber umso deutlicher.

Kleine schwarze Knopfaugen. Hervorstehende Schneidezähne. Eingefallene Wangen. Die Ratte! Es ist der Hehler, der ihm auf dem Dach in der Danziger Straße entwischt ist.

Nun wird er ihn bekommen, denkt Kappe.

Aber noch bevor er den fast in greifbarer Nähe stehenden Hehler erwischen, ja bevor er «Halt! Polizei!» rufen kann, hat dieser den bärtigen Kappe erkannt. Wie ein rücksichtsloser Rüpel schubst er Frauen bei seiner Flucht zu Boden und drückt Männer zur Seite, während Kappe ihn verfolgt.

Sie sind bereits auf dem Gehweg Unter den Linden, als der schwitzende und fluchende Kappe fast außer Puste ist. Nun aber, er ist sich sicher, hat er ihn gleich!

Doch mitten in den Fluchtweg des Hehlers schiebt sich von rechts eine dicke Frau mit Kinderwagen und Steppke. Der Hehler bremst ab.

Kappe kommt auf Armeslänge heran. «Stehenbleiben! Polizei!», brüllt er.

Der Hehler reagiert nicht.

Kappe überlegt kurz, die Waffe zu zücken. Aber das wäre unverantwortlich unter Tausenden von Menschen. Außerdem ist der Verfolgte schon zum Greifen nahe. Kappe greift nach seiner Aktentasche. Er will mit der anderen Hand nachfassen und den Mann am Arm packen. Doch in dem Moment wirft die «Ratte» den Kinderwagen um. Das Baby fällt auf die Straße. Die dicke Frau wankt, kippt und fällt. Der kleine Steppke heult und hält sich, nachdem der Hehler über Kinderwagen und Baby gesprungen ist, an Kappes Hose fest.

Es hat keinen Sinn mehr. Kappe muss die Verfolgung abbrechen.

Das Baby, so scheint es, hat den Sturz ohne größere Blessuren überstanden. Trotzdem holt ein Schutzpolizist die Samariter. Kappe tröstet den Kleinen. Inzwischen ist auch Dr. Kniehase herbeigeeilt.

Immerhin hat Kappe die Aktentasche. Neben einer *Vossischen Zeitung*, zwei Käsestullen und einer Thermoskanne mit Kaffee findet Kappe darin den Ausweis des Hehlers. «*Helmut Mahlberg, 45 Jahre alt, wohnhaft in der Emdener Straße*», liest Kappe dem keuchenden Dr. Kniehase vor.

Dieser hat inzwischen die Tasche an sich genommen und durchsucht sie weiter unter dem regen Interesse der Umstehenden. Neben fünf Herrenarmbanduhren, die in einem in der Innenwand eingearbeiteten Zwischenfach versteckt sind, findet er auch einen Jade-Anhänger. Genau so einen, wie ihn die chinesischen Händler um den Hals tragen. «Das muss der des in der Danziger Straße Ermordeten sein», sagt Dr. Kniehase.

«Ach, sag bloß! Kannst du denn jetzt auch Chinesisch lesen?», fragt Kappe.

«Nein, das nicht, aber den, den wir in dem Ofenloch fanden, mussten wir doch ausgiebig reinigen. Dabei hab ich mir diese beiden oberen Abrundungen der Gravur gemerkt. Das sieht aus wie ein Dach mit Hasenschlappohren», erklärt Dr. Kniehase.

Kappe lacht.

«Ich bin mir ganz sicher», beteuert Kniehase.

Nun nimmt Kappe den Anhänger in die Hand. Er ist alt, abgewetzt und speckig. So, als baumelte er jahrelang um den Hals eines schwer tragenden und schwitzenden Händlers.

Kappe und Dr. Kniehase schauen sich einen Moment lang an. Sie denken beide dasselbe.

Dr. Kniehase spricht es dann aus: «Das, da bin ich mir ganz sicher, ist der echte Anhänger des Ermordeten aus der Danziger Straße. Der neue, den wir fanden, ist sicher 'ne Nachbildung, die dem armen Hun Yang untergeschoben wurde, damit wir einen Verdächtigen in Wongs Reihen haben.»

«Aber er könnte sich doch 'nen neuen gekauft haben, der Händler», sagt Kappe.

«Warum sollte er das?», fragt Dr. Kniehase. «Woher sollte er das Geld haben, und warum sollte er das alte Ding beim Hehler versetzen? Sie wollen ja nur Ihr Fräulein Li raushalten. Geben Sie's zu! Sie ist doch der ominöse Informant.»

Kappe schweigt. Aber das sagt alles.

Dr. Kniehase fährt fort: «Entweder hat der Hehler den Anhänger bei der Leiche gesehen und ihn ihr abgenommen, dieser Leichenfledderer, oder er ist beim Sturz abgerissen, und er hat ihn gefunden.»

«Oder», sagt Kappe, «der Mörder hat den Anhänger beim Hehler zu Geld gemacht.»

«Aber wenn es ein Chinese war, warum sollte er dann den Anhänger zum Hehler bringen?», wendet Dr. Kniehase ein. «Der Anhänger ist doch der Beweis für den Mord, dafür, dass er einen Konkurrenten ausschaltete. Sicher zahlten Wong und auch Li eine Prämie dafür. Deshalb brauchte er den Anhänger.»

«Hm, dann steckt der Hehler doch irgendwie mit drin. Vielleicht hat ihn ja der Chinese gestört, und beim Kampf, der mit dem Fenstersturz endete, riss er ihm den Anhänger ab», spekuliert Kappe.

«Eben! So wird's gewesen sein. Freiwillig ist der Chinese ja sicher nicht gesprungen, und ein anderer Täter kommt kaum in Betracht. Und wenn, dann wird uns der Hehler dazu was sagen können», meint Kniehase.

«Wir wissen ja, wo er wohnt.»

«Stimmt! Emdener Straße. Das ist bei der Beusselstraße», sagt Dr. Kniehase.

«Aber heute fährt doch nichts», meint Kappe.

«Die Ringbahn aber! Die fährt – bis zur Beusselstraße.»

Wieder schauen sich Dr. Kniehase und Kappe schweigend an. Wieder wissen sie beide, dass sie sich nun schleunigst auf den Weg zu der Bahnstation machen müssen, bei der der Hehler einsteigen könnte.

Eigentlich ist wegen der Menschenmenge kein Durchkommen zu den nächstliegenden Bahnhöfen.

«Wenn er schlau ist und nicht in der Menge steckenbleiben will, bleibt ihm nur die Schönhauser Allee», meint Kappe. «Das ist ein ganz schönes Stück, aber schneller wird er woanders auch nicht sein.»

«Dann probieren wir's mal! Wenn wir Pech haben, können wir ja immer noch seine Wohnung auseinandernehmen.»

Nun sind es Kappe und Dr. Kniehase, die sich, wenn auch nicht ganz so rücksichtslos wie Mahlberg, hastig durch die Menge bewegen. Die beiden müssen sich gegen den Strom durchkämpfen, denn alle, die auf den Gehwegen und auch teilweise auf Fahrbahnen unterwegs sind, wollen dorthin, wo sie herkommen – zum Lustgarten.

«Falsche Richtung! Oder gehört ihr zu den Republikfeinden?» Drei junge Männer stellen sich Dr. Kniehase und Kappe in den Weg.

Nach Diskussionen ist den beiden nicht zumute. Dazu fehlt es ihnen an Atem und vor allem auch an Zeit. Während Dr. Kniehase seinen Dienstausweis zückt, hat Kappe bereits die Hand an seiner Dienstwaffe.

«Von der Kripo! Ha, das kann ja jeder sagen!» Die Studenten trauen dem Ausweis nicht.

Kappe wird es zu bunt. Er holt seine Rechte unter dem Sakko hervor, die Waffe in der Hand.

«Achtung, weg da! Die ballern!»

«Hilfe! Polizei!»

«Deckung!»

Allein der Anblick der Pistole verursacht in der Menge eine Panik. Sofort eilen zwei Schutzleute von der Ecke an der Torstraße herbei.

Aber da sind Kappe und Dr. Kniehase schon wieder in der Menge verschwunden und hasten die Schönhauser Allee bergauf.

Es dauert eine Zeit, bis die Brücke in Sicht ist, die über die Gleise des Bahnhofs Schönhauser Allee führt. Noch mehr Menschen. Offenbar ist gerade ein Zug angekommen. Aber die Masse stockt. Vor den beiden Ermittlern wird es lauter. Wieder erschallen Rufe: «Verräter!», «Republikfeind!», «Rechte Sau!». Offenbar ergeht es da jemandem so wie vorhin Dr. Kniehase und Kappe.

Kappe ist zuerst bei dem Mann, dem die Rufe gelten, noch vor den Schutzpolizisten, die vom nahen Bahnhofseingang versuchen, durch die Menge zu kommen. «Das ist die Ratte!», ruft Kappe Dr. Kniehase zu. Damit fällt er in der Menge, die den Mann hin und her schubst, nicht auf. Im Gegenteil. «Ja, rechtes Rattenpack!», nehmen die Wortführer Kappes Bezeichnung auf.

Kappe aber hat Dr. Kniehase auf den Hehler aufmerksam machen wollen.

«Polizei! Lassen Sie den Mann los!», ruft der.

Die Menge weicht zurück und bildet einen Kreis um den Hehler, der sich gerade wieder aufrappelt. Am südlichen Ende des Kreises stehen Kappe und Dr. Kniehase noch in dritter Reihe, arbeiten sich aber langsam vor.

Der Hehler aber ist schneller und entwischt zwischen den Schaulustigen auf der nördlichen Seite des Kreises. Von dort aus ist der Bahnhof nicht weit.

Dr. Kniehase und Kappe stehen inmitten der Meute, die den Hehler traktierte. Wir hätten die nur weitermachen lassen sollen, denkt Kappe. Dann hätten sie einen vermöbelten Verdächtigen gehabt. Nun haben sie, wenn sie nicht schnell genug sind, womöglich erst einmal gar keinen.

Im Bahnhof herrscht ein großes Gedränge. Die einen sind gerade aus einem Zug ausgestiegen und wollen zu der Kundgebung, die anderen wollen, meist von Norden kommend, in den Bahnhof hinein und mit dem Zug nach Hause.

Wieder haben Kappe und Dr. Kniehase die «Ratte» aus den Augen verloren.

Aber dann, kurz bevor der Nordringzug 1814 in Richtung Gesundbrunnen einfährt, entdeckt Kappe ihn. «Das ist seine Richtung!», ruft er. «Mit dem Zug muss er mit. Los!»

Dr. Kniehase keucht hinter Kappe her.

Der Zug ist völlig überfüllt. Mehrfach kommt die Durchsage, nicht auf den Trittbrettern zu stehen. Niemand kümmert sich darum.

Der Hehler springt auf ein Trittbrett in der Mitte des Zuges und hält sich fest.

Kappe hinterher. Er ergattert auch noch einen Platz, einen Griff zum Festhalten. Aber er steht ein Abteil hinter dem Hehler. Bevor der Zug losfährt, springt Kappe noch mal ab und direkt hinter dem Hehler wieder auf.

Der Zug setzt sich in Bewegung. Es ist zu spät für den Verfolgten, um wieder abzuspringen.

«Hab ich Sie!», keucht Kappe.

Der Hehler sagt nichts.

«Sie waren es, den ich auf den Dächern der Danziger Straße

verfolgte. Sie haben den Chinesen in den Hof gestürzt. Sie waren es!», sagt Kappe. Es ist ungewöhnlich, denkt er: ein Verhör auf dem Trittbrett eines überfüllten Zuges inmitten von müden Fahrgästen. Kappe kann seine Vorwürfe nur in den Nacken des Hehlers sprechen. Festhalten kann er diesen nicht.

Der Hehler hört ihn sehr wohl, reagiert aber nicht.

Ein junges Mädchen, das sich zwischen Kappe und dem Hehler festhält, hört interessiert zu.

Sie ist hübsch, denkt Kappe und hofft, dass seine Margarete in fünfzehn, sechzehn Jahren auch einmal so proper aussieht.

Die anderen scheinen sein Geplapper zu ignorieren.

Er könnte abwarten, bis sie ihn festgenommen haben, aber manchmal will Kappe Dinge sofort klären. Geduld ist seine Sache nicht. Mit einer Hand fasst Kappe nun um das Mädchen herum, um den Hehler wenigstens anzustoßen.

Das Mädchen schaut kurz entsetzt, merkt dann aber, dass Kappe nicht sie befummeln will, sondern es auf den Mann vor ihr abgesehen hat.

Der Zug hat inzwischen schon an Fahrt gewonnen.

Jetzt dreht sich der Hehler um, schaut das Mädchen an und lächelt.

Kappe sieht ihm in die kleinen schwarzen Knopfaugen. «Geben Sie es zu!», brüllt er, um den Lärm der Bahn zu übertönen. Kappe glaubt, in der Kopfbewegung des Hehlers ein Nicken zu erkennen. Jedenfalls wird er das später so zu Protokoll geben. Aber seine Augen sind jetzt auf den Mann gerichtet, der zwei Abteile weiter vorne an der Zugaußenwand klebt und aus dessen Rucksack Holzlatten ragen. Zeit, sich zu überlegen, ob diese Latten so weit in den Bereich des Gegengleises reichen, dass es gefährlich werden könnte, und Zeit, andere zu warnen, hat Kappe nicht. Instinktiv reißt er mit aller Gewalt die Tür zum Abteil auf. Dass er hineingeht, kann man nicht sagen, er hechtet eher auf die dort teilweise wie Sardinen Übereinandersitzenden. Irgendwie kommt er zwischen einer Frau, die seine Mutter sein könnte, und drei jungen

Lehrburschen zum Liegen. Er landet mit dem Gesicht nach unten im Schoß der Frau. Hätten nicht Bruchteile von Sekunden später alle geschrien und gebrüllt, geheult und geschluchzt, Kappe hätte sich wohl doch noch als Lustmolch verantworten müssen. So aber kümmert sich keiner um den kauzigen Bärtigen, der sein Gesicht im Schoß einer fremden Frau vergräbt. Denn plötzlich quietschen die blockierten Stahlräder auf den Schienen, weil jemand die Notbremse gezogen hat.

Das Mädchen ist tot. Der Hehler lebt auch nicht mehr. Er ist wie das Mädchen unter den entgegenkommenden Ringbahnzug mit der Nummer 1815 gestürzt.

Hätte Kappe noch außen gestanden, hätte er vielleicht noch den Schmerzensschrei des Hehlers gehört, denn die Wagenräder trennten ihm beide Beine kurz unterhalb der Hüfte ab. Wahrscheinlicher aber ist, dass Kappe den Schrei nicht vernommen hätte, weil er selbst wie am Spieß geschrien hätte wie so viele Dutzende andere auch, die auf den Trittbrettern standen. So wie die 34 Fahrgäste, die bei diesem Unfall umkommen. Oder die mehr als 50 Menschen, die schwer verletzt werden und zum Teil Arme oder Hände, Beine oder Füße verlieren und von denen einige die nächsten Tage nicht überleben werden.

Kappe sieht seine Umwelt erst wieder klar, als der Zug schon zum Halten gekommen ist, gut 150 Meter hinter der Stelle, an der sich die Latten des Arbeiters zwischen Zug 1814 und Zug 1815 verkeilten und zu dem größten Eisenbahnunglück in der Geschichte Berlins führten.

Kappe geht diese 150 Meter zurück. Er will den Hehler noch einmal sehen. Aber er hätte es nicht tun sollen. Der Anblick ist schlimmer als all die Schilderungen, die Galgenberg von irgendwelchen Schlachten aus dem Krieg mitbrachte. Für ihre Stärke bewundert Kappe die Sanitäter des Arbeiter-Samariter-Bundes, die auf dem Weg zu den Kundgebungen waren und nun erst einmal das Knäuel aus Menschenleibern, aus Toten und gerade noch Lebenden, aus abgetrennten Gliedmaßen und in nervlichem Schockzustand zusammengebrochenen Frauen trennen müssen. Danach erst können sie denjenigen, die noch nicht zu viel Blut verloren haben, notdürftig verbinden.

Dass er von dem Hehler nun keine Aussage mehr bekommen wird, das ist Kappe klar. Aber ihm genügt das Kopfnicken, das er kurz vor dem Unglück noch bei ihm sah. Und er hatte doch genickt, oder?

Neben den Gleisen, wo sich der Direktor des Rettungsamtes mit Ärzten um die Verletzten kümmert und von wo aus sie in die Krankenhäuser Rudolf Virchow, Lazarus, Friedrichshain und Pankow geschafft werden, setzt sich Kappe ins Gras. Er denkt an Margarete und an das Mädchen auf dem Trittbrett, in dem er die Zukunft seiner Tochter sah. Als er die Reste des Hehlers entdeckt, sieht er daneben den Körper dieses Mädchens liegen. Aber es lächelt nicht mehr. Es hat gar keinen Kopf mehr. Kappe, der auf der Böschung sitzt, die Beine angezogen, legt die Stirn auf seine Knie. Er will nicht, dass man sieht, wie er weint.

Aber niemand, nicht einmal Dr. Kniehase, der nun völlig apathisch vor Kappe steht, würde einem erwachsenen Mann vorwerfen, dass ihm die Tränen die behaarten Wangen herunterlaufen. Nicht nach so einem Unfall. Dr. Kniehase setzt sich neben Kappe. «Bin ich froh, dass ... Ich dachte schon ...»

Kappe merkt, dass der Kollege Angst um ihn hatte. So arrogant er ihn auch immer einschätzte, aber das jetzt ist doch ein schöner Charakterzug. Kappe wischt sich die Tränen am Handrücken ab.

Dr. Kniehase bietet ihm sein frisch gebügeltes Taschentuch an.

Kappe nimmt es und schnäuzt hinein. «Der Hehler war es!», sagt er dann. «Er hat gestanden. Auf dem Trittbrett.»

«Also quasi auf dem Totenbett», antwortet Dr. Kniehase.

«Ja.»

«Und?», fragt Dr. Kniehase.

«Beide Beine ab! Der war sofort tot.»

Von Canow klopft Kappe auf die Schulter.

Galgenberg und Dr. Kniehase stehen dabei wie dienstbeflissene Hunde nach einer erfolgreichen Jagd.

«Das war ja was, Kappe!» Von Canow klopft ihm nochmals auf die Schulter.

«Ja», antwortet Kappe.

«Erst diese Opiumschmuggelei – eine wirklich große Sache, große Sache –, dann die Jagd auf Kutzmutz, dessen Frau Sie ja noch gerettet haben, und nun sind Sie dem Tode im wahrsten Sinne des Wortes von der Schippe, also vom Trittbrett gesprungen und haben vorher noch den letzten Fall gelöst.» Von Canow drückt Kappe die Hand. «Das ist echt 'ne Leistung, Kappe! Die Berliner Polizei, ich soll Ihnen das auch im Namen des Präsidenten sagen, bedankt sich bei Ihnen. Sie können jetzt erst einmal einen Tag freimachen.»

Kappe bedankt sich artig.

«Hast du echt gut gemacht!», sagt Galgenberg.

«Stimmt! Alle Achtung!», fügt Dr. Kniehase hinzu.

Nun schaut Galgenberg von Canow fragend an. Was sei, will der wissen. «Wir dürfen doch ... heute ... ausnahmsweise ...» Galgenberg hat schon die Kognakflasche in der Hand.

Von Canow gibt den Großzügigen, nickt verbrüdernd, aber weist an: «Sorgen Sie noch dafür, dass dieser Chinese wieder freikommt! Er kann ja nichts dafür.»

«Tja, dem wurde der Anhänger wohl untergeschoben. Von Kappes Informanten. Oder von seiner Informant*in*!» Diesen Satz kann Dr. Kniehase sich nicht verkneifen.

«Schwamm drüber, und runter damit!», weist Galgenberg an.

Sie trinken. Noch eine zweite und eine dritte Runde.

Als *Kommissar mit der richtigen Nase* und *erfolgreicher Ermittler im Chinesen-Sumpf* ist Kappe von den Polizeireportern in den Zeitungen gelobt worden. Noch zwei, drei Tage nach dem Eisenbahnunglück haben sie in großen Geschichten über den Abschluss der Ermittlungen der Chinesen-Morde berichtet. Und kleinlaut haben sie auch, was Kappe freut, zugegeben, dass diese Morde doch nicht alle auf eine Verbrecherbande zurückgingen und man die Strukturen dieser Gangs nicht habe nachweisen können.

Schön formuliert, denkt Kappe. Nachweisen kann man sie nicht, aber dass es sie gibt, dass es bei den Gelben genauso Netzwerke gibt wie bei den Rechten, davon ist Kappe inzwischen überzeugt. Gerade an diesem 18. Juli muss er daran denken, schließlich ist das der Tag, an dem die Welt erfährt, wer Rathenau erschossen hat. Kappe, klar, hat es schon tags zuvor im Präsidium gehört. Dennoch liest er nun nochmals gerne in der Zeitung, was er bereits weiß, nämlich dass die Rathenau-Attentäter zur Organisation Consul gehörten, einer Nachfolgerin der Marine-Brigade Ehrhardt, die maßgeblich am gescheiterten Kapp-Putsch beteiligt war.

Auf Burg Saaleck hat die Polizei die Täter gestellt: den bereits zuvor identifizierten Mordschützen, den 24-jährigen Jurastudenten Erwin Kern, der bei der Festnahmeaktion durch Polizeikugeln starb, den 26-jährigen Ingenieur Hermann Fischer, den 21-jährigen Studenten Ernst Werner Techow und dessen 16-jährigen Bruder Hans-Gerd. Kern und Fischer waren zuvor Offiziere. Nachdem Kern erschossen wurde, nahm sich Fischer selbst das Leben.

Wie gefährlich doch das Militär sei, schimpft Kappe am Frühstückstisch. Nicht nur in Kriegszeiten bringe es Menschen um, sondern auch noch in Friedenszeiten verbreite es Gedankengut, rechtes, antidemokratisches, das junge Menschen zu Mördern und Selbstmördern werden lasse.

Klara erwidert nichts. Sie versucht, in solchen Situationen durch schlichtes Übergehen des Themas eine Diskussion zu vermeiden, der sie erstens intellektuell nicht gewachsen ist und von der sie zweitens denkt, dass sie am Frühstückstisch nichts zu suchen habe. «Willst du noch ein wenig Marmelade?», fragt sie Kappe stattdessen.

Dann klingelt es an der Tür.

Besuch um diese Zeit? Mürrisch, nicht nur, weil es klingelt, sondern auch, weil er mit seiner Militärschelte auf keine Resonanz stieß und niemanden hat, an dem er sich reiben kann, steht Kappe auf.

Klara aber ist schneller an der Tür.

Bevor Kappe etwas unternehmen kann, ist der Chinese wieder weg, und Klara hat ein fein säuberlich verschnürtes Päckchen in der Hand. «Er hat gesagt, das sei ein Gruß von Fräulein Li», sagt Klara. «Wer ist das?», will sie wissen.

«Das war mal eine Verdächtige. Die Nichte von Li, dem Händler», erklärt Kappe.

«Und von der bekommst du Post? Woher hat sie denn die Adresse?», fragt Klara.

«Keine Ahnung. Gib mal her!», sagt Kappe unwirsch.

Klara gibt das Paket nicht aus der Hand. «Wer ist das?», fragt sie erneut.

«Ich sage doch, ich kenn sie nicht – nur durch die Ermittlungen ...»

«Die sind aber schon lange abgeschlossen.» Klara bekommt immer ein komisches Gefühl in der Magengegend, wenn sie von Kappe angelogen wird. Es ist weniger Wut als die Angst, den Boden unter den Füßen, die Zukunft, den Ernährer der Familie, einfach alles zu verlieren.

«Gib her!», sagt Kappe und nimmt ihr das Paket nun fast mit Gewalt aus der Hand. Er holt eine Schere und schneidet die Schnüre durch.

Sorgfältig verpackt liegt ein chinesisches Teeservice zwischen Papierschnipseln und Holzwolle.

«Na, das ist doch schön!», sagt Klara

«Ja, find ich auch», stimmt ihr Kappe zu.

«Gerade jetzt, wo die Inflation beinahe astronomisch wird, ist es gut, in Sachwerte zu investieren.»

Manchmal, denkt Kappe, geht nichts über Klaras Schlagfertigkeit. «Aber ...» Kappe hebt eine Tasse aus der Verpackung und hält sie gegen das Licht. «Aber das könnte auch Beamtenbestechung sein.»

«Ich dachte, der Fall ist abgeschlossen», sagt Klara.

«Ist er auch», erwidert Kappe, «aber ...» Er hält inne. An der Seite neben den Tassen hat er ein Kuvert entdeckt, und er merkt, dass auch Klara es gesehen hat.

Für einen Moment ist Waffenstillstand zwischen den beiden. Dann schreit Margarete. Die Eheleute Kappe reagieren nicht. Kappe hält die Tasse in Händen und hat den Blick auf das Kuvert gerichtet, das auch von Klara fixiert wird.

Margarete schreit lauter. Hartmut stimmt in das Geheule mit ein.

«Kümmer dich mal um die Kleinen!», sagt Kappe.

«Ich?», fragt Klara.

«Ja!», sagt Kappe fast im Befehlston.

Schließlich geht Klara doch. Die beiden schreien so gotterbärmlich, dass es sich keine Mutter, und stünde ihre Ehe auch noch so sehr auf dem Spiel, länger würde mitanhören können.

Kappe nutzt die Gelegenheit und zieht das Kuvert aus dem Paket. Er sieht die Schrift von Fräulein Li auf dem Umschlag und spürt im Rücken, dass sich Klara nun wieder zu ihm umdreht. Nun macht er etwas, von dem er intuitiv weiß, dass er es sein Leben lang bereuen wird. Trotzdem weiß er keine andere Lösung. Er zerreißt das Kuvert mitsamt seinem Inhalt. Immer und immer wieder reißt er die jeweils halbierten Teile nochmals entzwei. Schnipsel bleiben übrig, kleine Schnipsel.

Und so schnell die Hände von Klara auch danach greifen, lesen kann sie nichts mehr. Sie sieht nur noch Teile der Schrift.

Mit Füllfederhalter wurden die Worte auf teures Papier gebracht. So viel lässt sich erkennen.

Klara sagt nichts. Ihr Blick sagt alles.

Kappe ist bemüht, die Schnipsel einzusammeln. Auf dem Weg zum Herd, wo er sie ins Feuer werfen will, das noch brennt, weil Klaras Marmelade auf der Platte köchelt, bemerkt er, dass die Schnipsel nicht nur aus teurem Papier bestehen, sondern auch aus dickerem, beschichtetem Papier. Er hält sich am Ofen fest. Da war ein Photo drin, schießt es ihm durch den Kopf. Ein Photo von Fräulein Li? Womöglich das Photo eines Kindes. Seines Kindes! Aber nein, neun Monate sind doch noch nicht um. Dann sicher ein Bild des schwangeren Fräulein Li. Und vielleicht stand in dem Brief, er sei eingeladen nach China.

Das ist zu viel für ihn. Schon auf dem Weg zum Frühstückstisch hatte er gemerkt, dass er das sechste große Bötzow und vor allem die vielen doppelten Körner, mit denen man, wie Trampe immer so schön sagt, nachspült, nicht hätte trinken sollen am Abend zuvor. Und jetzt das! Er hat das Bild zerrissen. Den Beweis für Lenas Schwangerschaft. Klara weiß nun alles, glaubt er. Sicher. So, wie sie schaut. Aber das mit dem Kind hoffentlich nicht.

Mit einer Hand hält er sich an der Stange des Ofens fest, mit der anderen öffnet er den Deckel und lässt die Schnipsel ins Feuer gleiten. Doch die Stange ist glitschig wie ein toter Fisch, weil Klara sie gegen den Rost eingeölt hat. Kappe aber ist darauf angewiesen, sich daran festzuhalten mit einer Hand, denn die andere spürt auf einmal sehr schmerzhaft, dass er die Temperatur des gusseisernen Herddeckels unverantwortlicherweise unterschätzte, und lässt diesen fallen. So gerät Kappe vollends aus dem Gleichgewicht und schlägt hin.

«Sieht schlimmer aus, als es ist.»

Zwei Stunden hat Klara im Urbankrankenhaus hinter Backsteinmauern warten müssen, bevor das jemand zu ihr sagt.

Nun ist es ein Arzt, der ihr Auskunft über Kappes Zustand gibt. «Es ist nur eine Platzwunde. Sonst ist ihr Mann doch gesund, oder?»

Klara nickt.

«Wie konnte das passieren?», will der Arzt wissen.

Klara schaut ihn an.

«Na, so einfach stürzt man doch nicht zu Hause!»

«Irgendwie ist er aus dem Tritt geraten», sagt Klara.

Es geschah in Berlin ...

Horst Bosetzky: **Kappe und die verkohlte Leiche (1910)**
ISBN 978-3-89773-554-5

Sybil Volks: **Café Größenwahn (1912)**
ISBN 978-3-89773-555-2

Jan Eik: **Der Ehrenmord (1914)**
ISBN 978-3-89773-556-9

Horst Bosetzky/Jan Eik: **Nach Verdun (1916)**
ISBN 978-3-89773-585-9

Iris Leister: **Novembertod (1918)**
ISBN 978-3-89773-577-4

Horst Bosetzky: **Der Lustmörder (1920)**
ISBN 978-3-89773-578-1

Peter Brock: **Das schöne Fräulein Li (1922)**
ISBN 978-3-89773-600-9

Wolfgang Brenner: **Stinnes ist tot (1924)**
ISBN 978-3-89773-601-6

Petra A. Bauer: **Unschuldsengel (1926)**
ISBN 978-3-89773-602-3